LA MALÉDICTION DES BANNIS

Cet ouvrage a été mis en pages
par DV Arts Graphiques à La Rochelle

Impression réalisée par
GRAFICA VENETA
en novembre 2020
pour le compte des Éditions Bayard

Imprimé en Italie

Illustration de couverture : Xavier Collette

Ouvrage initialement publié par Planet !
sous le titre : *Seelenlos, Fluch der Rauhnächte*

Cet ouvrage a été proposé à l'éditeur français
par l'agence EDITIO DIALOG, Lille

18, rue Barbès, 92128 Montrouge Cedex

ISBN : 978-2-7470-9503-7
Dépôt légal : janvier 2021

Première édition

Loi n° 49-956 du 16 juillet 1949 sur les publications destinées à la jeunesse.

JANINE WILK

LA MALÉDICTION DES BANNIS

Traduit de l'allemand par Florence Quillet

bayard

1

Jamais je n'oublierai la nuit d'Hogmanay. Cette nuit-là, je suis morte pour la troisième fois.

J'ai beau être rodée aux apparitions macabres et autres phénomènes surnaturels, les évènements du 31 décembre 2015 m'ont tourné les sens. Même Amelia Burnett, ma meilleure amie et ex-directrice de la brigade d'investigation PES[1], n'en est pas revenue. Quand je lui ai raconté ce qui s'était passé, elle s'est arraché les cheveux.

– Impossible ! n'arrêtait-elle pas de crier en tournant en rond comme un ours en cage. C'est complètement dingue ! Je ne te crois pas !

Voilà pourquoi j'ai décidé de tout rapporter par écrit. Si quelqu'un lit ces lignes, il se peut qu'il ait du mal à me croire et réclame des preuves. Des preuves, je n'en ai pas. Mais je jure que les choses se sont produites exactement telles que je les raconte.

Extrait du rapport d'investigation PES du 5 janvier
Lucy MacKay, directrice adjointe de
la brigade de Greyfriars Graveyard

---

1. Perception ExtraSensorielle. (Toutes les notes sont de la traductrice.)

La cloche de la Greyfriars Kirk sonna neuf coups. Des langues de brouillard palpitaient entre les tombes et léchaient goulûment les façades des mausolées séculaires. Bien que le cimetière de Greyfriars Graveyard se trouvât au cœur de l'antique cité d'Édimbourg, il y régnait un silence fantomatique. La rumeur de la ville et le bruit de la circulation étaient comme escamotés par l'épais mur d'enceinte qui l'isolait du reste du monde. Les rares lanternes balisant les allées trouaient à peine l'obscurité sans parvenir à dissiper l'atmosphère oppressante de ce lieu où l'on aurait dit que la mort rôdait, tapie dans l'ombre derrière chaque tombe.

Lucy claquait des dents. Non qu'elle eût peur, mais parce qu'elle était gelée. On était fin décembre, et le froid la transperçait jusqu'à l'os.

« Pourvu qu'on n'ait pas à attendre longtemps ! » songea-t-elle en jetant un coup d'œil furtif par-dessus son épaule.

S'étant assurée que personne ne l'observait, elle se hissa sur un arbre dont la ramure dénudée surplombait un caveau imposant. L'édifice ressemblait à une maison ; il avait un toit en coupole, et les grilles de son portail d'entrée faisaient penser à des lances aux pointes acérées.

Lucy alla se percher sur une branche assez élevée, et laissa pendre ses jambes. À côté d'elle, les accessoires achetés à la boutique de farces et attrapes nécessaires à son intervention étaient prêts à l'emploi.

Elle ne tarda pas à s'impatienter. Que diable fabriquait Harris avec les touristes ? Ils auraient déjà dû être là depuis un quart d'heure ! Pour se réchauffer, elle se suspendit par les bras et commença à se déplacer centimètre par centimètre, du tronc vers l'extrémité de la branche qui se mit à ployer dangereusement. De cette hauteur, une chute eût été fatale. Un frisson d'excitation s'empara de l'adolescente qui se sentit vibrer de toutes les fibres de son être.

– Ça va pas la tête ? résonna une voix sans timbre à l'intérieur du mausolée. Je déteste que tu te livres à ce genre d'excentricités, et tu le sais !

Lucy sourit de toutes ses dents.

– Tu trembles pour moi, Amelia ?

Poussant encore la provocation, elle se balança d'avant en arrière.

– Ça te ferait plaisir, hein ? répliqua sa meilleure amie avec un ricanement nerveux. J'ai seulement peur qu'avec tes bêtises, on rate notre coup et que j'en sois quitte pour me serrer la ceinture. Mes économies ne tiendront pas la semaine.

– Bon d'accord ! soupira Lucy en revenant vers son point de départ. Je ne voudrais pas que tu sois en manque à cause de moi.

Amelia nourrissait une véritable addiction pour les Nessie Poo, ces fameux caramels au nom évocateur du monstre du loch Ness, qui avaient un succès fou auprès des touristes. Elle y engloutissait tout son argent de poche, était toujours en train d'en sucer un, et farfouillait souvent dans sa bouche pour ôter les morceaux qui lui collaient au palais. Une passion qui lui valait de passer par toutes les souffrances de l'enfer chaque fois qu'elle allait chez le dentiste.

À mi-parcours, Lucy se mit debout avec précaution et regagna son point de départ à reculons en balançant les bras à la manière d'un funambule. Hélas, son pied glissa sur un os en plastique. La faucheuse ! Elle l'avait complètement oubliée, celle-là ! D'instinct, elle chercha quelque chose à quoi se raccrocher, mais bascula dans le vide avant d'avoir eu le temps de dire ouf.

De l'intérieur du tombeau, Amelia laissa échapper un cri digne d'un véritable spectre. Par chance, Lucy réussit in extremis à se rattraper à une branche. Une douleur aiguë lui vrilla l'épaule et se propagea dans son dos.

– Waouh, c'était moins une, haleta-t-elle dans un souffle.

Scrutant la pénombre, elle s'aperçut que ses pieds étaient à peine un mètre au-dessus du sol. Elle l'avait échappé belle.

– Pas mal, hein ? fanfaronna-t-elle en espérant qu'Amelia ne remarquerait pas le léger tremblement de sa voix.

Amelia allait répondre quand le portail d'entrée grinça sur ses gonds.

– C'est malin ! chuchota-t-elle avec colère. Voilà Harris avec le groupe !

Le guide officiel de Greyfriars Graveyard arrivait avec la dizaine de touristes inscrits à la visite fantôme de ce soir-là. Il tenait sa lampe-torche comme un micro, tournée vers son visage, ce qui accentuait son double menton et ses grosses bajoues, et lui donnait un aspect terrifiant.

Sa voix s'éleva au-dessus du cimetière :

– En Grande-Bretagne, beaucoup croient à l'existence des esprits. Et ils ont raison. Car nous avons la preuve que ces créatures d'outre-tombe sont bien réelles, Ladies and Gentlemen. Le monde des morts est bien plus proche de nous, les vivants, que nous ne l'imaginons.

– Qu'est-ce que tu attends ? siffla Amelia entre ses dents. Retourne à ton poste, vite !

Lucy voulut obtempérer. Hélas, dans sa précipitation, elle fit un faux mouvement et atterrit lourdement sur le sol. Il fallait d'urgence qu'elle débarrasse le plancher avant que les touristes la voient !

En effet, Harris se rapprochait en débitant son couplet :

– Dans aucune ville au monde, on n'a recensé autant d'attaques de revenants et d'incidents inexplicables qu'ici, à Édimbourg. Ladies and Gentlemen, vous avez déambulé dans les sombres ruelles de la vieille ville, vous avez visité la forteresse avec ses défenses militaires, et admiré les innombrables églises dont les clochers se dressent fièrement dans le ciel d'Écosse... Comme moi, vous avez constaté qu'à Édimbourg, le passé est omniprésent. Un passé marqué par les crimes, les meurtres et les combats sanglants, les sorcières brûlées vives sur le bûcher, les fossoyeurs clandestins et les marchands de cadavres...

Le cœur battant la chamade, Lucy se hâta de remonter. L'ascension lui demanda beaucoup plus d'efforts que la première fois, mais elle réussit à regagner la branche où l'attendait sa panoplie, juste à temps pour voir le guide se rapprocher dans l'allée de gravier avec son public.

– Et maintenant, Ladies and Gentlemen, annonça-t-il avec emphase, nous voici à l'endroit le plus hanté du monde, le lieu où se déchaînent les pires forces occultes d'Édimbourg, j'ai nommé le cimetière de Greyfriars Graveyard...

Tel un troupeau de moutons, les visiteurs se pressèrent craintivement autour de lui. Et il y avait de quoi car, avec ses stèles, ses catafalques aux bas-reliefs macabres grouillants d'êtres démoniaques et de têtes de mort, et les lambeaux de brouillard agitant leurs tentacules menaçants, le cimetière produisait vraiment une impression sinistre. Surtout la nuit. Cependant, comme si ça ne suffisait pas, Harris poursuivit d'une voix d'outre-tombe :

– Dans cette nécropole, on a recensé près de quatre-cents tombeaux. Mais devinez combien de personnes y sont enterrées ?

– Mille, peut-être ? hasarda une jeune femme.

– Je regrette, chère madame, mais vous êtes encore loin du compte...

Harris promena un regard circulaire sur son auditoire pour mieux ménager le suspense, puis il annonça avec un geste théâtral :

– Nous marchons sur les ossements d'au moins trois-cent-mille malheureux !

Quelques-unes des visiteuses baissèrent la tête avec un cri horrifié, comme si elles craignaient que le sol ne s'ouvre sous leurs pieds pour les engloutir.

Au même instant, une silhouette sombre apparut dans l'ombre. De son perchoir, Lucy vit une main osseuse se poser sur l'épaule d'un gros garçon joufflu.

– Un fantôme ! cria-t-il en bondissant en arrière. Au secours !

Tous fixèrent le garçon qui tâtait fébrilement son épaule et scrutèrent l'obscurité entre leurs yeux plissés sans rien distinguer d'anormal.

– La plupart des sépultures datent de l'époque de la mort noire, c'est-à-dire de la Grande Peste qui a décimé Édimbourg au XVIIe siècle..., enchaîna Harris d'un ton docte.

Le groupe était à présent tout près du mausolée où était embusquée Amelia. Lucy saisit le mannequin de faucheuse et se tint prête.

– ... Sur cette colline se trouvait une fosse commune. On sait que les malades y étaient amenés dès l'apparition des premiers bubons, et enterrés vivants. Dans ces conditions, comment l'âme de ces infortunés pourrait-elle reposer en paix, Ladies and Gentlemen, je vous le demande ?

De nouveau, un mouvement furtif attira l'attention de Lucy. Et presque aussitôt une fillette se mit à hurler :

– Un... un... Je viens de sentir un truc ! Je ne sais pas ce que c'était, mais il m'a tirée par les cheveux !

Harris, qui avait l'âge d'être grand-père, se pencha vers elle :

– Les fantômes de Greyfriars Graveyard n'aiment pas qu'on les dérange, expliqua-t-il gentiment pour la rassurer. Si tu as peur, tu n'as qu'à rester près de moi. Depuis le temps qu'ils me connaissent, ils me laissent tranquille.

D'un bond, la fillette se colla à lui.

Assise sur son perchoir, Lucy secoua la tête. « Les fantômes de Greyfriars Graveyard »... Tu parles ! Elle était la fille du gardien du cimetière, et savait mieux que quiconque qu'il s'y produisait des phénomènes à vous faire dresser les cheveux sur la tête, bien plus effrayants que les soi-disant revenants dont parlait Harris.

– À présent, nous allons pénétrer dans la partie la plus funeste du cimetière, annonça le guide en se dirigeant vers le sommet de la colline. Ce secteur est connu sous le nom de « prison des Rebelles », ou plus précisément « prison des Covenantaires ». Même si nous n'avons que peu de détails sur ce qui s'est passé dans cet enclos, nous savons que ceux qui y ont été enfermés ont enduré des souffrances qui dépassent l'entendement. C'est du moins ce que donne à penser la violence des attaques...

S'immobilisant, Harris leva l'index. C'était le signal convenu. Lucy et Amelia se préparèrent à entrer en scène.

– Mais, auparavant, j'aimerais insister expressément sur le fait que les organisateurs de ce tour déclinent toute responsabilité en cas de dommage corporel ou psychique, et que vous effectuez cette visite à vos risques et périls. Si quelqu'un préfère se retirer, il est encore temps de le faire.

Certains des touristes semblaient regretter d'être là. Sans doute s'étaient-ils attendus à une excursion hilarante, et ils n'avaient pas pris la menace au sérieux. Cependant, personne n'osa déclarer forfait.

– Attention..., murmura Lucy en se concentrant, car la suite était une question de timing.

Harris se remit en marche. À peine eut-il dépassé le mausolée qu'un grondement et des gémissements terrifiants retentirent à l'intérieur, suivis de hoquets et de sanglots amplifiés par l'écho. Quelques couples se saisirent par la main.

– Il est en route ! glapit une voix suraiguë. Il va tous venir nous chercher ! Aucun de nous n'en réchappera !

À cet instant précis, Lucy lâcha la faucheuse retenue à son poignet par un fil invisible. Le squelette drapé dans sa cape noire tomba pile au milieu du groupe et se stabilisa légèrement au-dessus du sol. Actionnant une autre ficelle, l'adolescente lui fit lever la main, et les os en plastique d'un index accusateur se pointèrent vers les touristes qui reculèrent avec un cri d'effroi. La fillette collée à Harris se mit à pleurer. La pauvre suffoquait et tremblait de tous ses membres. Prise de pitié, Lucy agita joyeusement l'autre bras de la marionnette et claironna à tue-tête :

– Salut ! Vous pourriez me dire s'il y a un fast-food dans le coin, par hasard ? Je MEURS de faim !

La peur des visiteurs se mua en un gigantesque éclat de rire. Les uns et les autres échangeaient des œillades et des petits coups de coude, ou photographiaient la faucheuse avec leur téléphone portable. Même la fillette avait retrouvé le sourire et lorgnait sous la houppelande.

Harris décocha à Lucy un regard courroucé. Elle était censée proférer des menaces et des malédictions, pas amuser la galerie avec des plaisanteries stupides.

Mais elle se moquait bien de ce qu'il pensait. Toujours sur le même ton haut perché, elle donna de nouveau la parole à la faucheuse, priant la fillette « d'arrêter de la déshabiller des yeux parce qu'elle n'avait rien sur les os ».

Furieux, le vieux guide mit fin à ses pitreries.

– Et maintenant, Ladies and Gentlemen, si vous voulez bien me suivre...

Ses ouailles le suivirent en riant vers la prison des Rebelles. De toute évidence, plus personne ne craignait de voir surgir un quelconque fantôme...

Lucy attendit que le groupe se fût suffisamment éloigné, puis elle dégringola en bas de l'arbre où l'attendait déjà Amelia.

– Aujourd'hui, je me suis surpassée, je trouve ! s'esclaffa celle-ci en se tenant les côtes. Je leur ai flanqué une telle frousse que certains ont failli tomber dans les pommes.

Baissant la voix, elle chuchota avec une grimace sardonique :

– Il va tous venir nous chercher ! Aucun de nous n'en réchappera !

– Harris a sûrement apprécié, admit Lucy avec un hochement de tête approbateur.

Son épouvantail sous le bras, elle entraîna sa copine en direction de l'église. Soudain, une silhouette en haillons se découpa à contre-jour dans le halo d'un réverbère. L'homme semblait les guetter.

– Salut Ghosty-Stevie ! le saluèrent les deux filles.

L'interpellé leur répondit d'un sourire qui laissait voir un espace entre ses dents gâtées. Pour se fondre dans l'obscurité, il s'était barbouillé le visage avec de la suie, et portait des gants noirs à impression de squelette.

– Tu as été super, Amelia ! se mêla-t-il à la conversation. Comme toujours. Mais heureusement que j'avais préparé le terrain : si je n'étais pas là pour les mettre en condition, tous autant qu'ils sont, vous auriez beaucoup moins de succès.

– Vous avez été aussi bons l'un que l'autre, trancha Lucy. N'empêche que la palme d'or revient quand même à Wilfried MacWilliam, ici présent !

– Wilfred MacWilliam ? releva Stevie en chuintant, car de l'air s'échappait par le trou entre ses dents. Mais... la semaine dernière il s'appelait George ; et, au lieu d'une faux, il brandissait une épée lumineuse !

Lucy fit une moue songeuse.

– Quelle importance... C'était marrant, non ?

– Peut-être, mais tu finiras par te faire virer ! pronostiqua Amelia en rajustant les barrettes et les pinces ornées de strass et de plumes bleu pétard qui retenaient ses cheveux.

Outre sa faiblesse pour les Nessie Poo, elle avait aussi un penchant prononcé pour les tenues excentriques et les accessoires les plus extravagants possible. Une bizarrerie que Lucy trouvait extrêmement pratique, car son amie était repérable au premier coup d'œil, même perdue au milieu d'une foule.

– Harris n'osera jamais me renvoyer ! affirma Lucy. Mon père est le gardien du cimetière. Les « visites fantômes » ne pourraient jamais avoir lieu sans son accord.

Entre-temps, le trio avait dépassé l'église. Comme tous les anciens monuments d'Édimbourg, elle était chargée d'histoire. Il y avait des pierres tombales et des monuments funéraires partout : à l'intérieur, sur les murs latéraux et jusque sur la façade, ce qui lui conférait un aspect sinistre. Un bas-relief montrait un squelette penché en arrière que Lucy trouvait particulièrement suggestif. Elle était persuadée qu'il s'adonnait à la Danse macabre.

– Au fait, Harris m'a chargé de vous remettre votre paye ! annonça Stevie en s'essuyant le front du revers de sa manche. Si vous voulez bien vous donner la peine de m'accompagner...

Amelia tordit la bouche.

– Je ne peux pas, malheureusement. J'ai promis à ma mère de rentrer pour dix heures. On a une interro de chimie demain matin.

Sa mère l'élevait seule. Pour payer le loyer, elle cumulait un travail d'employée de bureau dans la journée, et un job de serveuse le soir. Elle comptait sur Amelia pour se montrer raisonnable, et attendait d'elle une obéissance sans faille. Celle-ci se pliait sans trop de difficultés à ses exigences – la plupart du temps, en tout cas.

– À demain ! dit-elle en embrassant Lucy sur la joue. Tu m'apporteras l'argent à l'école ? Mon stock de caramels a besoin d'être réapprovisionné de toute urgence !

– Je n'y manquerai pas !

Tandis qu'Amelia filait vers le portail d'entrée, Stevie et Lucy descendirent la colline sans se presser. Là, dans la partie nord-ouest du cimetière, l'atmosphère de désolation était moins oppressante. Les tombes étaient plus clairsemées, et certaines d'entre elles frappaient même par leur élégance. Par beau temps, on aurait presque pu se croire dans un parc agrémenté de sculptures chimériques. L'été, on venait pique-niquer sur la pelouse à l'ombre des arbres centenaires, car la vue sur la citadelle et les maisons médiévales de la vieille ville y était époustouflante.

– Tu n'es plus aussi rapide qu'avant, observa Lucy. Tout à l'heure, quand tu t'es approché des touristes, j'ai eu dix fois le temps de t'apercevoir.

Levant la tête, elle guetta sa réaction. Elle était relativement petite pour ses treize ans même si, d'après son père, elle compensait les centimètres qui lui manquaient par sa vivacité et son entrain communicatif. Ce n'étaient pas exactement les termes qu'il avait employés, bien sûr : dans sa formulation à lui, cela était plutôt traduit par quelque chose du genre : « une gamine hyperactive et impertinente ».

– Fais gaffe, tu vas me vexer ! protesta Stevie, piqué au vif, en rajustant sa vieille écharpe mitée.

Autrefois pickpocket professionnel, il avait longtemps exercé son « métier » dans les rues d'Édimbourg, mais aspirait désormais à un emploi honnête et à une vie plus rangée.

– D'accord, je ne suis plus tout à fait aussi vif qu'autrefois, mais assez pour que personne ne me voie.

Stevie n'avait jamais avoué quel âge il avait; mais son visage tanné par les intempéries et ses cheveux gris coupés très court trahissaient une cinquantaine bien sonnée. Tom MacKay, le père de Lucy, l'avait découvert un beau matin, endormi dans un mausolée où il s'était réfugié pour se protéger de la pluie qui tombait à verse. Ce squat avait tellement plu au vagabond qu'il s'y était installé pour de bon, et ni les mises en demeure du gardien, ni les interventions répétées de la police n'avaient réussi à l'en déloger. De guerre lasse, Tom et lui s'étaient entendus sur un compromis: il avait le droit de rester, en échange de quoi il garderait un œil ouvert pendant la nuit, et chasserait les vandales et les petits malfrats qui s'introduisaient parfois dans le cimetière pour profaner les tombes ou les couvrir de graffitis. Depuis, il cohabitait en bonne intelligence avec les résidents légitimes de Greyfriars Graveyard. Ce qui lui avait valu d'être surnommé Ghosty-Stevie par les deux filles.

Lui et Lucy parvinrent enfin au monument de guingois où il avait élu domicile. Malgré sa grosse doudoune, Lucy était frigorifiée.

– Entre donc au chaud ! dit le SDF, dont la voix s'étrangla dans une quinte de toux.

L'intérieur du caveau était à peine assez grand pour accueillir une étagère, un lit de camp, et une minuscule kitchenette, laquelle se résumait à un réchaud à gaz, deux casseroles et une réserve de boîtes de conserve. La seule décoration consistait en deux plaques funéraires dont les inscriptions rongées par les ans rappelaient l'affectation première du bâtiment. Ses propriétaires légaux étaient morts depuis des siècles, et leurs descendants, s'ils en avaient, ignoraient sans doute jusqu'à leur nom.

Les mains calées sous ses aisselles, Lucy sautilla d'un pied sur l'autre pour se réchauffer. Ses cheveux bruns bouclés qu'elle portait longs jusqu'aux épaules dansèrent devant ses yeux.

– Comment fais-tu pour vivre ici par un froid pareil ? Moi, je ne pourrais jamais !

– Question d'habitude, répondit son ami, secoué par une nouvelle quinte de toux.

Ôtant un gant, il attrapa un livre sur une étagère. Le seul autre objet exposé était une photo jaunie dans un cadre en crayons de couleur, sur laquelle on reconnaissait Stevie, jeune, en compagnie d'une femme ravissante et d'une petite fille. Il évitait le sujet, mais Lucy savait que toutes deux étaient mortes dans un accident de voiture et qu'il ne s'en était jamais remis. C'est à la suite de cette disparition qu'il avait perdu pied et s'était retrouvé à la rue.

– Le problème n'est pas la température, assura le vagabond. Tant qu'il n'y a pas de vent, ça va. Mais quand ça souffle en provenance de la mer, ça réveille mon arthrose.

D'un doigt, il souleva la couverture. Le livre était creux et abritait ses économies. Lucy n'avait pas besoin de regarder pour savoir qu'il contenait très peu d'argent.

Stevie déposa quatre pièces d'une livre dans le creux de sa main.

– Tiens, voici votre part.

Lucy en glissa la moitié dans sa poche pour les donner à Amelia le lendemain, et lui rendit le reste.

– Pour toi, dit-elle gentiment. Tu t'en serviras pour acheter du sirop contre la toux ou une nouvelle écharpe.

– Je ne peux pas accepter ! Tu as travaillé autant que moi. Et puis tu n'es pas très riche, toi non plus.

Lucy haussa les épaules.

– Bah, j'ai bien assez avec ce que me donne mon père. Mais toi, prends soin de ta santé, d'accord ?

Il hocha la tête et s'essuya le front avec lassitude.

– Merci, petite. Tu as le cœur sur la main.

Lucy sentit le rouge lui monter aux joues.

– Pas du tout, répondit-elle avec un entrain forcé. Simplement, cette écharpe miteuse choque mon sens de l'esthétique.

Stevie lui décocha un clin d'œil.

– Compris ! Je ne parlerai de ton bon geste à personne !

– Tu as intérêt ! répliqua-t-elle, la main sur la poignée. Sinon je vais avoir une réputation d'enfer ; tu te rends compte ? Moi qui passe pour une marginale ! Lucy MacKay, la fille aux yeux hallucinants qui vit dans un cimetière, et dont la copine est une psychopathe !

À peine eut-elle entrouvert la porte qu'une bouffée d'air glacé la gifla au visage.

Loin de rire de sa petite plaisanterie, Stevie la dévisagea avec gravité.

Lucy se détourna vivement – comme chaque fois qu'elle avait le sentiment d'être observée, fût-ce par des amis. Du fait de la couleur surnaturelle de ses yeux, elle se trouvait laide et repoussante. Les bons jours, son iris était d'un bleu très pâle. Mais, la plupart du temps, il était si délavé qu'il en était presque blanc, ce qui mettait les gens mal à l'aise, voire provoquait chez eux des réactions hostiles. Dans de tels moments, son sens de la répartie et son humour noir l'abandonnaient complètement.

Cependant, vu la façon dont il regardait dehors, elle s'était sans doute méprise sur son attitude.

– Prends garde à toi, Lucy..., déclara-t-il, un pli soucieux en travers du front. Ce cimetière n'est pas un endroit recommandable pour une fille de ton âge. Tu vois, il m'arrive de me demander si...

Il laissa sa phrase en suspens, regrettant, semblait-il, d'en avoir déjà trop dit.

– Tu te demandes si... ? voulut savoir Lucy.

– C'est compliqué... Peut-être qu'Harris n'a pas complètement tort avec ses histoires, et ce cimetière est véritablement hanté par des esprits mauvais. Depuis quelque temps, je me réveille souvent au milieu de la nuit avec l'impression que je ne suis pas seul. Je sens comme une menace, et je me dis que je ferais sûrement mieux de m'enfuir en courant.

Lucy crut que le sol se dérobait sous ses pieds. Jusque-là, elle avait toujours joué la comédie des « visites fantômes » en prenant le parti d'en rire. Jamais elle n'avait laissé échapper la moindre réflexion donnant à entendre que Greyfriars Graveyard la remplissait d'effroi.

– Tu vis dans un caveau, Ghosty-Stevie, objecta-t-elle, fidèle à sa ligne de conduite. Pas étonnant que tu fasses des cauchemars ! À ta place, la plupart des gens seraient terrorisés, c'est normal.

Il eut un instant d'hésitation.

– Tu as sûrement raison, lâcha-t-il avec un soupir doublé du léger chuintement habituel.

Et il ajouta, sourcils froncés:

– J'espère que je ne t'ai pas inquiétée? Ne te laisse pas impressionner par ce que je raconte: c'est n'importe quoi. Et maintenant, rentre chez toi. Sinon ton père va me remonter les bretelles.

Sa faucheuse sous le bras, Lucy refit le trajet en sens inverse. Mais elle n'était pas tranquille. Avait-elle eu tort de réagir à la légère? D'un autre côté, s'il y avait un sujet qu'elle ne voulait surtout pas aborder, c'était celui des fantômes de Greyfriars Graveyard. Car elle aurait été contrainte de mentir. Seule une personne était au courant de son terrible secret. Et c'était déjà bien assez.

Titubant de fatigue, elle parvint au portail. Il était fermé, signe que la visite était terminée. Le cimetière était désormais désert. Heureusement, la maison de gardien où Lucy habitait avec son père n'était qu'à un jet de pierre. La lampe en fer forgé qui brillait au-dessus de la porte de derrière dispensait une lumière rassurante, promesse de chaleur et de réconfort.

Attirée par la clarté comme par un aimant, Lucy pressa le pas. Hélas, au même instant, un mouvement se produisit sur sa droite. Elle se figea, tous les sens en alerte, osant à peine respirer.

– Oh non, ça ne va pas recommencer ! articula-t-elle, si bas que pas un son ne sortit de sa bouche.

Tout courage l'avait abandonnée.

– Pitié, laissez-moi ! implora-t-elle.

Lucy était sans doute la seule à savoir que le cimetière était hanté et que les histoires abracadabrantes d'Harris contenaient une part de vérité. Peut-être était-ce dû au fait qu'elle y était née et avait toujours vécu dans une étroite proximité avec les défunts. Depuis qu'elle était toute petite, elle croisait fréquemment des ombres fantomatiques qui la terrifiaient. Ces ombres, elle l'avait appris à ses dépens, c'étaient les morts-vivants de Greyfriars Graveyard.

Le corps et le visage de ces êtres désincarnés semblaient irradiés de l'intérieur, mais ils étaient totalement dénués d'expression et n'avaient pas plus de couleur qu'une vieille photo en noir et blanc. Voilà pourquoi Lucy les appelait les « mornes ». Certains avaient des contours intacts, tandis que d'autres présentaient des signes de putréfaction avancée qui lui donnaient des cauchemars. Des lambeaux de pourriture se détachaient de leurs silhouettes, et ils n'avaient que des orbites vides à la place des yeux. Ce qui ne les empêchait pas de fixer Lucy sans vergogne. Leur regard mort était ce qu'elle détestait le plus au monde.

– Ressaisis-toi, s'exhorta-t-elle.

Depuis le temps, elle aurait dû s'habituer...

Mais l'échange avec Ghosty-Stevie l'avait déstabilisée. Qu'un homme comme lui, qui avait vu du pays et avait l'expérience de la vie, pût croire que Greyfriars Graveyard était un endroit hanté, voilà qui la troublait au-delà de toute expression.

Tournant imperceptiblement la tête, elle scruta l'obscurité. Elle aurait dû se méfier. Car les mornes se montraient de préférence lorsque le temps était mauvais. Or la nuit était particulièrement sombre et glacée. Comme d'habitude, elle avait fait preuve d'une naïveté coupable : comment avait-elle pu croire un seul instant que les apparitions pourraient cesser, et que son mystérieux « don », ainsi que l'appelait Amelia, lui passerait du jour au lendemain ?

En dépit du froid mordant, des gouttes de sueur perlaient à son front. Elle avait beau écarquiller les yeux, elle ne voyait rien. Pas plus qu'elle ne percevait les ondes et les vibrations qui accompagnaient les apparitions d'habitude.

À moins qu'elle n'ait rêvé ? Hélas, quelle que fût la réponse à cette question, cela ne changeait rien au problème. Car, Lucy le savait, elle ne devait à aucun prix montrer aux morts-vivants de Greyfriars Graveyard qu'elle les voyait. Rester stoïque, c'était la seule solution. Sinon ils ne la lâchaient plus, et tentaient par tous les moyens de capter son attention. Ils refusaient d'admettre qu'elle ne voulait rien avoir à faire avec eux. Avec l'expérience, elle était parvenue à se composer un visage de marbre et à ignorer les provocations. Elle avait toujours réussi à les semer, au plus tard lorsqu'elle s'engouffrait chez elle et leur claquait la porte au nez. Et il valait mieux car, dans le cas contraire, elle aurait été bonne pour l'asile.

Or les mornes n'étaient pas le pire... Il existait une catégorie de spectres infiniment plus menaçants. Ceux-là, il valait mieux ne jamais les croiser sur son chemin.

S'arrachant à sa torpeur, l'adolescente se remit en marche, les yeux rivés au halo lumineux de la lampe en fer forgé. Elle aurait voulu courir, mais ses jambes refusaient de la porter.

De nouveau, il lui sembla percevoir un mouvement ténu sur sa droite. Cette fois, le doute n'était plus permis. Le cœur battant à tout rompre, elle força l'allure. Surtout, ne pas regarder...

Alors qu'elle n'était plus qu'à quelques mètres de chez elle, elle se sentit happée par les chevilles. Retenant un hurlement de terreur, elle fit des moulinets avec ses bras pour se rétablir mais s'écroula de tout son haut. Par chance, elle réussit à amortir le choc en roulant sur le côté, et à se protéger le visage de son coude. Elle atterrit lourdement sur le gravier, à deux doigts d'une pierre tombale aux arêtes tranchantes située au ras de l'allée. Un peu plus, et elle se serait fracassé le crâne.

La douleur n'était rien comparée à la vague de panique qui la submergea. Son attaquant l'avait touchée ! C'était la preuve qu'il ne s'agissait pas d'un morne, mais d'un des êtres diaboliques qui ne se contentaient pas de la harceler...

Elle allait tourner de l'œil quand une langue chaude et râpeuse lui lécha la joue avec frénésie. Elle voulut se dégager, mais une grosse patte velue s'abattit sur son front, lui interdisant tout mouvement.

– Bobby ! s'écria Lucy entre rire et larmes. Arrête ça tout de suite ! Au pied !

Le petit Skye terrier au pelage noir ne se laissa pas impressionner le moins du monde. Il continua à la lécher et à la mordiller en frétillant de la queue. Bobby faisait systématiquement l'inverse de ce qu'on lui demandait. Il était récalcitrant par principe et se comportait bien souvent de façon espiègle. Et rien ne l'amusait plus que de pourchasser les visiteurs du cimetière et de leur faire peur en aboyant comme un fou. Il fuguait plusieurs fois par jour et adorait creuser des trous dans la terre à proximité des tombes pour en déterrer les os.

Poussant un soupir, Lucy s'abandonna aux manifestations d'affection intempestives de l'indomptable petit monstre. Elle était bien trop soulagée pour lui en vouloir.

– Bobby, qu'est-ce que tu fabriques encore ? tonna une voix furibonde. Ici ! Bobby ?

Le Skye terrier dressa l'oreille, l'air de se demander quoi faire : obéir à son maître, ou batifoler encore un peu ? C'était si drôle de le voir hésiter que Lucy faillit éclater de rire. Contrairement à son père, qui s'efforçait encore de dresser son chien dans l'espoir qu'il soit bien élevé un jour, elle ne nourrissait plus aucune illusion.

Elle l'attrapa par la peau du cou avant qu'il ait eu le temps de filer, et le serra en riant contre son cœur.

– Je te tiens, petite fripouille !

Puis elle se releva et lança à l'intention de son père :

– C'est bon, Dad ! Il est là !

Tom MacKay braqua sa torche électrique dans sa direction.

– Que fais-tu dehors à cette heure ? s'étonna-t-il. Je te croyais au lit depuis longtemps !

– J'avais besoin de prendre l'air, répondit-elle d'un ton aussi dégagé que possible en se débattant avec Bobby qui tentait désespérément de lui échapper.

Son père fronça les sourcils.

– Tu as encore joué à effrayer les touristes, c'est ça ? bougonna-t-il. Tu sais que je n'aime pas ça : que le cimetière soit ouvert à des visites de nuit, c'est une chose. Mais je préférerais que ma fille reste en dehors de cette mascarade.

Lucy poussa un soupir. Ils avaient déjà eu cette discussion un nombre incalculable de fois. Si Tom MacKay n'avait jamais formellement interdit à sa fille d'aider Harris pour arrondir ses fins de mois, il ne cessait de faire appel à sa raison et à son sens moral. Un cimetière était un lieu sacré où le silence et la paix demandaient à être respectés, lui rabâchait-il. Sans parler du fait, qu'un jour, un touriste pourrait mourir d'un infarctus...

Cependant, le gardien de Greyfriars Graveyard ne pouvait pas nier que les « visites fantômes » étaient très lucratives et renflouaient les caisses chroniquement déficitaires du domaine.

Levant la main, Tom MacKay agita une laisse à laquelle pendait un collier.

– Tu devrais avoir honte, Bobby ! Te sauver ventre à terre quand je te promène, ce n'est pas bien ! Mauvais chien !

En reconnaissant sa laisse, Bobby se mit à frétiller de la queue.

– Tu t'y prends mal, Dad, observa Lucy.

Et elle ajouta, perfide :

– Avec moi aussi, d'ailleurs...

D'un geste las, son père passa la main dans ses cheveux d'un blond tirant sur le roux. Lorsqu'il les laissait pousser, ils frisaient comme ceux de Lucy, qui tenait de lui son nez en trompette un peu proéminent.

Cependant, la ressemblance entre Tom et sa fille s'arrêtait là. Car ils étaient aussi différents l'un de l'autre qu'il était possible de l'être. Et depuis que la mère de Lucy avait disparu, deux ans auparavant, leur relation était tendue.

Une douce chaleur accueillit Lucy dans l'entrée. Elle ôta son anorak, ses gants et son écharpe et suivit son père dans le salon. La pièce était modeste, mais un grand feu brûlait dans la cheminée. Le contraste avec l'antre de Stevie était saisissant. À la pensée que le vagabond était sans doute en train de grelotter dans son sac de couchage, l'adolescente eut un pincement au cœur.

– Tu veux une tasse de thé ? demanda Tom.

Elle acquiesça d'un signe de tête. Un thé brûlant l'aiderait sûrement à oublier la fausse frayeur que venait de lui infliger Bobby. Et encore... elle avait eu de la chance. Un jour ou l'autre, elle le savait, elle serait de nouveau confrontée à l'un des êtres maléfiques infiniment plus terrifiants que les mornes, au point qu'Amelia leur avait donné le nom de « vexators », mot latin qui signifiait « bourreau », ou « persécuteur ». Une appellation que Lucy jugeait encore très en deçà de la crainte qu'ils lui inspiraient.

Tandis que Bobby s'allongeait voluptueusement à côté de la cheminée, Tom écarta le rideau en écorces de noix de coco fermant le couloir menant à la cuisine, qui retomba derrière lui avec un bruit sec de crécelle. Le cœur de Lucy se serra. Ce mobile, elle l'avait fabriqué avec sa mère, et elle ne pouvait l'entendre tinter sans se rappeler combien elles avaient ri. Partout dans cette pièce, le souvenir d'Anne MacKay était omniprésent.

Pour contrebalancer le côté lugubre du cimetière et de la grisaille environnante, la jeune femme avait souhaité créer une atmosphère joyeuse. Pour cela elle avait décoré son intérieur dans un style « Caraïbes » : elle avait choisi une tapisserie jaune citron sur laquelle elle avait peint des hibiscus rouge vif, mis dans l'angle près du canapé en rotin un palmier artificiel dont les feuilles avaient jauni avec le temps, et suspendu un faux perroquet devant la cheminée « pour la touche finale ».

Le résultat était pour le moins surprenant. Le père de Lucy menaçait régulièrement de tout rénover, mais, d'une part, son maigre salaire ne lui en donnait pas les moyens ; et, de l'autre, Lucy tenait à conserver cette déco.

– À quoi penses-tu ? demanda-t-il en déposant une tasse de thé fumant sur la table basse.

Elle s'aperçut alors qu'il avait des cernes violacés sous les yeux et que ses traits étaient tirés, ce qui ne lui ressemblait pas. Avait-il des soucis qu'il aurait passés sous silence ?

Elle le remercia d'un signe de tête et s'assit sur le canapé. Lui s'affala dans son vieux fauteuil de cuir.

– À maman, répondit-elle, laconique.

– Oh, fit Tom, les lèvres pincées.

Un silence pesant s'installa entre eux. Les ronflements de Bobby mis à part, on aurait entendu une mouche voler.

Jusqu'au moment où Tom MacKay se racla la gorge.

– Lucy, tu sais que j'ai du mal à parler de ta mère, encore aujourd'hui... C'est un sujet tellement douloureux. Mais si c'est ce que tu souhaites...

Lucy le fixa intensément avec l'espoir qu'il ne s'arrêterait pas en si bon chemin, mais il semblait incapable de poursuivre. Décidée à ne pas laisser passer sa chance, elle hasarda :

– Elle va bien, tu crois ?

Son père faillit s'étrangler. Un peu de thé se renversa sur son pantalon.

– Aucune idée, ronchonna-t-il, maussade.

La mère de Lucy était partie sans un mot d'explication. Ses vêtements n'étant plus dans sa penderie et quelques-uns de ses objets personnels manquant à l'appel, la police avait conclu qu'elle avait déserté le domicile conjugal. Aux yeux de Lucy, il ne faisait aucun doute que son père était le seul responsable. Quelle femme accepterait de vivre indéfiniment dans un décor de tombes et de catafalques ? Et avec un mari qui était tout sauf un modèle de gaieté et de bonne humeur ? Ses moments de loisir, Tom

MacKay les passait dans son fauteuil à fumer la pipe en sirotant un bon whisky. Son seul hobby, c'était de remonter l'histoire de sa famille pour en établir l'arbre généalogique. Lucy ne connaissait rien de plus ennuyeux. Quand elle lui demandait ce qu'il pouvait y avoir d'intéressant à énumérer des patronymes, des dates et lieux de naissance et de décès, il répondait invariablement :

– Le nom, c'est ce qu'il y a de plus important dans la vie, Lucy. C'est tout ce qui reste de nous après notre mort : un nom, et quelques vagues souvenirs...

Autant elle en voulait à son père, autant elle ne pardonnait pas à sa mère de ne pas l'avoir emmenée avec elle : si Anne avait cru qu'il lui en coûterait de se séparer de son père, d'Amelia et de ses camarades de classe, elle s'était lourdement trompée ! Ça aurait été une libération, au contraire ! Car Lucy aurait été débarrassée à tout jamais des esprits maléfiques de Greyfriars Graveyard.

Pour ça, elle aurait donné n'importe quoi.

– Tu crois qu'elle reviendra ? insista-t-elle, tenace.

Il médita longuement sa question. Elle désespérait presque d'obtenir une réponse lorsque, baissant la tête, il articula dans un souffle :

– Non.

Lucy déglutit avec peine. Ainsi, il avait renoncé au bonheur ? C'était insensé !

– Tu te trompes ! protesta-t-elle avec véhémence. Mom ne m'a pas oubliée ! On la reverra bientôt, j'en suis sûre. Au pire elle m'enverra une carte pour Noël...

– Aie le courage de regarder la vérité en face, Lucy, déclara son père avec une douceur qui contrastait avec la teneur de ses propos. On ne va pas passer notre temps à attendre qu'elle nous donne signe de vie !

Lucy sentit les larmes lui monter aux yeux. Elle les ravala aussitôt : le jour où sa mère était partie, elle s'était juré à elle-même qu'elle serait forte et ne pleurerait jamais. Et elle était bien décidée à tenir parole.

Elle posa sa tasse sur la table avec une violence telle que Bobby se réveilla en sursaut.

– Tu mens ! répéta-t-elle, butée. Elle reviendra, j'en suis sûre ! Pour la bonne raison qu'elle m'aime, moi !

Elle se précipita dans l'escalier, se jeta sur son lit et frappa son oreiller avec une rage qui la surprit elle-même.

Au bout d'un moment, enfin, l'étau de désespoir qui lui écrasait la poitrine se desserra et elle se calma. Roulant sur le côté, elle regarda la photo posée sur sa table de chevet. Celle-ci avait été prise quelques mois avant le jour fatidique, et la montrait avec ses parents lors d'une promenade en famille à Arthur's Seat[1]. Du haut de ce promontoire, on avait une vue à cent-quatre-vingts degrés sur la ville d'Édimbourg, l'estuaire du fleuve Forth, et les Highlands, au sud.

L'ascension avait été très gaie, Bobby s'était montré encore plus facétieux que d'habitude, et Tom MacKay avait eu toutes les peines du monde à le tenir en laisse. Il était arrivé en haut dégoulinant de sueur et le visage écarlate. Tous trois en riaient encore devant l'objectif.

Au souvenir de cette belle journée, le chagrin de Lucy laissa la place à la certitude que, tôt ou tard, sa mère se manifesterait à elle. Et si son père n'était pas de cet avis, tant pis pour lui !

Sans prendre la peine de se déshabiller, ni même de se brosser les dents, Lucy éteignit la lumière et se blottit sous sa couette.

---

1. Arthur's Seat (littéralement « Le siège d'Arthur ») est une colline de 251 mètres d'altitude située dans le centre de la ville d'Édimbourg, en Écosse, qui tient une place particulièrement importante dans les légendes locales.

Elle glissait vers le sommeil quand une morne surgit à côté de son lit. Ses formes diaphanes luisaient mystérieusement dans l'obscurité. Comme tous les soirs depuis deux ans, l'apparition portait une robe XIXe siècle de velours gris, la taille sanglée dans un étroit corset. Avec son doux sourire et son regard bienveillant, elle faisait un peu penser à Mary Poppins, la gouvernante du roman de P.L. Travers. De tous les mornes, cette femme était la seule à pouvoir pénétrer dans la maison des MacKay. Le rituel était toujours le même : elle s'installait au pied du lit de Lucy, hiératique, les bras croisés sur sa poitrine, et ne bougeait plus jusqu'au lendemain. Aussi Lucy était-elle persuadée que cette Miss Poppins lui était envoyée par sa mère pour veiller sur elle. De là à penser qu'Anne MacKay était, elle aussi, en contact avec le monde des esprits, il n'y avait qu'un pas...

2

M'apprête à vérifier tout à l'heure s'il est possible de tordre une petite cuillère par la seule force de la pensée. Ai dû déployer des trésors de persuasion pour convaincre ma collaboratrice, Lucy MacKay, de prendre part à l'expérimentation scientifique. Regrette son peu d'enthousiasme dans l'enquête sur les phénomènes paranormaux. Le test aura lieu chez elle. Pas de meilleur endroit qu'un cimetière pour capter d'éventuelles ondes surnaturelles.

Remarque personnelle : Devoir de chimie infaisable. Si ça ne tenait qu'à moi, je mettrais un zéro à M. Baker tellement son sujet était ésotérique. Une honte ! Je ne m'appelle pas Marie Curie, moi ! J'en ai pleuré toutes les larmes de mon corps à la récré, et cette peste d'Emily Miller s'est encore moquée de moi. J'aurais voulu exercer mes pouvoirs de médium sur son stylo préféré et le réduire en cendres par la pensée mais ça n'a pas marché. La justice n'est pas de ce monde.

Extrait du rapport d'investigation PES
Amelia Burnett, directrice en chef de
la brigade PES de Greyfriars Graveyard
Dossier M 12 / W3 / T2 : Comment tordre une petite cuillère ?

Lucy avait fait la connaissance d'Amelia sept ans auparavant. Elle l'avait trouvée allongée sur une pierre tombale par un bel après-midi d'automne, vêtue d'un pull-over vert pétard tricoté à la main, et les cheveux retenus par un serre-tête lumineux clignotant. Devant son étonnement, Amelia lui avait expliqué qu'elle s'exerçait « pour voir », au cas où il lui arriverait un pépin au cours d'une séance de spiritisme. Lucy avait répliqué du tac au tac qu'elle était prête à lui fournir une paille si elle voulait s'enterrer vivante dans le tas de compost du cimetière « pour voir », parce que ce serait autrement plus réaliste avec les vers et la puanteur pour lui chatouiller les pieds et les narines. Amelia avait examiné la proposition avec le plus grand sérieux, et Lucy en avait déduit une fois pour toutes qu'Amelia n'était pas normale. D'ailleurs, au lieu de la regarder de travers et de la traiter de malade, celle-ci s'était exclamée :

– Hé ! Géniale la couleur de tes yeux !

Le cœur de Lucy avait bondi dans sa poitrine. S'il y avait une personne sur terre à pouvoir être son amie, c'était Amelia. Même si celle-ci poussait parfois l'originalité un peu trop loin.

La nuit qui tombait sur Greyfriars Graveyard recouvrait les mausolées de son ombre. Un brouillard froid et humide serpentait entre les tombes et les caveaux, se coulait dans le moindre interstice et envahissait peu à peu tout l'espace. Telle une hydre fantomatique, il enroulait ses anneaux autour des statues des saints et des anges, et lacérait de ses tentacules griffus leurs beaux visages de pierre dont la bouche se tordait en rictus effrayant.

Il n'y avait pas de visite guidée ce soir-là. Tom MacKay faisait sa ronde, invitant les visiteurs à se diriger vers la sortie. Cependant, il n'avait pas besoin d'insister beaucoup car la plupart, mus par leur instinct de survie, étaient rentrés chez eux dès que le jour avait commencé à baisser, et les quelques retardataires ne se faisaient pas prier.

Les fenêtres à meneaux de la maison de gardien étaient éclairées. Perchée sur le toit, une corneille lança un cri perçant.

– Tu vois bien que ça ne marche pas ! râla Lucy pour la énième fois en désignant du menton la petite cuillère posée au bord de la table de salle à manger. On ne pourrait pas arrêter ?

Imperturbable, Amelia continua à fixer le couvert en argent sans cligner des yeux une seule fois, à croire que ses paupières étaient agrafées à ses sourcils. Depuis que Lucy la connaissait, elle avait toujours été fascinée par l'étude des phénomènes parapsychiques et, cet après-midi-là, elle s'était mis en tête de tordre une petite cuillère par la pensée. Son application et son acharnement à démontrer l'indémontrable étaient sans limites, mais c'était bien tout ce qu'il y avait de surnaturel dans cette affaire.

Lucy s'impatienta. Les expériences de son amie étaient en général plutôt marrantes et elle se prêtait volontiers au jeu. Cependant, il y avait des moments où l'obstination d'Amelia lui tapait sur les nerfs.

– Ça suffit ! s'énerva-t-elle. Tu vas finir par exploser !

Jetant un coup d'œil à sa montre, elle ajouta en la tapotant du bout de son index :

– Et puis, on n'a plus le temps : c'est l'heure de Voix d'outre-tombe.

Amelia était tellement tendue qu'elle en tremblait, ce qui faisait s'entrechoquer les dizaines de petits fantômes en métal cousus sur son pull-over. À l'époque d'Halloween, sa tenue aurait pu avoir un certain succès ; mais à quelques jours de Noël, elle détonnait comme un bonhomme de neige dans un champ de tournesols.

– Concentre-toi, Lucy ! gronda-t-elle, la mâchoire contractée. Descends dans ton centre profond, rassemble tes forces magnétiques et libère ton énergie !

Lucy se frappa le front.

– Ça y est ! Je sais ce que j'ai loupé !

Levant la cuillère à hauteur des yeux, elle la tint quelques secondes entre le pouce et l'index, et annonça triomphalement :

– Regarde, ça marche ! C'est dingue !

De fait, le manche de la cuillère était plié à angle droit.

– Co... comment as-tu fait ? balbutia Amelia, sidérée.

Sa copine mit un doigt sur ses lèvres et chuchota sur le ton de la confidence :

– Pure magie, ma chère : pure magie...

Amelia avait peut-être un faible pour le surnaturel, mais elle n'était pas idiote.

– Raconte ça à d'autres ! Alors ? J'attends !

– Un truc que j'ai trouvé sur Internet. D'abord, il faut frotter le métal pour le réchauffer. J'avais pris soin de le faire avant, si bien qu'il était déjà pas mal ramolli. Ensuite, on prend le manche entre le pouce et l'index, et on appuie suffisamment fort...

Amelia rétorqua, la mine boudeuse :

– Tu aurais pu me le dire avant, je n'aurais pas gaspillé tout ce temps à bombarder cette stupide cuillère de regards assassins ! Bref, cette expérience est un fiasco sur toute la ligne.

Elle consigna quelques observations dans son journal de bord PES, puis déclara :

– Maintenant, il va falloir que je trouve autre chose pour me venger d'Emily Miller. Et moi qui espérais l'impressionner avec mes superpouvoirs de manipulation à distance, c'est raté.

Emily Miller était son ennemie jurée. Elle n'arrêtait pas de se moquer d'elle et de l'humilier devant toute la classe. Lucy aurait aimé convaincre Amelia qu'elle s'attirerait probablement moins d'ennuis en adoptant un profil bas et un style vestimentaire plus conventionnel. Cependant, elle gardait ses réflexions pour elle, car elle savait qu'en termes de popularité, elle était très mal placée pour donner des conseils.

Ses camarades la tenaient à l'écart, sans doute à cause de l'endroit où elle habitait. Même lorsqu'elle était petite, personne n'était jamais venu la voir. Amelia avait été la première à oser s'inviter chez elle.

– Bon, trancha celle-ci en refermant son cahier. On regarde Voix d'outre-tombe, alors ?

Leur série préférée tournait autour des phénomènes paranormaux. Elles n'en rataient aucun épisode, et Amelia avait envoyé des dizaines de vidéos au producteur pour le convaincre de s'intéresser à Greyfriars Graveyard. Ses e-mails étaient restés sans réponse, ce qui convenait d'ailleurs fort bien à Lucy : son père avait déjà du mal à supporter les nocturnes d'Harris, alors un tournage... Et puis, elle était paniquée à l'idée qu'Amelia pourrait vendre la mèche et trahir son terrible secret.

Toutes deux s'installèrent confortablement dans le canapé.

– Prête, Cheffe ? demanda Lucy en actionnant la télécommande.

Pour toute réponse, Amelia lui tira la langue. Elle détestait qu'on l'appelle par son titre. Un titre qu'elle s'était attribué elle-même, au demeurant, rétrogradant du même coup Lucy au rang de simple assistante, ce qui avait donné lieu à des discussions sans fin entre elles deux. Après avoir envisagé un certain nombre de formulations, du genre : « présidente de la société secrète PES » (le souhait de Lucy), « Volontaire Anonyme et Dévouée jusqu'à la Mort » (suggestion d'Amelia), « Commandante des Forces spéciales PES pour la Défense de l'Humanité » (Lucy), elles avaient fini par s'entendre sur « directrice en chef » et « directrice adjointe » de la brigade de Greyfriars Graveyard, qui les mettaient quasi à égalité.

Tandis que le générique défilait sous leurs yeux, Amelia plongea la main dans la boîte de sablés de Noël que Tom avait confectionnés pendant sa courte pause de la mi-journée, sans doute pour se racheter d'avoir été si brusque avec sa fille la veille au soir.

– Fais gaffe ! avertit Lucy. Si tu ne veux pas y laisser une dent, tu as intérêt à les laisser ramollir avant de croquer dedans.

– Mechage rechu, grogna Amelia, la bouche pleine.

Lucy concentra son attention sur ce qui se passait à l'écran, quand un grincement sinistre en provenance du dehors la fit sursauter. Elle se retourna, sur le qui-vive, et scruta l'obscurité avec anxiété. Ce n'était rien : juste une branche d'arbre qui tapait contre la vitre. Rassurée, elle se détendit et revint à Voix d'outre-tombe.

Son attrait pour cette série avait en soi quelque chose de paradoxal. Car, en tant qu'extralucide, elle avait déjà eu largement son compte de fantômes et de phénomènes surnaturels. Peut-être aspirait-elle à avoir la preuve que ses visions n'avaient rien d'extraordinaire et qu'il se produisait des évènements terrifiants partout ailleurs ? Greyfriars Graveyard était un endroit normal. Elle était quelqu'un de normal...

– Aïe ! cria Amelia en portant la main à sa joue.

De sa main libre, elle attrapa une serviette en papier et y cracha son biscuit.

– Zut ! Je crois que je me suis cassé une molaire…

– Je t'avais prévenue, observa Lucy en se rappelant que son père avait emporté une boîte de sablés pour les offrir à Stevie. Laisse-moi regarder !

Amelia fit la grimace, sceptique.

– Tu n'y connais rien !

– Pas besoin d'être une spécialiste pour voir si une dent est cassée ou pas !

– Bon…, consentit Amelia.

Elle ouvrit grand la bouche. Lucy se pencha vers elle… et recula avec un cri d'effroi.

– Enfer !

– Quoi ? Elle est cassée ?

– Non, pas de souci. Mais combien tu as de plombages ? Un, deux, trois… quatre ?

– Ça ne te regarde pas ! trancha Amelia en rougissant. Et avant que tu me poses la question : oui, je me brosse les dents plusieurs fois par…

Les yeux soudain agrandis par l'horreur, elle laissa sa phrase en suspens. Suivant son regard, Lucy s'aperçut qu'il n'y avait plus d'image à l'écran. Voix d'outre-tombe avait laissé place à un brouillard noir et blanc grésillant de façon insupportable, qui s'interrompait parfois pendant une fraction de seconde au profit d'un flash sans le moindre rapport avec la série ou un quelconque programme : une maison en granit typiquement écossaise, aux fenêtres brillamment éclairées derrière lesquelles on distinguait un palmier défraîchi à côté d'un canapé en rotin, où deux filles fixaient avec épouvante un téléviseur en panne.

– C'est... c'est nous ! hoqueta Amelia.

Lucy était muette de stupeur.

Le clip devait avoir été filmé de l'endroit où s'était produit le grincement suspect, tenta-t-elle de se raisonner. Peut-être par un plaisantin qui cherchait à leur jouer un mauvais tour.

Le cœur battant la chamade, elle fixa la croisée avec l'espoir ténu de découvrir quelqu'un avec une caméra, tapi dans l'ombre.

Hélas, non. Dehors, il n'y avait rien.

– C'est super glauque, souffla tout bas Amelia.

Elle n'avait pas fini sa phrase qu'il se produisit d'étranges phénomènes électriques. L'écran devint noir et le resta, tandis que le plafonnier du salon se mit à clignoter de façon inquiétante. Les moments où la pièce était plongée dans le noir complet se prolongeaient de plus en plus.

Il n'en fallut pas davantage à Lucy pour comprendre qu'un des esprits maléfiques de Greyfriars Graveyard avait réussi à s'introduire dans la maison. Comment était-ce possible ? Après toutes ces années... Ses pensées s'entrechoquaient dans sa tête. Que faire ? Appeler au secours ? C'était inutile : à cette heure, son père devait être à l'autre bout du cimetière, en train de fermer le portail. Peut-être pouvaient-elles encore s'enfuir ? Oui, c'était certainement la meilleure option...

BOUM... BOUM... BOUM...

Malédiction ! D'où pouvait donc venir ce bruit ?

Tous les sens aux aguets, Lucy retint son souffle. Des pas pesants résonnaient dans le couloir. Ils se rapprochaient inexorablement. Bientôt l'intrus atteindrait la porte du salon...

Leur retraite était coupée.

BOUM... BOUM... BOUM...

– Tu crois que ça pourrait être Miss Poppins ? articula tout bas Amelia en broyant la main de Lucy à laquelle elle s'agrippait comme un homme qui se noie à une bouée.

Elle était la seule à connaître l'existence de la mystérieuse gouvernante. Et comme elle avait bien sûr consigné dans ses moindres détails la description que Lucy lui en avait faite, elle aurait dû savoir que Miss Poppins s'était toujours comportée de façon bienveillante.

Lucy réfléchit à toute vitesse: Si ce n'était pas Miss Poppins, alors qui? Cependant, pour ne pas affoler Amelia davantage, elle laissa planer le doute:

– Mmh...

Les lattes du parquet craquaient et gémissaient de façon effrayante. Les pas s'arrêtèrent derrière la porte. À la faveur d'un des rares éclairs que produisait encore le plafonnier, Lucy vit la poignée tourner sur elle-même. Une crampe lui noua l'estomac.

– L'experte en phénomènes PES, c'est toi! chuchota-t-elle à l'oreille de son amie. Comment fait-on pour contrer une attaque de fantômes?

– Je... je ne sais pas, balbutia Amelia, penaude.

Semblant alors se rappeler qu'elle était directrice de brigade PES, elle trouva la force de plaisanter:

– Waouh! Ma première apparition en live!

Elle fouilla dans sa poche d'une main fébrile et brandit son téléphone portable.

– Inutile, observa Lucy froidement. On ne verra rien, de toute façon. Rappelle-toi mes photos de Miss Poppins...

– Laisse-moi essayer quand même!

Il y avait peu de chances que cela donne quelque chose. À supposer que les fonctionnalités de l'Android ne soient pas altérées par le rayonnement magnétique du mort-vivant, une vidéo ne rendrait pas compte de la réalité. On n'appréhendait un esprit que par l'expérience sensorielle. Il fallait en ressentir la présence physiquement en éprouvant les symptômes qui allaient avec : la bouche sèche, le front en sueur, les mains moites, la respiration haletante, le poil qui se hérissait et des frissons de la tête aux pieds...

– Au moins, cette fois, tu n'es pas la seule à le percevoir, crâna Amelia.

À ces mots, Lucy sentit son sang se glacer dans ses veines.

– Oh non ! gémit-elle avec désespoir.

Comment n'y avait-elle pas pensé plus tôt ? Si le spectre était assez fort pour se manifester aussi à quelqu'un de normal, cela ne pouvait signifier qu'une chose...

– C'est un vexator, Amelia.

Les mornes refusaient de se résoudre à leur propre mort, et ils traînaient leur misérable existence en ce bas monde sans réel pouvoir de nuisance. Les vexators, au contraire, étaient extrêmement dangereux. La haine et la fureur qui dévoraient leur âme déchue leur conféraient une énergie et une virulence inouïes. La pulsation du cœur humain, la vitalité et la chaleur des êtres vivants exerçaient sur eux un attrait irrésistible. C'était du moins ce qu'Amelia avait découvert au chapitre « Poltergeist et autres créatures démoniaques » d'un vieux manuel druidique acheté à un bouquiniste.

La porte s'ouvrit avec un grincement atroce, et le plafonnier s'éteignit pour de bon. Les filles avaient eu le temps d'apercevoir le couloir. Il était désert.

– Essaie de garder ton calme, murmura Lucy. Respire ! Moins nous sommes maîtres de nos émotions, plus nous donnons prise aux vexators.

Ses encouragements produisirent malheureusement l'effet inverse. D'un seul coup, Amelia devint hystérique.

– Je croyais que les vexators étaient super rares ! cria-t-elle d'une voix qui dérapa dans les aigus. Tu m'avais dit qu'il n'y en avait pas ici ! Tu es sûre de ne pas te tromper ?

La toute première rencontre de Lucy avec un mort-vivant remontait à sa petite enfance, et la fillette qu'elle était alors avait bien failli y laisser la vie. Bien des années plus tard, le souvenir s'en était estompé, mais elle en faisait encore des cauchemars. Elle se réveillait toujours en suffoquant, baignée de sueur et les oreilles bourdonnantes comme si on lui avait enfoncé la tête sous l'eau. Il lui fallait toujours un certain temps pour reprendre sa respiration. Mais, même une fois calmée, elle gardait longtemps dans la bouche un goût de fiel... et la certitude que l'abominable créature avait tenté de la tuer.

Au bruit de ses pas, elle sut que l'esprit s'avançait. L'obscurité était à présent complète, à peine distraite par la lumière tremblotante du téléphone portable qu'Amelia tenait toujours à bout de bras même si elle tremblait comme une feuille.

– Pas de panique ! réitéra Lucy.

Autant qu'elle en ait fait l'expérience, les vexators étaient capables de mouvoir des objets à distance, d'émettre des sons, et même d'entrer en communication avec les humains. Leur but était de les effrayer le plus possible afin de s'approprier leurs forces et s'abreuver de leurs émotions. La panique qui s'emparait de leurs victimes leur procurait une jouissance indicible. Ils se repaissaient de leur énergie vitale, l'aspiraient jusqu'à la moelle des os et laissaient les malheureux exsangues et le souffle court. Ceux qui en réchappaient disaient avoir eu l'impression qu'un froid surnaturel s'était abattu sur eux, et qu'après s'être emballé, leur cœur avait presque cessé de battre.

Les vexators cherchaient avidement à s'emparer de ce qu'ils avaient perdu : la vie ! Et leur soif était inextinguible.

L'obscur visiteur ne semblait pas pressé. Prenant tout son temps, il contourna la table de salle à manger et se dirigea vers le canapé en rotin.

– Je vais me faire pipi dessus, gémit Amelia. Ça paraissait bien plus cool dans les bouquins...

Tendue comme un arc, Lucy épiait tous les bruits. Des bribes de cauchemar lui remontèrent en mémoire : un clapotis, des visages fantomatiques, des doigts crochus qui fouaillaient dans son cœur et lui ravissaient sa joie de vivre et sa sérénité.

Les pas s'arrêtèrent enfin. Lucy sentit une présence à côté d'elle. Impalpable, mais bien réelle. Et surtout, terriblement menaçante. De frayeur, Amelia laissa échapper son téléphone.

– Sers-toi de ton don, Lucy ! implora-t-elle dans un souffle. Fais quelque chose, je t'en supplie !

Si celle-ci avait eu le pouvoir de chasser le vexator, elle n'aurait pas hésité une seconde.

– Le mieux est de garder son sang-froid, conseilla-t-elle à mi-voix. Si on ne bouge pas, il finira peut-être par s'en aller. Du calme !

– Mais je SUIS calme ! glapit Amelia en se

serrant si fort contre sa copine qu'elle la griffa avec les fantômes de son pull-over.

Malgré sa passion pour les phénomènes occultes et son goût prononcé pour le surnaturel, elle était au bord de la crise de nerfs.

Lucy avait elle aussi bien du mal à rester stoïque. Soudain, quelque chose lui effleura la joue et un courant d'air glacé lui hérissa le poil. Elle se força à respirer calmement. Surtout, ne pas céder à la panique... Mais sa terreur augmenta encore d'un cran lorsqu'elle découvrit un faciès gris aux contours flous innommables qui lui souriait d'un air sardonique.

La bouche hideuse était horrible à voir, mais ce n'était pas ça le pire. Le plus affreux, ce qui terrifiait Lucy au plus haut degré, c'étaient ses yeux ! L'adolescente aurait donné n'importe quoi pour être confrontée aux orbites vides d'un morne plutôt qu'à ce regard-là. Les yeux n'étaient-ils pas le miroir de l'âme ? Dans ceux du vexator se reflétait toute la méchanceté du monde. On n'y lisait qu'abjection, violence et perversité. Le Mal à l'état brut, concentré dans toute sa laideur et toutes ses dimensions.

Le spectre se pencha vers elle, si près que son haleine putride lui souleva le cœur, puis il lui susurra quelque chose à l'oreille. D'abord elle ne comprit pas ce qu'il cherchait à lui dire, mais il répéta plusieurs fois son message, si bien que les mots commencèrent à s'assembler et à former du sens. Quand la lumière se fit dans son esprit, tout son sang reflua dans ses veines.

Une déflagration retentit dans l'entrée. Combien de fois la mère de Lucy avait-elle demandé à son mari de mettre un stop-porte ? Par paresse ou par manque de temps, celui-ci avait toujours remis ce bricolage à plus tard, ce dont Lucy lui était à présent éperdument reconnaissante. Car à l'instant précis où la lourde porte de chêne avait tapé dans le mur, le spectre avait disparu.

La lampe du salon s'alluma comme par magie, baignant la pièce d'une lumière rassurante. Le froid s'était dissipé, et Voix d'outre-tombe passait de nouveau à la télévision.

Tom s'encadra sur le seuil.

– Lucy, tu sais où je pourrais trouver un torchon ? Ce maudit chien s'est encore roulé dans la boue !

Il n'avait pas fini sa phrase que le petit Skye terrier accourut ventre à terre et sauta sur les genoux de sa maîtresse. Il était surexcité, couvert de boue des pieds à la tête, et semblait vouloir en faire profiter sa jeune maîtresse et son amie.

En les voyant aussi livides l'une que l'autre, Tom MacKay fronça les sourcils.

– Ça va, les filles ?

Elles hochèrent mécaniquement la tête. Mais elles étaient encore en état de choc. Surtout Lucy. Car le vexator n'était pas entré dans la maison par hasard, non. Il était venu exprès pour lui délivrer un message. Et quel message...

– Le plâtre a dégringolé ! annonça Tom MacKay en ramassant un linge près du panier du chien. Bah, ça a un côté positif : ce n'est plus la peine que j'achète une butée pour la porte.

Il chercha Bobby des yeux ; mais à la vue du chiffon, celui-ci avait détalé comme une flèche, bien décidé à ne pas se laisser décrotter sans livrer bataille.

– Petit monstre, s'emporta le gardien du cimetière. Je devrais exiger une augmentation de salaire !

Le chien lui avait été imposé par les Monuments historiques.

À Édimbourg, tout le monde connaissait la légende de Greyfriars Bobby, le Skye terrier devenu célèbre dans la seconde moitié du XIXe siècle. À la mort de son maître, un certain John Gray, on l'avait vu marcher en tête du cortège funèbre. Et rien ni personne n'avait pu le déloger de la tombe près de laquelle il avait monté la garde pendant quatorze ans. Lorsqu'il se fut éteint à son tour, une statue grandeur nature avait été érigée en sa mémoire. Située près du portail, elle était toujours la sculpture la plus photographiée de toute l'Écosse.

Les touristes semblaient beaucoup moins apprécier son impétueux avatar.

Tom se servit un verre de vin.

– Quelle soirée sinistre ! Il fait un froid polaire ; et le brouillard est tellement épais que, même moi, j'ai eu du mal à retrouver mon chemin... Pour tout dire, l'autre vieille folle ne s'est pas montrée aujourd'hui. D'ailleurs, ça me fait penser que je ne l'ai pas vue de toute la semaine !

À ces mots, Lucy s'arracha à sa torpeur.

– Elle s'appelle Mrs Forbes, dit-elle sur un ton pincé. C'était une amie de maman.

Le fait que Mrs Forbes ne soit pas venue depuis plusieurs jours avait de quoi surprendre, en effet. Car elle se présentait au portail avec la régularité d'un métronome, au point qu'on aurait pu régler sa montre sur ses visites. Elle dispersait sur les tombes des herbes miraculeuses en récitant des incantations inintelligibles. La mère de Lucy avait bien souvent arpenté les allées avec elle pour lui tenir compagnie.

Tom haussa les épaules.

– Je n'ai jamais compris ce que ta mère lui trouvait.

À une certaine époque, Lucy et Amelia avaient espionné la vieille dame pour essayer de découvrir ce qu'il y avait derrière son manège. Mais elles s'étaient vite lassées.

Lucy se rendit compte alors qu'Amelia était très pâle. Pourtant, elle aurait dû sauter de joie ! Elle qui n'arrêtait pas de répéter combien elle rêvait de vivre une expérience paranormale... Évidemment, entre s'autoproclamer chasseur de fantômes et se retrouver aux prises avec l'un d'eux, il y avait une différence de taille.

– Vous êtes sûres que ça va, toutes les deux ? s'alarma le père de Lucy, qui n'avait pas l'habitude de les voir aussi silencieuses.

– Il vient de nous arriver un truc bizarre ! lâcha Amelia, incapable de se contenir plus longtemps. On était tranquillement en train de regarder la télé quand...

– ... quand elle a mordu dans un sablé de Noël ! enchaîna Lucy en lui écrasant le pied pour la faire taire. Elle a failli y laisser une dent. Mais il n'y a rien de cassé, heureusement.

– Aïe, les biscuits, opina son père d'un air penaud. Je crains qu'ils ne soient un peu trop cuits. Je suis un piètre pâtissier...

– Ils sont très bons quand même, assura Amelia.

Lucy lui donna un coup de coude.

– Fayotte !

Pour toute réponse, Amelia lui tira la langue.

– Je ferais peut-être mieux de les jeter, murmura Tom à regret.

– Bonne idée ! applaudit Lucy.

Au moins, c'était clair et net.

– Il faudrait aussi que je prévienne Stevie. Je lui en ai déposé une boîte devant chez lui. Il n'était pas rentré quand je suis passé.

Lucy tressaillit. Tout comme Mrs Forbes, Ghosty-Stevie était un modèle de ponctualité. Il était toujours de retour à l'heure pour assurer la garde de nuit. Il avait dû lui arriver quelque chose.

– Bon, fit Tom. Je m'occupe du dîner. Amelia, si le cœur t'en dit, tu peux rester avec nous...

– Avec plaisir, M. MacKay ! répondit-elle en souriant jusqu'aux oreilles. Ma mère est au pub, et je n'ai pas très envie de passer la soirée toute seule. Et je me sens si bien chez vous. C'est un peu ma deuxième maison.

Le gardien du cimetière haussa un sourcil, l'air un peu déconcerté.

Lucy avait parfois l'impression que sa copine faisait du charme à son père ; vu ses propres difficultés à communiquer avec lui, ça la surprenait toujours. Mais elle n'en prenait pas ombrage : Amelia ne s'était jamais remise de la mort de son père, disparu dans un accident de voiture quand elle était bébé et, inconsciemment, elle reportait son affection sur Tom.

– Qu'est-ce qui t'a pris ? Pourquoi est-ce que tu ne lui dis pas ce qui s'est passé ?

– Parce qu'on ne parle pas de ces choses-là quand on n'a pas la preuve de ce qu'on avance. Sinon on passe pour une folle ou une toxico.

– Mais votre maison est hantée ! se récria Amelia. Il a le droit de le savoir, non ?

Lucy secoua la tête. Elle avait déjà essayé plusieurs fois d'évoquer son don avec son père, mais il n'avait pas voulu en entendre parler. Tout ce qui touchait au surnaturel et aux esprits lui paraissait absurde, tout comme les pseudo-fantômes d'Harris.

Sa mère était la seule à qui elle ait pu se confier. Quand elle lui avait fait part de ses visions, celle-ci lui avait recommandé de n'en parler à personne :

« Si tu dis la vérité, tu risques de beaucoup souffrir, Lucy. Car on ne te comprendra pas. Espérons que tout ça rentrera bientôt dans l'ordre ! »

Elle n'avait pas découragé sa fille de croire à l'existence des morts-vivants, pas plus qu'elle ne l'avait poussée dans cette voie. Lucy se demandait s'il fallait y voir le signe d'une tolérance hors du commun, ou s'il y avait une autre raison derrière.

Peu à peu, Amelia retrouvait ses couleurs.

– Je n'en reviens pas ! Je viens de vivre un phénomène paranormal ! Moi !

Nerveuse, elle fouilla dans ses poches et en ressortit un Nessie Poo qu'elle se fourra dans la bouche.

– Quand je pense qu'un vexator s'est introduit chez vous alors que j'étais là... Je suis restée super zen, tu ne trouves pas ?

Lucy eut un sourire en coin.

– Je ne sais pas si je le formulerais de cette manière. Pour une spécialiste, il me semble que tu n'en menais pas large.

– Du coup, je suis sûre à cent pour cent que tout ce que tu m'as raconté sur les mornes est vrai, enchaîna Amelia en ignorant superbement cette réponse. Au fait, j'ai une question !

D'un regard furtif, elle s'assura que Tom MacKay était toujours dans la cuisine, puis demanda tout bas :

– Le spectre, je l'ai entendu, mais c'est tout. Et toi ? Tu l'as vu ?

– Entraperçu, seulement, minimisa Lucy. Mon père est arrivé à ce moment-là.

Elle n'avait aucune envie de revenir sur sa vision. Les yeux du vexator, son haleine, son aura glaçante... Plus vite elle oublierait tout ça, mieux ce serait. Une fois de plus, elle regretta de ne pas vivre dans une maison normale dans un endroit normal, comme tout le monde. Son père était très attaché aux valeurs et aux traditions. Aussi avait-il repris le flambeau de ses aïeux, gardiens du cimetière de génération en génération depuis des siècles. Il était très fier de pouvoir dire que les MacKay étaient liés à Greyfriars Graveyard, et considérait que Lucy avait beaucoup de chance d'y avoir vu le jour. Elle, au contraire, ne voyait pas ça comme un privilège. Et après ce qui venait de se produire, elle aurait voulu quitter cet endroit maudit le plus vite possible.

Fuir. Comme sa mère.

– Mon enquête n'avance pas beaucoup, se plaignit Amelia, déçue que Lucy se montre si avare d'informations. Il faut dire que tu n'es pas très coopérative... Je pensais que ce serait un atout de travailler avec toi.

– Un atout…, répéta Lucy, songeuse. Crois-moi, si je savais comment me débarrasser de ce don, je le ferais tout de suite.

– N'empêche, tu pourrais faire l'effort d'aller un peu plus au fond des choses. Si on réfléchit un peu…

Elle poursuivit en comptant sur ses doigts :

– Nous ignorons : un, pourquoi tu as ces visions. Deux, pourquoi jusqu'à présent seule Miss Poppins était entrée chez vous. Trois, comment le vexator a pu s'introduire dans votre salon aujourd'hui. Quatre, si nous serions en mesure de lui résister une autre fois. Et, cinq, quelle est l'étendue de tes capacités. Tu devrais essayer de les développer… Avec de l'entraînement, tu saurais peut-être repousser les esprits ?

– N'importe quoi ! se récria Lucy catégoriquement.

La situation n'était-elle pas déjà assez pénible ? Cultiver son don était bien la dernière chose dont elle avait envie.

Vexée, Amelia lui tourna le dos, prit les pincettes et fourragea dans la cheminée où le feu était déjà presque éteint. Elle le ranima sans mot dire.

– Désolée, s'excusa Lucy, rattrapée par la mauvaise conscience. Ce n'était pas dirigé contre toi. Simplement, je n'en peux plus. Quand tu rentres chez toi, tu sais que tu y seras en sécurité. Tandis que moi, je vis ici jour et nuit.

Amelia n'était pas rancunière.

– T'inquiète ! fit-elle avec un haussement d'épaules. On reprendra tout ça demain point par point. Mais pour les besoins de notre enquête, nous devrons examiner même les trucs les plus dingues.

– À savoir ?

– Eh bien, la couleur de tes yeux, par exemple, répondit Amelia avec le tact et la délicatesse d'un troll. Tu sais bien que je trouve la pâleur de ton iris méga cool, mais il faut reconnaître que c'est un peu inhabituel, non ? Qui sait s'il n'y a pas un lien et si le fait que tu voies les esprits n'est pas dû à tes prunelles.

– Bon sang, Amelia ! soupira Lucy, au supplice.

Chaque fois que l'on abordait ce sujet, son estomac se révulsait. À l'école primaire, un garçon de sa classe – un gros rouquin qui s'appelait Bobby Thomson – avait dit un jour qu'« elle avait des yeux de morte et que ça expliquait pourquoi elle habitait dans un cimetière au milieu des zombies ». Et il l'avait surnommée « Croquemorte », un sobriquet qui lui était resté.

– À table ! claironna Tom MacKay depuis la cuisine, mettant fin à la discussion.

Les saucisses étaient carbonisées, les pommes de terre à l'eau et les légumes aussi, mais il en fallait plus pour entamer l'appétit d'Amelia, qui se resservit plusieurs fois. Tandis que Lucy ne pouvait rien avaler. Elle toucha à peine à ce qu'elle avait dans son assiette et attendait avec impatience de pouvoir se coucher.

Le repas terminé, elle enfila son manteau et sortit avec Amelia pour aller lui ouvrir le portail. Tom MacKay n'avait pas menti : la nuit était glaciale et il y avait un brouillard à couper au couteau. Malgré la lumière de la lampe électrique, on n'y voyait pas à un mètre.

– Ça t'ennuierait qu'on passe chez Ghosty-Stevie ? demanda Lucy d'une voix qui résonna étrangement à ses oreilles, comme étouffée par du coton.

– À cause des sablés de Noël ?

– Je voudrais m'assurer qu'il est bien rentré, acquiesça Lucy. Je ne sais pas pourquoi, j'ai un mauvais pressentiment.

Son amie poussa un soupir.

– Pour tout t'avouer, moi aussi. J'ai comme un poids sur l'estomac.

– Tu m'étonnes ! Tu as mangé comme quatre. Même un poltergeist n'a pas réussi à te faire perdre l'appétit !

Un frisson lui parcourut l'échine. Craignant de voir surgir un morne ou un vexator, elle braqua sa lampe sur les tombes en bordure de l'allée, mais ne vit que du blanc. Décidément, le brouillard était impénétrable. Un silence fantomatique pesait sur le cimetière.

Les deux filles se dirigèrent à tâtons vers le caveau du SDF. Le gravier crissait sous leurs pas.

Parvenue devant le mausolée, Amelia plissa les yeux.

– Il n'est pas rentré : la boîte de biscuits n'a pas bougé. À moins qu'il ne l'ait pas vue ?

– Ghosty ? appela Lucy. Ohé, Stevie, tu es là ?

Rien, pas de réaction.

S'il y avait eu une serrure autrefois, elle avait été arrachée. L'adolescente poussa la porte qui s'ouvrit en grinçant sur ses gonds, et promena sa lampe à l'intérieur. Ce qu'elle vit la cloua sur place : le lit de camp et l'étagère avaient été renversés, les ustensiles de cuisine étaient éparpillés dans tous les sens, et le sac de couchage pendait au plafond.

– Quel bazar ! laissa échapper Amelia. Et moi qui me croyais la reine du désordre !

– Hier, c'était parfaitement rangé.

– Il a peut-être trouvé une planque plus confortable et il n'a pris que le minimum...

Lucy secoua la tête.

– Impossible. Il ne serait jamais parti sans prévenir mon père.

Au milieu du chaos, elle aperçut le livre où le vagabond gardait ses économies. Elle le ramassa et l'ouvrit. L'argent était toujours à l'intérieur, y compris les 2 livres qu'elle lui avait données la veille au soir.

– Oh non, gémit-elle, catastrophée.

Le cadre photo gisait sur le sol. De nouveau, elle se baissa et le retourna. Le verre s'était cassé en tombant, mais la photo de Stevie avec sa femme et sa fille s'y trouvait toujours. Or celui-ci y tenait comme à la prunelle de ses yeux ; jamais il ne serait parti sans l'emporter.

– Il lui est arrivé malheur, murmura Lucy d'une voix sans timbre. Nous devons tout de suite aller prévenir mon père.

3

Dossier M 12 / W3 / T2 : Tentative de tordre une petite cuillère. Tentative ratée... Simple tour de passe-passe à la portée de n'importe quel amateur. Débile ! Par contre, ai assisté en direct à l'apparition d'un esprit maléfique +++. L'horreur. (Ai failli me faire pipi dessus !) Vidéo inexploitable, hélas. Image beaucoup trop floue. Pour plus de détails,* cf. *M 12 / W3 / T1.

Extrait du rapport d'investigation PES
Par : Amelia Burnett, directrice en chef de
la brigade PES de Greyfriars Graveyard

Lucy et son père bifurquèrent en direction du Royal Mile, le quartier le plus touristique d'Édimbourg, et longèrent la Bibliothèque nationale. Tom marchait à grandes enjambées si bien que Lucy était obligée de courir pour rester à sa hauteur.

– On a attendu un jour et demi, exactement comme tu l'avais dit, cria-t-elle pour couvrir le vacarme des autobus à impériale qui encombraient la circulation. Mais Ghosty-Stevie n'a toujours pas réapparu, même pas pour la visite d'hier ! Harris était furieux. Quand vas-tu te décider à agir ? Tu avais promis...

– Tu t'inquiètes pour rien, ma chérie, la coupa-t-il en louvoyant habilement entre les piétons, sa caisse à outils dans une main et des planches calées sous son bras droit. Je doute qu'il lui soit arrivé quelque chose. C'est un vagabond, il mène une vie de nomade, sans contraintes ni obligations. Il a peut-être retrouvé un ancien copain et a décidé de passer quelques jours avec lui.

– Amelia et moi, on a interrogé ses amis. Personne ne l'a vu depuis le soir où il a joué les fantômes pour Harris avec nous. Ça remonte à lundi, Dad ! Depuis, plus rien !

Aux dires des amis en question, Stevie avait confié s'être senti mal à l'aise au cimetière ces derniers temps, surtout la nuit. Amelia y voyait la preuve qu'il avait déserté son abri pour un endroit plus agréable. Mais Lucy était sûre du contraire.

Ils dépassèrent la cathédrale Saint-Gilles sans lui accorder un regard. Le Royal Mile comptait tant de statues, de maisons médiévales et de monuments historiques que les habitants n'y faisaient plus attention. Ce qui fascinait toujours Lucy, en revanche, c'étaient les closes, ces passages voûtés s'ouvrant de part et d'autre de l'artère principale et formant un vrai labyrinthe souterrain au cœur de la vieille ville.

Mais il n'était pas question de flâner. Son père avançait au pas de charge.

– Tu ne pourrais pas marcher moins vite ? se plaignit-elle. J'ai les jambes plus courtes que toi et ça m'épuise de trottiner derrière toi comme un chihuahua.

– Je suis pressé, se justifia-t-il en ralentissant à peine. D'abord je dois passer chez Adam pour lui réparer une étagère. Ensuite chez les Lockhart, dans la Candlemaker Row, pour changer un joint de robinet. Et après j'ai encore rendez-vous avec le pasteur Graham qui veut que j'inspecte la toiture de son église.

Il arrondissait ses fins de mois grâce à des travaux de bricolage, et l'après-midi s'annonçait particulièrement lucratif.

– Et quand vas-tu signaler la disparition de Ghosty-Stevie au commissariat ? demanda Lucy. Tu m'as promis de le faire !

Entre-temps, ils avaient atteint le Cadenhead's, la boutique du plus vieil embouteilleur d'Écosse, dont l'élégante devanture verte était reconnaissable entre toutes. À travers la vitrine, on apercevait un petit Skye terrier couché sur un plaid, qui somnolait les pattes en l'air. La main sur la poignée, Lucy guettait la réponse de son père lorsque la porte s'ouvrit d'elle-même.

– Content de vous voir ! les salua Adam, le propriétaire du magasin et meilleur ami de Tom. Pose tes planches ici, mon vieux, ça te débarrassera ! Et puisque tu es là, je te propose de goûter le dernier cru que j'ai rentré. Un single malt dont tu me diras des nouvelles.

Les deux hommes étaient liés par une passion commune pour le whisky. Ils avaient d'ailleurs constitué un petit groupe de connaisseurs, qui se réunissait régulièrement pour discuter malt, blends et arômes, dégustation à l'appui.

Le Skye terrier s'approcha de Lucy en agitant joyeusement la queue. Elle se baissa pour le caresser.

– Bonjour, Bobby Bis !

Ce n'était pas un hasard si lui aussi s'appelait Bobby. C'était bien sûr une réplique parfaite du célèbre original, censée faire « couleur locale », et le négociant espérait qu'il lui attirerait des clients.

À l'intérieur du magasin régnait une ambiance chaleureuse. Il y avait des bouteilles du sol au plafond, alignées les unes à côté des autres sur les rayonnages, des demi-tonneaux de whisky reconvertis en fauteuils, et des tapis à carreaux écossais pour réchauffer l'atmosphère.

Adam avait déjà un début d'embonpoint et le crâne passablement dégarni. Fléchissant les genoux, il tapa sur ses cuisses.

– Viens ici, Bobby !

À son ordre, le chien délaissa Lucy et se précipita vers lui. Tom MacKay le considéra d'un air désabusé.

– J'aime les chiens qui n'en font qu'à leur tête ! ironisa-t-il d'une voix sourde. Comme nous autres, les Écossais. Qui voudrait d'un toutou docile qui obéit bêtement à son maître !

Tout en riant de sa plaisanterie, Adam se tourna vers Lucy et demanda :

– Tu as déjà vu le numéro que je lui ai appris pour l'anniversaire de Betsy ?

Betsy, son épouse, était une fervente supportrice de la famille royale d'Angleterre.

– Bobby ? reprit-il en levant l'index. Que fait-on en présence de la reine ? Allez, Bobby, salue !

Bobby baissa la tête, plaça son antérieur droit derrière le gauche et s'inclina avec toute la grâce dont il était capable. C'était si drôle que Lucy en oublia ses soucis.

– Une révérence ! s'écria-t-elle en battant des mains. C'est trop mignon !

– Où est l'étagère que je dois réparer ? abrégea son père. C'est que je n'ai pas que ça à faire, moi !

Lucy saisit la balle au bond.

– Au fait, tu ne m'as pas répondu : quand comptes-tu passer au commissariat ?

– Au commissariat ? répéta Adam en fronçant les sourcils. Pourquoi ça ?

– Je suis presque sûre qu'il est arrivé malheur à Ghosty-Stevie, expliqua Lucy.

Elle lui fit part de ses inquiétudes mais n'en obtint pas le soutien espéré.

– Que ça te préoccupe est tout à ton honneur, déclara-t-il gentiment. Mais il n'y a rien d'anormal à ce qu'un SDF disparaisse quelque temps. Ce n'est pas quelqu'un de stable, comme toi et moi. Bien sûr, si ton père s'en allait du jour au lendemain, ce serait différent. Quand Anne est partie, on a tout de suite pensé à un accident...

Son visage déjà rougeaud s'empourpra violemment, et un silence pesant s'abattit sur eux trois.

– Désolée, Lucy, s'excusa-t-il, confus. Je n'aurais pas dû évoquer ta mère. C'était très maladroit de ma part...

– C'est bon, murmura-t-elle en fixant ses pieds.

D'un geste bourru, Tom attira sa fille à lui.

– Je n'avais pas compris que la disparition de Stevie te rappelait celle d'Anne. Mais ça n'a rien à voir, Lucy. Attends quelques jours, tu verras...

C'était une chose à laquelle elle ne pouvait pas se résoudre. Car, de façon mystérieuse, elle savait que le vagabond était en danger et avait besoin de leur aide. Hélas, personne ne pouvait comprendre d'où lui venait cette certitude.

Croisant les bras sur sa poitrine, elle assena sur le ton du défi :

– Si vous, vous ne voulez pas, moi, j'irai !

– Lucy, s'il te plaît, laisse tomber ! implora son père.

Son ami leva les yeux au ciel.

– Qu'est-ce qu'on avait dit, mon vieux ? De l'autorité ! Impose-toi !

– Si tu crois que c'est facile..., bougonna Tom.

Lucy en resta sans voix. Ils avaient parlé d'elle dans son dos, c'était évident. Et Adam semblait penser qu'elle menait son père par le bout du nez. D'un seul coup, il dégringola dans son estime.

– À tout à l'heure ! annonça-t-elle en se dirigeant vers la sortie.

– N'oublie pas que tu as un cours d'accordéon ! lança son père.

– Oui, oui…

– J'ai reçu un coup de fil de Miss Dempster il y a quelques jours. Elle trouve que tu ne t'exerces pas assez !

Lucy était déjà à la porte.

– Je… euh… je m'exerce mentalement, Dad ! se défendit-elle. Je répète les morceaux en pensée. C'est tout aussi efficace !

Elle détestait l'accordéon, ce gros instrument ringard et malcommode. Pendant des mois, elle avait supplié son père de jouer de la guitare ou de la batterie, mais il avait toujours refusé en disant qu'il n'avait les moyens de lui offrir ni l'instrument ni les leçons. Pour son malheur, Amelia avait raconté à Tom que son groupe de ceilidh, une danse traditionnelle écossaise, cherchait désespérément un accordéoniste. L'instrument était mis à disposition, et les leçons, offertes gratuitement. Bien entendu, le père de Lucy avait été emballé par cette idée ; tous deux avaient topé là sans que Lucy ait eu son mot à dire, et elle avait atterri ni une ni deux chez Miss Dempster pour sa première leçon. Il ne lui avait pas fallu vingt minutes pour comprendre qu'elle aurait encore préféré la cornemuse.

– J'ai hâte que tu me joues un morceau ! lui lança Adam du fond de la boutique. À Noël, peut-être ?

– Compte là-dessus ! répondit-elle en se sauvant le plus vite possible.

Une heure plus tard, elle rejoignait Amelia au commissariat de police d'Édimbourg. Le constable de permanence à l'accueil était un certain Harry Lewis. Son regard allait de l'une à l'autre comme si les yeux décolorés de Lucy et le manteau à fleurs mauves et orange d'Amelia le mettaient mal à l'aise. Elles lui exposèrent la raison de leur venue.

– Donc, vous voudriez signaler une disparition ? résuma-t-il avec une certaine raideur.

– Je viens de vous le dire, acquiesça Lucy en se forçant à garder son calme. Notre ami n'a pas été vu depuis plusieurs jours. Vous êtes bien le responsable de la sécurité du cimetière ?

– Oui, confirma-t-il en se renfrognant comme si elle avait appuyé sur un point sensible. Greyfriars Graveyard relève de ma juridiction.

Sans doute aurait-il préféré un secteur plus animé.

Ouvrant un tiroir, il en retira un formulaire et un stylo.

– Dans ce cas, je vais prendre le signalement de la personne, céda-t-il avec un soupir. Prénom ?

– Stevie ! indiquèrent Lucy et Amelia d'une seule voix.

– Le nom ?

Les deux filles échangèrent un regard perplexe. Lucy se racla la gorge, puis demanda avec un sourire enjôleur :

– Excusez-moi mais... ce serait possible de corriger ? Stevie, c'est le nom. Et le prénom, c'est Ghosty.

Le constable fronça les sourcils.

– Je vois ! Donc nom : inconnu.

Il biffa la mention précédente, remplit les deux cases et poursuivit :

– Adresse ?

– Greyfriars Graveyard. Premier mausolée à droite après le portail nord.

Il se redressa avec colère.

– Vous vous moquez de moi ? Ghosty-Stevie, adresse : un caveau dans un cimetière ? Vous venez signaler la disparition d'un fantôme, ou quoi ? Et vous croyez que je vais avaler ça ?

– Pardon, mais en tant qu'experte en phénomènes paranormaux, j'attire votre attention sur le fait que les revenants sont aussi réels que vous et moi.

Lucy lui décocha un coup de pied dans le tibia pour qu'elle se taise.

– Experte en phénomènes paranormaux, mais oui ! ironisa le constable en prenant la feuille pour la déchirer. Donc ce Ghosty-Stevie est un zombie ?

– Pas du tout ! se hâta de corriger Lucy. C'est un SDF qui vit au cimetière ! Avec l'accord du gardien, c'est-à-dire mon père. Malheureusement, je ne connais pas son nom de famille.

Elle reprit toute l'histoire depuis le début et, cette fois, le policier l'écouta de bout en bout sans l'interrompre.

– Je comprends mieux, maintenant, déclara-t-il quand elle eut terminé. Si votre ami était aussi ponctuel que vous l'affirmez et ne s'était encore jamais absenté plus de vingt-quatre heures, alors il y a de quoi s'interroger, en effet.

Il les croyait ! Lucy se sentit soulagée d'un énorme poids.

– Vous allez lancer des recherches ? hasarda-t-elle, pleine d'espoir.

Il secoua la tête.

– C'est malheureux, mais nous n'avons pas les moyens d'une enquête approfondie pour un SDF qui a disparu. Cependant, si vous avez une photo de lui, je vous promets de garder un œil ouvert...

– Génial ! commenta Amelia, acerbe.

Elle et Lucy paraissaient si abattues que le policier se laissa fléchir.

– Par contre, rien n'empêche que vous nous aidiez. Vous seriez prêtes à coopérer ?

– Carrément ! s'exclamèrent-elles, tout feu tout flamme.

– Dans ce cas, retournez au caveau et tâchez d'y relever des indices. Si vous découvrez quoi que ce soit d'intéressant, revenez me voir.

Elles opinèrent avec empressement.

– Vous croyez qu'on a une chance de le retrouver ? demanda Lucy d'une toute petite voix.

– Bien entendu, assura-t-il avec un sourire réconfortant. Édimbourg n'est pas si grande...

– Sauf s'il n'est plus en ville ! réfléchit Amelia tout haut. Il a peut-être été enlevé par un voleur d'âme qui l'a envoyé dans l'autre monde ! Auquel cas il est peut-être en train de nous regarder à travers ce miroir pendant que nous parlons.

Fixant le miroir minuscule à côté de la porte, elle conclut d'un air soucieux :

– Et ça serait rudement compliqué de le faire sortir de là, croyez-moi.

Le policier se retint d'éclater de rire.

– Ne faites pas attention à ce qu'elle raconte ! plaida Lucy.

– Remarquez, pouffa-t-il, c'est peut-être une piste à creuser...

– Par pitié, ne lui mettez pas ce genre d'idées dans la tête, répliqua Lucy sur le ton de la plaisanterie. Elle serait capable de vous prendre au mot !

Cependant, elle-même ne pouvait nier qu'il y avait peut-être une part de vrai dans l'hypothèse d'Amelia. Ce n'était pas un hasard si Stevie avait disparu à l'instant précis où le vexator s'était introduit chez elle.

Lorsqu'elles quittèrent le commissariat, dix minutes plus tard, une bise glaciale soufflait en tempête. Lucy enfonça son bonnet sur ses oreilles. Amelia consulta sa montre.

– Oh non ! s'écria-t-elle. La répétition de ceilidh commence dans un quart d'heure ! On n'y sera jamais !

Lucy poussa un soupir. S'il n'avait tenu qu'à elle, elle aurait volontiers séché sa leçon avec Miss Dempster, qui avait lieu en même temps et au même endroit que le cours de danse. Mais elle avait donné sa parole.

La saisissant par le coude, Amelia l'entraîna de l'autre côté de la rue.

– Vite, dépêchons-nous !

– D'accord mais, après, on ira au mausolée. Il fera noir, mais ce n'est pas ça qui te fait peur, n'est-ce pas ?

– Bien sûr que non, quelle idée ! s'indigna Amelia, qui semblait avoir déjà oublié la panique qui s'était emparée d'elle pas plus tard que la veille.

Je suis une pro ! Ma seule crainte, c'est mon inquiétante indifférence face au danger !

Lucy leva les yeux au ciel.

– Tu as raison, ça m'inquiète, moi aussi.

Il leur fallut à peine treize minutes pour atteindre le Grassmarket, une charmante petite place où se trouvaient d'innombrables pubs et restaurants, ainsi qu'un horrible hôtel moderne. Elles la traversèrent en courant et s'engouffrèrent dans l'immeuble où le groupe folklorique se réunissait une fois par semaine.

Miss Dempster commençait à s'impatienter lorsque Lucy déboucha en trombe dans la salle de classe.

– Désolée, s'excusa-t-elle, hors d'haleine, en ôtant son bonnet. J'ai dû passer au commissariat de police et...

– Au commissariat ? répéta la demoiselle en haussant les sourcils.

Lucy regretta de ne pas lui avoir servi un mensonge facile à avaler. Elle ouvrit la bouche pour se justifier, mais Miss Dempster l'arrêta d'un geste.

Haussant les épaules, l'adolescente s'assit à sa place. Sans pouvoir se l'expliquer, elle eut le sentiment que quelque chose clochait. Mais quoi ?

– Où est ton accordéon ? demanda Miss Dempster d'un air pincé.

– Oh, fit Lucy en regardant autour d'elle avec un sourire désolé. Je crois bien que je l'ai oublié.

– Et comment veux-tu prendre un cours d'accordéon si tu n'as pas ton instrument ?

– Ni mes partitions..., précisa Lucy par souci d'exhaustivité.

Le visage de Miss Dempster prit une inquiétante couleur violacée. S'ensuivirent une remontée de bretelles digne d'un adjudant et un sermon sur la discipline, les vertus de la musique et les joies de l'accordéon qui laissèrent Lucy pantelante. Lorsque le flot de paroles se tarit enfin, elle alla s'asseoir dans la grande salle où Amelia et ses copains étudiaient une nouvelle danse. Les couples virevoltaient en se tenant par la taille, revenaient dans le cercle, s'en détachaient par groupes de trois, et tout le monde levait les bras avec l'air de s'amuser follement. La bonne humeur était si contagieuse que Lucy se détendit. Après tout, se dit-elle, l'après-midi avait été plutôt positif : le constable Lewis avait accepté d'ouvrir une enquête, avec un peu de chance, elle et Amelia découvriraient un indice qui permettrait de retrouver Stevie ; les vacances de Noël seraient bientôt là... et Miss Dempster avait même « menacé » de mettre fin aux leçons et de lui reprendre son accordéon. Bref, tout allait pour le mieux.

Hélas, ce bel optimisme fut de courte durée. Car l'angoisse qui l'étreignait depuis vingt-quatre heures reprit aussitôt le dessus. Une angoisse dont elle ne pouvait s'ouvrir à personne, pas même à Amelia, et que la musique ne parvenait pas à apaiser. Les mots que le vexator lui avait soufflés à l'oreille ne cessaient de la hanter. Rien que d'y penser, elle sentait son poil se hérisser.

Voici le temps des Douze Nuits
Qui verront renaître un tyran
Ivre de vengeance et de sang,
Et un MacKay mourra par lui.

La menace était on ne peut plus claire. Mais comment fallait-il l'entendre ? Pour se rassurer, Lucy essayait de se persuader que le poltergeist avait cherché à lui faire peur et que ses paroles n'étaient pas à prendre au sérieux. Comme tous les autres de son espèce, il se nourrissait de la frayeur qu'il inspirait à ses victimes. Son père et elle ne craignaient rien… Cependant, elle avait beau se raisonner, elle n'arrivait pas à se débarrasser du sentiment que tous deux étaient en danger.

Lorsque le cours de danse s'acheva, Édimbourg était déjà plongée dans la nuit. Lucy avait vu juste. Ce qu'elle n'avait pas anticipé, en revanche, c'était la surprise qui les attendait au cimetière.

– Tu vois ce que je vois ? s'écria Amelia en fourrant un caramel dans sa bouche.

Tétanisée, Lucy fixait la foule de curieux agglutinés autour d'une voiture de police stationnée devant le portail.

– Qu'est-ce qui t'arrive ? s'alarma sa copine. Tu es pâle comme la mort, d'un seul coup !

Se ressaisissant, Lucy la prit par le bras et se fraya un chemin à travers la cohue.

– Vite ! Essayons de savoir ce qui se passe.

Tout en jouant des coudes, elle tenta de saisir des bribes de conversation. Mais personne ne semblait savoir exactement de quoi il retournait. Elles se faufilèrent discrètement de l'autre côté du portail.

– Dad ! s'écria Lucy en apercevant son père à quelque distance de là.

Le visage grave, lui et le pasteur Graham regardaient deux policiers, dont le constable Lewis, s'occuper d'une femme qui poussait des hurlements hystériques en pressant un mouchoir ensanglanté contre son cou.

Lucy courut vers lui, Amelia dans son sillage.

– Que s'est-il passé ?

– Il semble que cette dame ait été agressée, répondit-il. J'étais en train de faire ma ronde quand j'ai été alerté par ses cris.

– Attaquer les gens dans un cimetière ! s'indigna Amelia. Quelle honte !

– Elle prétend que son agresseur n'était pas un humain, leur apprit le révérend Graham. Elle dit que ses blessures sont le fait d'un esprit. À l'en croire, elle aurait ressenti un froid glacial et aurait été griffée par une main invisible. Fasse le ciel que cette histoire ne se répande pas !

Comme toujours lorsqu'il était dépassé par une situation, le pasteur passa les doigts dans les rares cheveux qui lui restaient encore, et considéra d'un air apitoyé la malheureuse qui sanglotait à chaudes larmes dans les bras du constable Lewis.

– Pauvre âme égarée. Elle doit être sous l'emprise de la drogue. Je ne vois pas d'autre explication à de tels délires.

Après sa rencontre avec le vexator, Lucy ne trouvait pas si absurde la version de la femme. Mais ni elle ni Amelia ne pouvaient lui apporter leur soutien : si personne ne croyait la malheureuse alors que c'était une adulte et qu'elle était grièvement blessée, il n'y avait aucune chance pour qu'on les prenne au sérieux du haut de leurs treize ans.

Elle lança à Amelia un regard noir lui signifiant de la fermer. Mais celle-ci avait déjà la tête à autre chose : armée de son téléphone portable, elle filmait la scène avec application, se concentrant d'abord sur la foule des badauds... puis sur les policiers, et enfin un zoom sur la victime.

– Il faut absolument que j'envoie ça au staff de Voix d'outre-tombe, chuchota-t-elle à l'oreille de Lucy. S'ils entendent parler de cette affaire, ils enverront une équipe pour enquêter.

Se tournant vers Tom MacKay, elle demanda, tout excitée :

– Vous croyez que je peux interviewer cette femme ?

– Arrête ça tout de suite, Amelia, ordonna-t-il en lui abaissant le bras avec douceur, mais fermeté. Laisse-la tranquille, tu vois bien qu'elle est en état de choc. Et puis, il vaudrait mieux que la chose ne s'ébruite pas. Sinon on risque de voir débarquer des quantités de cinglés impatients d'organiser une chasse aux fantômes. Et ça, non merci !

Le pasteur fit chorus :

– Entièrement d'accord avec vous, M. MacKay ! Déjà que les visites fantômes me donnent de l'urticaire... Si nos finances n'étaient pas si désastreuses, je les aurais interdites depuis longtemps. Je ne souhaite pas davantage de publicité dans ce sens, ne serait-ce que pour protéger ma communauté qui n'a vraiment pas besoin d'un scandale.

Soutenue par deux infirmiers, la blessée se dirigeait à présent vers l'ambulance qui venait d'arriver. Désignant les gens massés près du portail qui la mitraillaient avec leurs téléphones, Lucy murmura :

– J'ai bien peur que vous ne puissiez pas y échapper. De toute façon, la visite guidée de ce soir est annulée. J'ai déjà prévenu Harris que le cimetière serait fermé.

– La poisse ! pesta Amelia.

En l'absence de Stevie, Harris avait offert aux deux filles de se partager son salaire à condition que les touristes aient leur quota de frissons et de sueurs froides.

– Si tu es à sec, je peux te prêter de l'argent, proposa Lucy à son amie. Pas beaucoup, mais assez pour un paquet de caramels.

– C'est sympa, répondit Amelia. Mais j'arrête les bonbons. J'ai décidé d'économiser pour m'acheter un compteur Geiger. C'est l'instrument indispensable pour mesurer les champs magnétiques et les ondes émises par les esprits. Après ce qui nous est arrivé, il faut d'urgence que je complète mon équipement scientifique.

Lucy la fixa d'un air médusé. Sa copine semblait avoir oublié un détail.

– Pour quoi faire ? Je suis bien plus précise et efficace que n'importe quel compteur Geiger : les esprits, je les vois, je te rappelle.

– Comment ça : tu es plus efficace qu'un compteur Geiger ? répéta son père en faisant volte-face après avoir pris congé du pasteur. Qu'est-ce que tu veux dire par là ?

Lucy se mordit les lèvres en se maudissant d'avoir parlé si fort. Alors qu'elle ne manquait pas de répondant d'habitude, elle était totalement à court d'arguments.

Amelia vola à son secours.

– C'est un terme de ceilidh ! improvisa-t-elle. De même qu'un métronome donne le tempo, un compteur Geiger est un indicateur de... de vibrations. Ce que Lucy voulait dire, c'est qu'elle a tellement le rythme dans la peau qu'elle n'en a pas besoin.

– Voilà qui fait plaisir à entendre ! se réjouit Tom MacKay. C'est la meilleure nouvelle de la journée.

Lucy était catastrophée. Grâce à l'aplomb et à l'à-propos d'Amelia, elle était tirée d'affaire, mais pas pour longtemps. Car son père ne tarderait pas à recevoir un coup de fil de Miss Dempster. Et là...

– Je fais le tour du cimetière avant de fermer, annonça-t-il en allumant sa lampe-torche.

Il allait tourner les talons quand le constable Lewis s'approcha à grands pas.

– M. MacKay ? Un instant s'il vous plaît !

Le policier salua les deux adolescentes d'un signe muet.

– J'ai juste une question à propos du SDF qui habite ici.

Le gardien plissa le front.

– Stevie ?

Le cœur de Lucy bondit dans sa poitrine.

– Vous l'avez retrouvé ?

– Pas encore, fit le constable.

Feuilletant son calepin, il demanda d'un ton sévère :

– Est-il exact que cet homme est un ancien pick-pocket bien connu de nos services ?

Amelia, Lucy et son père opinèrent de concert.

– D'après mes renseignements, il est capable de s'approcher de n'importe qui sans se faire remarquer. Au point qu'on le surnomme l'homme invisible. Vous confirmez ?

Lucy comprit tout de suite où il voulait en venir.

– Ce n'est pas lui le coupable ! se récria-t-elle. Jamais il ne ferait de mal à quelqu'un !

– Je n'ai pas dit qu'il était coupable, répliqua le constable sans s'émouvoir. Seulement, c'est une hypothèse à considérer. Il a peut-être eu besoin d'argent et tenté de délester cette femme, et puis son geste a dévié et il l'a blessée sans le vouloir ? Et maintenant il se cache quelque part... Il connaît le cimetière comme sa poche. Forcément, avec un surnom pareil...

– Ça ne tient pas d..., voulut protester Lucy.

Un regard de son père la fit rentrer dans sa coquille. Celui-ci prit la parole :

– Je comprends bien, constable. Cependant, si séduisant que soit votre raisonnement, je réponds de Stevie comme de moi-même. Il n'est pour rien dans cette affaire, j'en donnerais ma main à couper.

– Si vous le dites...

L'air peu convaincu, le policier referma son carnet avec un claquement sec, et prit congé :

– Nous reviendrons demain matin relever les empreintes à la lumière du jour.

– Ne vous gênez pas, répondit le gardien avec un sourire aimable.

Le constable parti, Tom MacKay alla faire sa ronde, et les deux filles restèrent seules. Après toute cette agitation, le silence leur parut oppressant. Ni l'une ni l'autre n'avait le cœur à parler.

– Il commence à neiger ! nota soudain Amelia.

Au même instant, Lucy sentit un flocon fondre sur ses lèvres. Elle s'arracha à sa torpeur.

– Tu veux jeter un coup d'œil au mausolée ? suggéra-t-elle mollement.

Amelia regarda autour d'elle.

– Ce serait peut-être mieux d'attendre demain, non ?

– Bonne idée ! approuva Lucy avec un soulagement évident.

De son point de vue, l'auteur de l'agression ne pouvait être que le vexator. Et sans doute Amelia pensait-elle la même chose. Il y avait donc fort à parier que le spectre se tenait tapi dans l'ombre, prêt à fondre sur sa prochaine victime...

– De toute façon, on n'aurait aucune chance de découvrir quoi que ce soit, trancha Amelia. Tu veux passer chez moi ? Ce soir, ma mère ne travaille pas.

Lucy comprit l'allusion. Les moments où Amelia et sa mère se retrouvaient ensemble étaient assez rares pour être préservés.

– On s'appelle à la première heure, OK ?

Tandis qu'Amelia se faufilait hors du cimetière, Lucy aperçut une silhouette près du portail, et elle se fit la réflexion que les curieux n'étaient pas tous partis. Cependant, en plissant les yeux, elle reconnut Mrs Forbes, la « vieille folle » qui venait quotidiennement disperser des herbes sur les tombes en prononçant des formules magiques. La faible lumière des réverbères ne permettait pas de distinguer ses traits, surtout sous une averse de neige, pourtant Lucy fut frappée par son apparence. Mrs Forbes paraissait exsangue. Ses cheveux blancs étaient encore plus hirsutes que d'habitude ; et, avec la longue canne qui dépassait de son lourd manteau de tweed, elle faisait vraiment penser à un spectre. Mais ce qui frappa le plus Lucy, c'était la peur qui transparaissait dans son attitude.

Aussi immobile qu'une statue, la main serrée convulsivement sur son col, elle fixait un point droit devant elle. Lucy suivit son regard. Hélas, l'église lui bouchait la vue.

Le cœur battant à tout rompre, elle s'élança vers le haut de la colline. La fine couche de neige qui s'était formée entre-temps crissait sous ses pas, et le froid était si vif qu'elle faisait de la fumée en respirant.

Elle voulait en avoir le cœur net. Elle dépassa l'église... et se figea d'épouvante. Elle aurait voulu s'enfuir mais le cœur lui manquait et ses jambes refusaient de la porter. Il aurait au moins fallu ne pas regarder, mais pas plus que Mrs Forbes, elle ne pouvait détacher les yeux de l'effroyable vision qui s'offrait à elle. Une foule compacte d'hommes, de femmes et d'enfants de tous âges se pressait sur la pelouse blanchie par le gel. Ils étaient des milliers. Ils occupaient toute la partie sud de la colline, et leurs corps fantomatiques luisaient mystérieusement dans l'obscurité. Serrés les uns contre les autres sur plusieurs rangs, ils la fixaient d'un air accusateur.

Lucy sentit un froid mortel se répandre dans ses veines. Jamais elle n'avait vu tant de mornes à la fois. Que faisaient-ils là ? Leur présence était-elle liée à l'agression de cette femme ?

Soudain, elle se rendit compte que certains étaient vêtus de haillons. Ils avaient les joues hâves, et leurs corps étaient tuméfiés. Comme si tous avaient subi le même funeste destin.

Pas étonnant que Mrs Forbes ait été horrifiée, songea Lucy.

À peine s'était-elle fait cette réflexion qu'elle en mesura toute la portée. Elle n'était pas la seule à voir les morts-vivants ! Cette révélation lui fit l'effet d'une décharge électrique.

Elle chercha Mrs Forbes des yeux et laissa échapper un juron en ne la découvrant nulle part. Néanmoins, un espoir ténu se fit jour dans son esprit, et elle éprouva un soulagement indicible à savoir que quelqu'un, dans son entourage proche, possédait le même don qu'elle et en souffrait pareillement. Car il ne faisait aucun doute que Mrs Forbes aurait préféré ne pas voir ce qu'elle voyait.

Lucy sentit un souffle sur sa joue.

Elle déglutit avec peine et prit péniblement le chemin du retour. Les mornes la suivirent de leurs orbites vides, la mine si abattue que tout son poil se hérissa. C'est alors qu'une femme d'âge moyen aux cheveux filasse se détacha du groupe. Elle leva le bras et pointa l'index sur elle :

– Il va venir te chercher. Tu ne lui échapperas pas.

Lucy frissonna de tout son être. Non, elle n'avait pas rêvé. Le chuchotement avait été à peine audible, si ténu qu'on aurait pu le prendre pour le souffle du vent, mais les mots s'étaient assemblés sans aucun doute possible, et la menace qu'ils contenaient retentissait aux oreilles de Lucy avec une force inouïe.

– Quoi ? Qu'essaies-tu...

Elle n'alla pas plus loin. Si elle avait réussi à s'accommoder de son don jusqu'à présent, c'était parce qu'elle se croyait capable de se raccrocher à certaines règles. La principale étant que seuls les vexators avaient le pouvoir de communiquer avec le monde réel. Or cette femme était indéniablement une morne et, par conséquent, il était exclu qu'elle puisse dialoguer avec elle.

– Tu ne lui échapperas pas.

– De qui parlez-vous ? articula Lucy d'une voix tremblante. Qui va venir me chercher ?

D'un seul mouvement, les mornes pointèrent l'index vers elle.

– Il va venir te chercher. Tu ne lui échapperas pas plus que nous, répétèrent-ils à plusieurs reprises.

Leurs chuchotements lui parvenaient étouffés et en décalage avec le mouvement de leurs mâchoires, comme si leur écho mettait un temps infini à traverser l'espace.

Lucy tituba en arrière et manqua de tomber.

« Ce n'est pas possible, tenta-t-elle de se raisonner. C'est moi qui débloque complètement. Personne ne va venir me chercher. Il n'y a aucune raison. »

Les mains sur les oreilles, elle tourna les talons et courut jusqu'à chez elle le plus vite possible.

4

« Des fantômes s'agitent autour de nous, chaque instant de la vie veut nous dire quelque chose, mais nous ne voulons pas écouter cette voix surnaturelle. Quand nous sommes seuls et silencieux, nous craignons qu'on nous murmure quelque chose à l'oreille et c'est pourquoi nous détestons le silence, pourquoi nous nous étourdissons en société. »

(Nietzsche, Œuvres complètes - Considérations inactuelles*)*

La dernière journée de cours avant les vacances de Noël avait été interminable. Assise à côté d'Amelia qui jacassait comme une pie, Lucy regardait par la fenêtre du bus, perdue dans ses pensées. Alors qu'à l'aller, Édimbourg lui avait paru resplendissante sous la neige qui la recouvrait d'un blanc manteau d'innocence, elle lui semblait à présent sinistre. Des tas de neige gris foncé encombraient les trottoirs, et les passants pataugeaient dans une boue gelée, la tête rentrée dans le col de leur manteau et le nez rougi par le froid.

– … que je devrais me les teindre en mauve ? Avec quelques mèches bleues, tu en penses quoi ?

Arrachée à la contemplation des maisons frileusement pressées les unes contre les autres, Lucy sursauta.

– Pardon ?

– Ce serait une bonne idée, tu crois ? Ou ça te paraît extravagant ?

Lorsque Amelia avait des doutes sur un éventuel changement de look, on pouvait être sûr que la nouveauté envisagée constituerait une grave atteinte à la sérénité de son entourage. Même son uniforme n'était pas réglementaire : le revers de sa veste noire était truffé de boutons à inscriptions sibyllines, sa chemise blanche avait rosi « accidentellement » et un foulard à étoiles dorées dissimulait sa cravate à rayures rouges et noires.

– Ce serait une catastrophe, laisse tomber !

Les yeux d'Amelia se réduisirent à deux fentes.

– Tu n'as pas écouté un mot de ce que je te disais, hein ?

Le bus à impériale s'immobilisa à un arrêt, et les passagers se bousculèrent vers la sortie. Le hasard voulut que Rob Thomson et Michael Neill, deux garçons de la classe, fussent coincés à hauteur de Lucy.

– Hey, Croquemorte ! lui lança le premier tout en décochant un coup de coude complice à son acolyte. Alors, comme ça, tu as mordu une touriste à la nuque hier au cimetière ? Déjà que tu étais zombie, tu t'es muée en vampire ?

Lucy lui accorda à peine un regard. Elle avait bien assez de soucis pour ne pas s'embarrasser de ce genre d'âneries.

– Elle n'a pas été mordue, mais griffée, abruti, corrigea-t-elle avec un sourire condescendant. La prochaine fois que tu voudras te moquer de quelqu'un, tu vérifieras tes informations avant.

Pris de court, Rob ouvrit et ferma la bouche tel un poisson hors de l'eau mais ne trouva rien à répondre. Heureusement pour lui, la queue avança et il fut happé par le flot.

– Viens Michael ! crâna-t-il pour sauver la face. Ne perdons pas notre temps avec ces cinglées !

Les portes se refermèrent derrière eux, et le bus redémarra.

– Et maintenant, tu vas me dire ce qui ne va pas ! exigea Amelia en regardant son amie dans les yeux. Tu n'as pas desserré les dents de toute la journée. C'est à cause de ce qui est arrivé à cette malheureuse ? Tu t'en veux ?

Lucy fronça les sourcils.

– Pourquoi est-ce que je m'en voudrais ? lui retourna-t-elle, piquée. Tu me prends pour un vampire, toi aussi ?

– Parce que tu aurais peut-être pu lui éviter d'être agressée, voilà pourquoi ! Le coupable, c'est le vexator qui nous a rendu visite, forcément. Il n'y en a que très peu au monde. Et donc, la probabilité que deux d'entre eux se manifestent en même temps en un même lieu est extrêmement faible.

Lucy n'aurait pas été si catégorique. Après sa vision de la veille et l'effrayante prédiction des mornes, plus rien ne pouvait l'étonner.

– Si au lieu de le refouler par tous les moyens, tu essayais de développer ton don, poursuivit impitoyablement Amelia, tu aurais pu anéantir le poltergeist d'entrée de jeu, et cette femme n'aurait pas été attaquée. Mais non ! Quand te décideras-tu à lire le Manuel à l'usage des médiums que je t'ai prêté ?

– Excuse-moi, répliqua Lucy avec une colère contenue, mais je ne me sens absolument pas coupable. Je veux bien t'aider dans tes enquêtes et être ton adjointe PES, OK, mais je n'ai jamais juré de sauver l'humanité. Alors lâche-moi, tu veux bien ?

Amelia se renversa en arrière avec dépit ; Lucy croisa les bras sur sa poitrine et toutes deux se murèrent dans un silence buté.

Lucy fut la première à capituler.

– Bon, on arrête, d'accord ? Mais ne me parle pas de mon don, c'est la dernière chose dont j'ai envie de discuter.

À ces mots, le visage de sa copine s'illumina.

– Donc, j'avais raison ! s'écria-t-elle triomphalement. Il y a quelque chose qui te tracasse !

Se penchant à son oreille, elle chuchota en se délectant d'avance :

– Alors ? C'est quoi le problème ?

Vaincue, Lucy lui raconta en quelques mots sa rencontre avec Mrs Forbes et la terrible prophétie des mornes ; mais elle omit de préciser que la panique lui avait fait prendre ses jambes à son cou.

Amelia n'en crut pas ses oreilles.

– J'hallucine ! ne cessait-elle de répéter en secouant la tête avec incrédulité. Une armée entière ? Pourquoi les phénomènes les plus fantastiques ne se produisent-ils qu'en mon absence ?

– C'est tout ce que tu trouves à dire ? s'énerva Lucy. Tu ne pourrais pas compatir un peu, pour une fois ?

Elles descendirent du bus à Bristol Place et prirent la direction du cimetière. Les mouettes tournoyaient au-dessus de leurs têtes en poussant des cris perçants.

– Amelia, déclara Lucy avec gravité. On n'est pas dans un épisode de Voix d'outre-tombe. Ce dont je te parle, c'est la réalité, pas les élucubrations d'un soi-disant chasseur de fantômes. Je vois vraiment des choses surnaturelles, et ça me terrifie. Alors, si au lieu de me critiquer, tu pouvais être une vraie copine et me soutenir, ça m'arrangerait.

Amelia s'arrêta net.

– C'est vrai ! murmura-t-elle d'une voix étranglée. Je suis un monstre !

Se jetant sans crier gare au cou de Lucy, elle la serra à l'étouffer et se mit à sangloter sur son épaule.

– Pardon... J'ai été infecte. Je suis vraiment une fille impossible.

– Pas de souci, la consola Lucy en lui tapotant le dos tout en rassurant d'un sourire navré les passants qui les regardaient d'un air interloqué.

Elle avait beau connaître Amelia par cœur et avoir l'habitude de ses sautes d'humeur, elle ne se serait pas attendue à de tels épanchements.

Relâchant son étreinte, Amelia sécha ses larmes du revers de sa manche et hoqueta :

– J'oublie parfois combien tu dois prendre sur toi... Tant de spectres à la fois, ça devait être terrible. Et je me doute que ça ne doit pas être facile de vivre jour et nuit avec un don comme le tien. À ta place, je crois que je péterais un câble ! Heureusement, tu arrives à rester zen et tu as assez de cran pour pouvoir affronter n'importe quelle situation.

Lucy se sentit rougir. La veille, elle n'avait pas brillé par son courage, loin de là. Mais de se sentir soutenue lui faisait un bien fou. Et c'était nettement plus agréable que d'essuyer des reproches ou d'incessantes exhortations à cultiver une clairvoyance dont elle se serait volontiers passée.

Elles se remirent en marche.

– Depuis quelque temps, le cimetière est en proie à une recrudescence de phénomènes surnaturels, déclara Lucy. Les esprits sont plus téméraires qu'avant. Si seulement je savais pourquoi ! Jamais encore ils n'avaient communiqué deux fois de suite avec moi.

– Deux fois ? releva Amelia. Comment ça ?

Lucy se mordit les lèvres. Elle s'était trahie.

– Le vexator m'a parlé, avoua-t-elle dans un souffle.

– Hein ?

De toute évidence, Amelia en voulait à Lucy de ne pas l'avoir mise dans la confidence. Mais elle ravala sa colère et, très vite, sa curiosité naturelle reprit le dessus.

– Et alors ? Qu'est-ce qu'il t'a dit ?

Machinalement, Lucy répéta les paroles du spectre. Elle les avait à peine entendues, et pourtant elles étaient à jamais gravées dans sa mémoire.

– *Voici le temps des Douze Nuits*
Qui verront renaître un tyran
Ivre de vengeance et de sang,
Et un MacKay mourra par lui.

Elle n'avait pas besoin de la regarder pour savoir qu'Amelia aurait voulu consigner ces vers séance tenante dans son carnet d'observations PES. Mais elle ne lui en laissa pas le loisir.

– Tu noteras ça plus tard ! dit-elle en poussant le portail du cimetière.

Amelia comprit que ce n'était pas la peine d'insister.

– De quelles nuits voulait-il parler, d'après toi ? demanda-t-elle en lui emboîtant le pas. Les douze après sa visite ? Ou est-ce que ce nombre désigne quelque chose en particulier ?

Lucy haussa les épaules.

– Aucune idée ! Je dois dire que je ne me suis pas préoccupée de cette question. Pour moi, le plus important était de savoir à qui il faisait référence. Quel individu normalement constitué se qualifierait lui-même de tyran ?

– Premièrement, on n'a pas affaire à un « individu normalement constitué », objecta Amelia. Et deuxièmement, il a peut-être dit ça pour la rime ?

– Peut-être..., répondit Lucy sans grande conviction.

– N'empêche que ça reste une énigme, poursuivit Amelia en hochant la tête. Et je déteste être face à tant de questions sans réponses. Qu'est-ce que tu as l'intention de faire ?

Lucy allait lui répondre qu'elle avait envisagé de guetter Mrs Forbes afin d'avoir une conversation avec elle, mais la surprise la cloua sur place.

– Que se passe-t-il encore ?

Jamais elle n'avait vu autant de monde à Greyfriars Graveyard. Il y avait des gens partout : dans les allées, sur les pelouses, entre les tombes... Tous arpentaient le cimetière avec leur téléphone portable à la main, photographiant les stèles et les mausolées, ou les yeux fixés sur d'étranges instruments de mesure. À quelque distance de là était stationnée une camionnette d'une télévision régionale.

Lucy aperçut son père en grande discussion avec les journalistes. Il semblait très énervé.

– ... pas sans autorisation, un point, c'est tout !

– Eh bien ! s'exclama Amelia. Il semble que l'attaque d'hier ait fait plus de bruit que le pasteur Graham ne l'aurait souhaité !

Retenant son souffle, elle désigna un grand échalas entièrement vêtu de noir, enveloppé dans un manteau gothique qui lui tombait sur les chevilles.

– Oh, regarde ce type, il a un compteur Geiger ! Tu crois qu'il me le prêterait ? Ça doit être encore un de ces scientifiques à la noix, incapable d'analyser correctement les données qu'il collecte...

– Zut ! pesta Lucy, qui avait d'autres préoccupations. On ne peut pas perquisitionner chez Ghosty-Stevie au milieu de toute cette foule ! Si on nous voit, ça ne fera que renforcer les soupçons...

Soudain très pâle, elle ajouta :

– Aïe... La porte est ouverte... Pourvu que personne ne soit entré chez lui !

– Tu as raison. Sinon les éventuels indices pourraient avoir été effacés...

Attendre Mrs Forbes était inutile. Il y avait beaucoup trop d'agitation pour qu'elle vienne se livrer à son cérémonial ce soir-là.

– On va attendre que Dad ait fermé le cimetière, proposa Lucy. Et on ira inspecter le caveau après.

– Mais... il fera noir ! laissa échapper Amelia un ton plus haut que nécessaire.

– Tu as une meilleure idée ?

Amelia regarda autour d'elle.

– Hélas non, murmura-t-elle, la mine sombre. Mais, dans l'intervalle, essayons au moins de glaner un maximum d'informations. On trouvera peut-être un ou deux trucs qui feront avancer notre enquête ?

Lucy soupira. Traîner au cimetière était la dernière chose dont elle avait envie, mais c'était la seule solution si elle voulait avoir une chance de retrouver Ghosty-Stevie. Alors autant en profiter pour faire plaisir à Amelia.

– 20 h 13. Enregistrement d'Amelia Burnett, directrice en chef de la brigade PES de Greyfriars Graveyard, se présenta Amelia dans le vieux dictaphone qu'elle s'était acheté d'occasion au marché aux puces. Je me dirige avec mon adjointe, Lucy MacKay, vers la planque de Ghosty-Stevie. Pour plus d'informations sur les raisons de cette opération commando, se reporter au rapport d'investigation PES, dossier M12/ W3/ T5/ Frissons et tremblements.

Lucy ne l'écoutait pas. Tous les sens aux aguets, elle avançait avec précaution sur la neige gelée qui crissait sous leurs pieds. Par chance, son père avait accepté de lui prêter sa grosse lampe-torche dont le faisceau lumineux ouvrait une percée dans l'obscurité et tenait à distance les épaisses ténèbres qui les enveloppaient.

– ... Le cimetière semble aujourd'hui plongé dans une nuit plus sombre que jamais, enchaîna Amelia. Et l'atmosphère de Greyfriars Graveyard n'en est que plus oppressante.

Agitant son appareil sous le nez de Lucy, elle ajouta :

– Lucy MacKay, as-tu repéré des mornes ?

– Non.

– Un vexator ?

– Non.

Amelia pressa la touche « stop ».

– Tu ne pourrais pas être moins avare de paroles ? Pour une médium, tu pourrais quand même t'exprimer de façon un peu plus mystérieuse... plus... mystique.

– Possible, répondit Lucy avec indifférence. Ah, on y est !

À la lumière de sa torche, elle vit que la porte du caveau était grande ouverte et, pendant une fraction de seconde, elle se réjouit à l'idée que leur ami était peut-être revenu. Hélas, cet espoir fut de courte durée. Car lorsqu'elles pénétrèrent à l'intérieur, elles n'y trouvèrent que ses affaires éparpillées par terre avec, en prime, des canettes de bière vides et des paquets de chips éventrés.

– C'est bien ce que je craignais, murmura Lucy. Des gens sont entrés ici.

Se baissant, elle ramassa le livre à compartiment secret et poussa un juron :

– Les salauds ! L'argent a disparu.

Amelia enclencha son dictaphone.

– Il est vingt heures vingt-deux et la perquisition ne permet pas de relever le moindre indice. Des vandales se sont introduits dans le mausolée et y ont...

– Tu ne peux pas arrêter ça ? s'énerva Lucy. Ce serait plus intelligent d'ouvrir l'œil et de réfléchir à la manière de procéder.

– Ça m'aide..., se défendit Amelia.

– À quoi ?

– À ne pas avoir peur, qu'est-ce que tu crois ! J'ai tellement la trouille de tomber entre les griffes d'un vexator ! Toi, tu vois le danger arriver. Tandis que moi, je suis aveugle et sans défense.

Lucy n'avait jamais envisagé la chose sous cet angle. Elle avait toujours considéré comme une bénédiction le fait de ne rien voir, rien savoir.

Du coup, elle comprenait mieux pourquoi sa copine voulait s'acheter un compteur Geiger.

– Dans ce cas, continue à t'enregistrer, lui concéda-t-elle. Moi, je cherche.

Hélas, elle eut beau fouiller partout, elle ne découvrit aucun élément nouveau. C'était désespérant : si elle ne pouvait pas fournir la preuve que Stevie était innocent, ou au moins l'amorce d'une piste qui conduise à lui, ce n'était pas la peine de retourner voir le constable Lewis...

Quelques minutes plus tard, tristement bredouilles, elles quittèrent le caveau. L'opération « Frissons et tremblements » était un fiasco.

– Beurk ! s'exclama soudain Lucy. J'ai les mains dégoûtantes. Tu n'aurais pas un mouchoir dans ton barda, par hasard ?

Pas de réponse. Intriguée, Lucy jeta un coup d'œil par-dessus son épaule, et vit que sa copine était restée en arrière et fixait l'allée par laquelle elles étaient arrivées, aussi immobile qu'une statue et les yeux agrandis par l'horreur. Au-delà des quelques mètres éclairés par la torche, l'obscurité était totale. Mais on entendait craquer la neige durcie par le gel. Un bruit de pas, de toute évidence. Quelqu'un venait.

– Ton père est chez vous ? chuchota Amelia tout bas.

– Non, il est à sa dégustation de whisky, répondit Lucy sur le même ton. Il ne rentre jamais avant vingt-deux heures, surtout après une journée aussi stressante qu'aujourd'hui.

Depuis quelque temps, Tom MacKay avait les yeux cernés, signe qu'il dormait mal, et il s'énervait pour un oui ou pour un non, ce qui n'était pas dans ses habitudes. L'afflux des curieux et des journalistes le mettait à rude épreuve.

Mais si ce n'était pas lui, qui donc pouvait rôder dans le cimetière au milieu de la nuit ?

– C'est le vexator ? s'enquit Amelia, tremblante.

– Je ne sais pas.

Retenant son souffle, Lucy inspecta les environs avec attention. Elle crut que ses sens lui jouaient un mauvais tour. Car plus elle scrutait l'obscurité, plus il lui semblait deviner des ombres menaçantes entre les tombes. À moins que...

– Là ! chuchota Amelia dont les dents s'entrechoquaient. Ce n'est pas un esprit... un humain !

À son tour, Lucy découvrit la silhouette dégingandée qui s'avançait dans l'allée, et elle éteignit précipitamment sa lampe-torche. Trop tard. Le nouveau venu les avait sûrement aperçues.

– Tu n'as pas un caramel ? demanda Amelia, tremblante. Si je ne trouve pas tout de suite un bonbon à me mettre dans la bouche, je sens que je vais me mettre à hurler.

D'un geste machinal, Lucy fouilla dans ses poches et lui tendit une vieille pastille pour la gorge toute poisseuse.

L'apparition portait un lourd manteau qui lui battait contre les mollets et lui donnait un aspect effrayant. De son col dépassait un cou trop mince pour la taille de sa tête.

– La... la faucheuse ! bégaya Amelia. C'est elle... Notre dernière heure a sonné !

– Arrête tes bêtises, la rabroua Lucy. Ce n'est pas la faucheuse : il me semble avoir déjà vu ce type quelque part.

Le nouveau venu n'était plus qu'à quelques mètres. Le bruit de ses pas s'accompagnait d'un étrange crépitement. Lucy mit un moment à comprendre ce que c'était.

– Un compteur Geiger ! laissa-t-elle échapper plus fort qu'elle ne l'aurait voulu.

L'autre se cloua sur place.

– Il y a quelqu'un ? demanda-t-il d'une voix mal assurée.

Au lieu de répondre, Lucy se pencha à l'oreille d'Amelia.

– C'est l'hurluberlu de tout à l'heure.

– Tu es sûre ?

Soulagée, Amelia abaissa le dictaphone qu'elle brandissait à bout de bras comme un pistolet.

– Certaine, affirma Lucy. Mais méfions-nous tout de même. Ce n'est pas un esprit, mais rien ne dit qu'il n'est pas dangereux.

Elle n'avait pas fini sa phrase que l'homme alluma une lampe électrique et la braqua sur elles.

– Que faites-vous dehors à une heure pareille ? les apostropha-t-il avec une bonne dose d'agressivité. Vous devriez être rentrées chez vous depuis longtemps !

– Je suis chez moi, répliqua Lucy en faisant un pas de côté pour se soustraire à la lumière qui l'aveuglait. Mon père est le gardien de Greyfriars Graveyard. S'il apprend que vous vous baladez ici illégalement, vous risquez de passer un mauvais quart d'heure.

L'homme émit un petit sifflement surpris. Mais il se ressaisit aussitôt.

– Bah, il se pourrait qu'il soit ravi de me savoir dans ses murs, au contraire. Je suis Kevin Corbett, chasseur de fantômes professionnel internationalement connu. Vous pourrez vérifier sur les réseaux sociaux, vous verrez, j'ai des milliers de followers.

J'ai été chargé d'enquêter sur la mystérieuse agression dont une touriste a été victime hier.

– Ah oui ? railla Lucy, les bras croisés sur sa poitrine.

Si Kevin Corbett avait été quelqu'un de sérieux, il aurait pris officiellement contact avec l'administration du cimetière pour effecteur ses recherches avec toutes les autorisations nécessaires.

Elle l'aurait volontiers expulsé sur-le-champ. Mais Amelia ne partageait visiblement pas son aversion pour le personnage. Au contraire, elle semblait fascinée par les instruments qui pendaient à sa ceinture.

– À part le compteur Geiger, qu'est-ce que vous avez comme équipement ?

D'un geste théâtral, il écarta le pan de son manteau, et annonça avec emphase :

– Une caméra thermique à infrarouges, un télémètre à ultrasons, un compteur EMF numérique pour détecter les fréquences et les champs électromagnétiques, et naturellement, le compteur Geiger pour mesurer les rayonnements alpha, bêta et gamma d'une apparition surnaturelle.

Amelia ouvrait des yeux grands comme des soucoupes.

– Waouh ! s'exclama-t-elle, béate d'admiration. Je me suis bricolé un compteur EMF à partir d'un vieux transistor, mais ça n'a évidemment rien à voir avec un matériel de pro.

– Je doute que M. Corbett soit le spécialiste qu'il prétend, intervint Lucy. Hormis quelques gadgets, il n'a aucun des outils indispensables. Et surtout, il manque de rigueur scientifique ; il a transgressé la règle numéro un...

– À savoir ? s'enquit l'homme avec irritation.

Haussant un sourcil, Amelia récita :

– Extrait des Principes de base de théorie paraphysique, Étude documentée, édition de 1913 : « La règle numéro un s'applique en toute circonstance pour la sécurité des participants et la protection d'autrui : La chasse aux fantômes ne doit JAMAIS être pratiquée en solo. »

Kevin Corbett se raidit.

– Il y a des années que j'exerce ce métier, et je n'ai pas envie de m'encombrer d'une dilettante qui me ferait perdre mon temps en me troublant dans mes observations. D'être entouré de gens me tape sur le système.

Passant la main dans ses cheveux mi-longs et si gras qu'ils luisaient à la lumière de la torche, il les rabattit en arrière, et annonça :

– Et maintenant, si vous le permettez, j'aimerais poursuivre mes investigations. Un esprit des plus maléfiques s'est retranché dans ce cimetière, et mon travail pourrait sauver des vies.

Amelia le considéra d'un air soupçonneux.

– Pourquoi essayez-vous de sauver les gens si vous ne supportez pas leur compagnie ?

– Les dangereuses créatures de l'autre monde me sont familières, tandis que leur existence reste inconnue du commun des mortels. Par conséquent, j'ai la lourde responsabilité de protéger les vivants du malheur qui les guette.

Ces phrases trop pompeuses pour être spontanées sentaient le laïus appris par cœur. Visiblement, le personnage se complaisait dans le rôle de sauveur de l'humanité.

S'il avait cru impressionner Lucy, il en fut pour ses frais car elle leva ostensiblement les yeux au ciel. À ce mouvement, Kevin Corbett tressaillit.

– Qu'est-ce que tu as aux yeux ? demanda-t-il, électrisé, en braquant sa torche sur son visage.

– Rien, merci, répondit sèchement Lucy. La dernière fois que je me suis regardée dans la glace, je les avais encore en face des trous. Vous ne pourriez pas baisser votre lampe ? Vous me faites mal !

Non seulement il ne tint aucun compte de sa demande, mais il s'approcha encore un peu plus.

– Ça alors ! murmura-t-il, sidéré. Ton iris est quasi incolore, comme s'il n'avait pas de pigment ! Pourtant, il possède sa propre lumière interne... J'ai déjà vu ça une fois dans ma vie, chez un indigène du Brésil, en pleine forêt vierge. Dans sa tribu, on l'appelait le « coursier du ciel » parce qu'il était revenu de l'autre monde. Le dieu des Morts l'avait déjà reconnu sien et marqué de son sceau, et donc ses yeux n'avaient plus les couleurs de la vie. Et ses cheveux non plus, d'ailleurs : ils étaient entièrement blancs.

Malgré elle, Lucy se mit à trembler. Ce type fabulait-il pour se faire valoir ? Ou y avait-il une part de vrai dans ce qu'il disait ?

– Comme vous pouvez le constater, mes cheveux sont d'un brun tout ce qu'il y a de plus naturel ; quant à ce qui est de mourir, ça ne m'est pas encore arrivé non plus. Dans mon cas, il s'agit juste d'un défaut de pigmentation.

Il la fixa encore un moment en silence puis haussa les épaules.

– Soit. Je vais donc me remettre au travail et vous saurais gré de ne pas m'interrompre. De par mes talents et ma formation d'exorciste, je suis le seul dans tout Édimbourg à pouvoir libérer ce cimetière de l'entité démoniaque qui le hante.

Sur ces mots, il tourna les talons et s'en fut d'où il était venu.

– Tous tes collègues PES sont aussi illuminés que celui-ci ?

Amelia secoua la tête.

– Heureusement que non. N'empêche que j'aurais bien aimé en apprendre davantage sur ce soi-disant « coursier du ciel ». Pas toi ?

– Ce type voulait juste nous en mettre plein la vue, minimisa Lucy. Et son histoire de protéger le commun des mortels, c'était si débile que ça m'a donné envie de vomir. On devrait passer par-derrière, ça nous évitera de retomber sur lui.

Du doigt, elle désigna un chemin de terre non éclairé qui longeait l'église. Même dans la journée, il était moins fréquenté que les allées goudronnées.

Amelia soupira.

– Tu veux vraiment prendre le sentier hanté ?

– Ce n'est pas toi qui as baptisé cette opération « Frissons et tremblements » ? ironisa-t-elle. Si ça peut te rassurer, je n'ai pas vu un seul esprit de toute la soirée. La nuit est même particulièrement calme.

– Le calme qui précède la tempête ! râla Amelia en lui emboîtant le pas de mauvaise grâce. Si je meurs d'une crise cardiaque, ce sera entièrement ta faute. Parce que tu nous auras jetées entre les griffes du vexator.

Le chemin était bordé d'un côté par une haie d'arbres et d'arbustes qui leur cachait les tombes et, de l'autre, par des monuments funéraires d'environ deux mètres de haut enchâssés dans le mur d'enceinte, tous plus ou moins ornés de squelettes et de faciès démoniaques.

– Es-tu certaine de vouloir te spécialiser dans les enquêtes paranormales ? Pour quelqu'un qui a la phobie des esprits, ça me paraît contradictoire !

– Je n'ai absolument pas la phobie des esprits ! protesta Amelia. Et si je fais tout ça, c'est pour avoir une base théorique en paraphysique. Tu sais bien que je cherche par tous les moyens à entrer en contact avec l'esprit de mon père parce que j'espère le faire revenir...

Cette confidence n'était pas nouvelle, mais Amelia souffrait tellement de l'absence de son père qu'elle n'en parlait pour ainsi dire jamais, pas même avec Lucy. Hélas, alors qu'elle semblait sur le point de se livrer un peu plus, elle se referma d'un seul coup.

– Tu... tu as entendu ?

Elles se trouvaient à un embranchement. À gauche, une allée conduisait à la maison de gardien, et, à droite, à la « prison des Rebelles », la partie la plus lugubre du cimetière par laquelle Harris clôturait systématiquement sa visite fantôme.

Lucy pivota lentement sur elle-même, tous les sens aux aguets.

– RAS, finit-elle par dire. Tout me paraît normal.

Un doigt sur les lèvres, Amelia lui fit signe de se taire.

Lucy tendit l'oreille. Et, en effet, elle perçut à son tour des coups légèrement métalliques frappés à un rythme régulier, un peu comme une pulsation cardiaque. Elle ne voyait pas de mornes, pas plus qu'elle ne sentait le froid polaire dont s'accompagnait en général l'apparition d'un vexator. Pourtant ce bruit venait nécessairement de quelque part !

D'une voix pleine d'appréhension, elle demanda avec un vague geste de la main :

– Tu crois qu'on devrait...

– ... s'enfuir en courant ?

– Non, je pensais plutôt à aller voir ce qui se passe.

– Ça va pas la tête ? siffla Amelia entre ses dents. Tu as déjà vu un film d'horreur ? Ceux qui essaient de déterminer la cause d'un bruit suspect sont toujours les premiers à mourir.

– Dans un film, peut-être, objecta Lucy. Ça ne veut pas dire que c'est pareil dans la réalité. En tout cas, moi qui suis une...

S'interrompant, elle dessina des guillemets avec ses doigts avant de poursuivre :

– ... médium, je n'ai encore jamais entendu un mort-vivant tambouriner de la sorte. Donc, il doit y avoir une explication rationnelle à ce phénomène. Tu viens ? Quelqu'un a peut-être besoin d'aide !

– C'est sûr, ironisa Amelia. Comment est-ce que je n'y ai pas pensé plus tôt ? Ça doit être un percussionniste qui n'a pas trouvé mieux qu'un caveau pour s'exercer. Seulement, s'il n'a pas le sens du rythme, je crains que tu ne sois la dernière à pouvoir l'aider.

Lucy secoua la tête avec agacement. Sa nullité en la matière n'était vraiment pas le sujet.

– Très bien. Dans ce cas, reste ici. Moi, j'y vais.

Elle tourna les talons sans attendre la réponse et s'éloigna à grands pas. Elle n'eut pas besoin de se retourner pour s'apercevoir qu'Amelia ne suivait pas.

– Et zut, maugréa-t-elle.

Un peu anxieuse, malgré tout, elle se faufila entre les tombes et les mausolées en s'arrêtant de temps à autre pour épier le silence. Tantôt le martèlement s'intensifiait, tantôt les coups s'espaçaient jusqu'à cesser complètement. Au bout d'un moment qui lui sembla une éternité, elle parvint à un mausolée rond surmonté d'un toit en coupole. Malgré l'obscurité, elle le reconnut sans hésiter. C'était le Mausolée noir. Même de jour, il lui inspirait une peur inexplicable.

Pas de doute, le bruit venait de l'intérieur. N'écoutant que son courage, elle monta les trois marches conduisant à une double porte de bois dans laquelle était insérée une fenêtre à claire-voie. La chaîne qui aurait dû interdire l'entrée traînait par terre.

Quelque chose n'était pas normal.

D'une main tremblante, l'adolescente poussa la porte qui s'ouvrit en grinçant de façon épouvantable, et pénétra dans la chapelle. Celle-ci était entièrement nue : il n'y avait ni sarcophage, ni plaques sur les murs. Abaissant sa lampe, Lucy regarda par terre.

– Oh non ! gémit-elle.

Dans le sol s'ouvrait une trappe donnant accès à un escalier. Lucy se sentit chanceler. Devait-elle vraiment descendre dans la crypte ? Après les déclarations d'Amelia sur ceux qui payaient cher leur curiosité dans les films d'horreur, elle était très tentée de renoncer. Soudain, les coups reprirent de plus belle. Ils montaient des entrailles de la terre et leur écho se répercutait dans tout l'édifice.

Paniquée, Lucy allait faire demi-tour quand il lui sembla entendre une voix. Elle aurait juré que quelqu'un avait appelé au secours ! Si c'était le cas, alors, il n'y avait pas à hésiter...

Elle s'approcha de l'escalier. Il était raide et si vertigineux qu'elle n'en voyait pas le bout.

– Allons ! s'exhorta-t-elle à voix haute. Un peu de cran, ma vieille !

La peur lui coupait bras et jambes. Au prix d'un effort surhumain, elle se hasarda sur la première marche. Son cœur battait à tout rompre. Effrayer les touristes en agitant une marionnette du haut d'un arbre était une chose, mais s'aventurer seule dans une crypte obscure sans savoir ce qu'elle allait y trouver en était une autre. Rien ne disait qu'elle n'allait pas tomber nez à nez avec le vexator.

À cette pensée, tout son sang se figea dans ses veines. Dans son élan, elle avait oublié un détail. Certes, elle n'avait jamais entendu ce genre de bruit auparavant, on pouvait donc supposer raisonnablement qu'il n'était pas dû à des mornes. Mais si c'était un piège tendu par le vexator ?

– Au secours ! cria alors très distinctement quelqu'un. Au secours !

Écartelée, Lucy se mordit les lèvres. Qui cela pouvait-il être ? Un humain ? Ou un esprit ?

Il lui arrivait parfois de sentir la présence des morts-vivants. Dans ces cas-là, elle avait l'impression qu'un souffle glacé s'insinuait dans son âme et l'avertissait d'un danger. Là, elle était transie, mais uniquement parce que la nuit de décembre était particulièrement froide.

Elle aurait peut-être dû développer son don, comme le lui suggérait Amelia.

Elle en était là de ses réflexions lorsqu'une main se posa sur son épaule. De frayeur, elle laissa tomber sa lampe en hurlant.

– Qu'est-ce qui te prend de brailler comme ça ? lui reprocha Amelia. Tu veux me faire mourir de peur ?

– Et toi donc ? grogna Lucy en se baissant pour ramasser sa torche. On n'a pas idée de surprendre les gens par-derrière ! Je ne m'attendais pas à ce que tu viennes. Tu avais dit...

– Il n'y a que les imbéciles qui ne changent pas d'avis.

Jetant un regard circulaire autour d'elle, Amelia demanda :

– On est où, au juste ?

– Dans le Mausolée noir.

– Ce n'est pas là qu'est enterré le fameux sorcier noir ?

– Pas à ma connaissance...

En vérité, Lucy ignorait qui reposait dans le caveau. Ce n'était pas parce que son père était le gardien du cimetière qu'elle connaissait le nom et le pedigree de tous ses locataires.

– Il doit son nom à sa couleur. Au fil des siècles, la pierre a beaucoup foncé, comme la plupart des bâtiments d'Édimbourg.

– Ah oui ! sembla se souvenir Amelia. À cause des fumées des fours à charbon ! Je préfère ça à l'esprit du sorcier noir !

Soudain, elle fronça les sourcils.

– Je rêve ou j'ai entendu crier ?

– Oui, il y a quelqu'un en bas.

Désignant l'escalier béant, Lucy hocha la tête.

– On va voir ?

Maintenant qu'Amelia l'avait rejointe, elle n'était plus aussi terrorisée. Et si ce quelqu'un avait besoin d'aide, elle ne se pardonnerait jamais de ne pas l'avoir secouru.

– Tu veux que je répande de la farine ? suggéra Amelia en désignant son sac dans lequel elle transportait des bougies, de la farine, une gourde, un talkie-walkie, le dictaphone, son téléphone portable et, bien sûr, son précieux carnet PES. S'il y a des empreintes, on sera sûres qu'il s'agit d'un humain.

– Je ne crois pas que ce soit nécessaire. Viens, dépêchons-nous.

Le cœur battant, elle entama la descente. Les vieilles marches de pierre étaient humides et recouvertes de mousse et de lichen, ce qui les rendait dangereusement glissantes.

Soudain, Amelia poussa un juron.

– Beurk ! Je viens d'accrocher une toile d'araignée dégoûtante qui devait être là depuis au moins des siècles.

– Fais gaffe ! plaisanta Lucy pour surmonter son appréhension. D'ici que l'esprit de l'araignée te prenne dans ses filets !

Elle était tendue comme un arc. Plus elle se rapprochait de l'origine du bruit, plus elle sentait ses genoux flageoler. Parvenue tout en bas, elle tomba sur une grille en fer forgé. Celle-ci avait été installée là pour préserver le repos éternel du défunt à une époque où les pilleurs de tombes venaient enlever de leur cercueil les cadavres fraîchement ensevelis pour les revendre à la faculté de médecine d'Édimbourg. Un trafic extrêmement lucratif.

Lucy n'eut qu'à la pousser: elle s'ouvrit sans résistance.

– Bizarre ! murmura l'adolescente, sur la défensive.

Son père inspectait chaque monument une fois par mois. Et il veillait toujours avec un soin scrupuleux à toujours refermer derrière lui.

La crypte était plongée dans une obscurité totale, et l'air y sentait un mélange de moisi et de renfermé. Brandissant sa torche, Lucy fit vivement un tour sur elle-même afin de s'assurer le plus vite possible que la pièce ne recelait ni pièges ni obstacles. De l'ombre sortirent tour à tour des murs lépreux, des niches avec des candélabres dont les bougies avaient fini de se consumer depuis longtemps, des toiles d'araignées... et des empreintes de chaussures. Avec l'impression que le danger était ailleurs et que la menace était toute proche, Lucy éclaira le milieu de la salle. Ce qu'elle vit la cloua sur place. La dalle de pierre de l'imposant sarcophage avait été déplacée. Elle gisait par terre sur le côté, brisée en plusieurs morceaux.

Affolée, Amelia serra la petite croix retenue par une chaînette en or qu'elle portait en permanence autour de son cou, et murmura :

– Des v... des vampires ! Un cercueil ouvert, c'est toujours synonyme de vampires !

Un soupir à fendre l'âme résonna sous la voûte.

– Oh mon Dieu ! gémit Amelia.

Tandis qu'elle se cramponnait au chambranle de la porte en essayant de contrôler les battements désordonnés de son cœur, des doigts d'une pâleur cadavérique apparurent au bord du cercueil.

Lucy crut qu'elle allait s'évanouir.

– Pardon de t'avoir entraînée là-dedans, souffla-t-elle en luttant contre la nausée.

– Au... au moins, nous mourrons ensemble, bégaya Amelia. Amies à la vie à la mort, nous aurons vécu en sœurs jusqu'à ce qu'un vampire assoiffé de sang nous ravisse notre jeune existence...

Ses paroles ronflantes produisirent sur Lucy un effet inattendu : d'un seul coup, sa lucidité lui revint. Car elle ne croyait pas aux vampires.

Autant elle était convaincue que l'énergie d'une âme perdurait au-delà de la mort indépendamment de son enveloppe charnelle – les mornes ou les vexator, par exemple – autant il était clair pour elle que les vampires et autres zombies n'existaient que dans l'imagination des humains.

S'enhardissant, elle fit un pas en avant.

– Il y a quelqu'un ?

– Par ici !

Le mot était à peine plus qu'un soupir, mais Lucy y perçut une supplication. S'avançant avec précaution jusqu'au sarcophage, elle regarda de l'autre côté.

– Stevie ?

Elle se précipita à genoux. Amelia l'imita aussitôt.

– Stevie, c'est bien toi ? Que t'est-il arrivé ?

– Aïe !

Le vagabond était méconnaissable. À moitié enseveli sous la dalle, il avait des cernes profonds sous les yeux, les joues creuses et les lèvres gercées.

– Lucy... Amelia..., réussit-il à articuler, la bouche sèche. Alors, je n'ai pas rêvé ? Quand je vous ai entendues, je me suis demandé si je n'étais pas déjà dans l'autre monde.

– On t'a cherché partout ! annonça Lucy sans savoir si elle devait rire ou pleurer. On a même signalé ta disparition à la police !

Le SDF grimaça un sourire.

– Je me demande qui aurait eu l'idée de me chercher ici.

Sans perdre une seconde, Amelia fouilla dans son sac et lui tendit sa gourde.

– Tiens, bois un petit peu. Mais pas trop vite, d'accord ?

Il prit la gourde entre ses mains, mais il était si faible qu'il ne put la porter à ses lèvres. Lucy se chargea de le faire boire à petites gorgées.

– Ouf, ça va mieux ! s'exclama-t-il en retombant en arrière.

D'une voix légèrement raffermie, il ajouta :

– Vous n'auriez pas quelque chose à manger, par hasard ?

Ravie de pouvoir se rendre utile, Amelia fourragea de nouveau dans son sac et en retira une barre énergétique.

– Un enquêteur paranormal qui se respecte doit être paré à toute éventualité ! dit-elle, très fière. Dans ce métier, on ne sait jamais ce qui peut arriver.

– Je ne comprends pas..., commença Lucy en regardant autour d'elle avec perplexité. Comment se fait-il...

– Le sol s'est effondré sous le poids du marbre, expliqua Stevie. Je suis passé au travers et ma jambe gauche s'est retrouvée coincée. Mais c'est sans doute ce qui m'a sauvé. Car s'il n'y avait pas eu cette cavité, j'aurais eu les deux jambes écrabouillées.

Les deux filles s'aperçurent alors que la partie inférieure de son corps reposait un peu plus bas, non sur la terre, ainsi qu'on aurait pu l'imaginer, mais sur une quantité inimaginable d'ossements recouverts de poussière verdâtre. Lucy réprima un haut-le-cœur.

Stevie était tombé dans une fosse commune !

– Tu es resté coincé là-dedans pendant tout ce temps ? demanda Amelia d'une voix oppressée.

– Quand mon briquet a rendu l'âme, j'ai cru que j'allais devenir fou ! répondit l'homme.

– Et tu t'es dit que le seul moyen de t'en sortir était de faire du bruit pour attirer l'attention ?

– Exact. Je crains de leur avoir arraché les oreilles !

Levant un os dans une main, il désigna un des étais métalliques que le père de Lucy avait installés pour soutenir le plafond.

– J'ai tapé là-dessus à en avoir mal au bras. Et j'ai la gorge en feu tellement j'ai crié. Je commençais à désespérer.

– Tu as eu raison d'insister ! Si on ne t'avait pas entendu frapper, jamais il ne nous serait venu à l'idée de venir te chercher ici !

Lucy se mordit les lèvres. Son père l'aurait sans doute découvert lors de son inspection mensuelle du mausolée. Mais il aurait été trop tard, alors.

Amelia voulut téléphoner, mais il n'y avait pas de réseau.

– Je remonte appeler les pompiers ! annonça-t-elle en agitant son téléphone portable.

– Bonne idée ! approuva Lucy en se redressant. Moi, je cours à la maison voir si mon père est rentré du pub.

Avant de s'élancer, elle se tourna vers le blessé.

– On revient tout de suite, Ghosty-Stevie, ne t'inquiète pas.

Les yeux du vagabond s'agrandirent de frayeur.

– Pitié, non ! Ne me laissez pas !

Lucy eut pitié de lui.

– On pourrait peut-être essayer de déplacer cette dalle..., réfléchit-elle tout haut. À nous deux...

– C'est sûr ! railla Amelia. Tu nous prends pour des Superwoman ?

– Des Superwoman, non, mais des Écossaises-et-fières-de-l'être ! répliqua Lucy en tendant la lampe à Stevie pour qu'il les éclaire. Notre peuple a inventé le lancer de tronc d'arbre ! Si les athlètes des Highland Games[1] soulèvent des poids de deux-cents kilos, on doit être capables de pousser cette

1. *Highland Games* : manifestations sportives très populaires qui se déroulent de mai à septembre un peu partout en Écosse et donnent lieu à une véritable démonstration de la force physique des Écossais.

pierre de quelques centimètres. Ça suffira pour que Stevie puisse se dégager.

Amelia secoua la tête.

– Moi en Scottish-Girl ? On aura tout vu !

Lucy ne répondit pas. Elle venait de réaliser que, pour bouger la dalle, elles allaient être obligées de descendre dans la fosse, et donc de prendre appui sur les ossements. D'ailleurs, à peine eut-elle posé le pied au fond que des craquements sinistres lui écorchèrent les tympans.

– Horreur ! s'écria-t-elle, effondrée.

– Pas grave, l'encouragea le SDF. Ils sont morts depuis longtemps, ils ne sentent plus rien !

– Je me demande pourquoi ils ont entassé autant de cadavres au même endroit ? s'interrogea Amelia en surmontant sa répulsion pour venir se placer à côté de son amie.

– Tu pourrais parler d'autre chose ? siffla Lucy entre ses dents. Pose plutôt tes mains ici !

Avec sa tenue bariolée, Amelia détonnait autant dans le paysage qu'un vexator sur une plage des Caraïbes.

Elle fit ce que Lucy lui demandait.

– À trois, on lève ! commanda celle-ci. Un... deux... trois !

Elles eurent beau s'arc-bouter de toutes leurs forces, la pierre bougea à peine d'un millimètre.

– J'arrête ! ahana Amelia après plusieurs tentatives. C'est trop dur, on n'y arrivera jamais.

– Surtout pas ! supplia Stevie. Vous y êtes presque, au contraire. Encore un tout petit peu et ce sera bon !

Elles déployaient de tels efforts que des étoiles dansaient devant leurs yeux.

– Ho hisse ! haleta Lucy.

Hélas, le pied d'Amelia glissa sur un os, elle perdit l'équilibre et lâcha prise d'un coup. Incapable de supporter l'énorme poids, ne fût-ce qu'une seconde, Lucy fléchit les bras, et la dalle retomba avec fracas dans sa position initiale. Un nuage de fumée s'éleva dans la crypte. La lampe de poche roula aux pieds de Lucy.

– Stevie ? cria Amelia d'une voix perçante. Stevie, réponds-moi !

Lucy ramassa la lampe et regarda autour d'elle en se préparant au pire. Contre toute attente, elles avaient réussi : non seulement leur ami n'était pas mort, mais il avait la place de se mouvoir !

– Aidez-moi à me mettre debout ! dit-il en prenant appui sur le sarcophage.

Les deux filles se précipitèrent pour l'aider.

– Ça fait quand même un mal de chien, gronda-t-il, la mâchoire contractée.

– Il faut absolument que tu voies un médecin, dit Amelia.

« Et que tu prennes une douche », compléta mentalement Lucy sans oser formuler tout haut sa pensée.

Elles l'entraînèrent vers l'escalier en le soutenant par les aisselles. Soudain, il se figea.

– Mon sac ! dit-il d'une voix oppressée. Je ne peux pas partir sans mon sac. Il faut absolument que vous le récupériez. Mon sac ! Il faut absolument que je retrouve mon sac...

La litanie n'en finissait plus. Lucy et Amelia échangèrent un regard inquiet. Son séjour forcé dans la fosse commune semblait l'avoir perturbé bien plus qu'elles ne l'avaient cru au premier abord. Revenant sur ses pas, Lucy découvrit une besace élimée au milieu des ossements. Elle la cala sous son bras, puis tous trois remontèrent cahin-caha.

Malgré sa joie d'avoir retrouvé Stevie sain et sauf, et le soulagement de quitter cet endroit maudit, Lucy n'était pas tranquille. Car au fur et à mesure que son stress retombait, son don reprenait le dessus. Et son instinct lui disait qu'elles avaient une chance inouïe de s'en sortir vivantes. Une présence maléfique rôdait dans l'ombre à proximité.

Alors qu'elles faisaient une pause à mi-parcours pour permettre à Stevie de souffler, Amelia demanda :

– Au fait, qu'es-tu allé faire dans ce caveau ?

– Justement, mon problème, c'est que je ne m'en souviens pas, avoua-t-il, la tête basse. Je sais juste que je me suis réveillé à côté de ce cercueil sans pouvoir bouger. Je me rappelle le moment où le sol a cédé, mais je n'ai aucun souvenir de ce qui s'est passé avant.

– Pourtant, le cadenas ne s'est pas ouvert tout seul, objecta Lucy. Et la grille de la crypte non plus !

– Je préférerais ne pas avoir à en faire état, mais j'ai été voleur assez longtemps pour être capable de crocheter n'importe quelle serrure même en dormant.

L'adolescente sourcilla. D'accord, les verrous des monuments funéraires étaient en général anciens et très souvent rudimentaires, si bien qu'ils devaient être très faciles à forcer. Mais il s'était produit trop de phénomènes préoccupants à Greyfriars Graveyard ces derniers temps pour qu'elle puisse se contenter d'une explication aussi simpliste.

– On y est presque, annonça Amelia. Plus que quelques marches...

Elles traversèrent la chapelle sans lui accorder un regard et sortirent enfin à l'air libre. Malgré le froid mordant, Lucy remplit goulûment ses poumons d'air frais.

– Allons à la maison, proposa-t-elle. On va attendre au chaud que l'ambulance arrive.

– Pas question ! se raidit Stevie, alors qu'il tenait à peine debout. Je n'ai pas besoin d'un médecin.

– On ne te laisse pas le choix, trancha Amelia.

Tout en rentrant chez elle, Lucy jeta un coup d'œil par-dessus son épaule. La lune s'était levée, et sa lumière argentée éclairait la façade du Mausolée noir. Au-dessus de la porte, il y avait une inscription avec le nom de son occupant. Un certain George MacKenzie.

5

Dossier M 12 / W4 / T3 : Terreur au cimetière.

Incroyable ! Quelqu'un a encore été attaqué par un esprit dans l'enceinte du cimetière. Cette fois la victime est un journaliste qui a senti une main invisible se plaquer sur son visage et l'empêcher de respirer jusqu'à ce qu'il perde connaissance. À Édimbourg, c'est la panique. Greyfriars Graveyard est assiégé par les équipes de télévision, et des soi-disant chasseurs de fantômes affluent de tout le pays. Mais il semble que personne n'ait d'explication rationnelle à proposer. Lucy et moi sommes donc les seules à pouvoir donner la clé de l'énigme. Or s'il y a une chose dont on est sûres, c'est que l'auteur du crime est le vexator.

À la grande déception de Lucy, Mrs Forbes n'est pas réapparue. Mais comme elle est sans doute extralucide, elle aussi, on ne peut pas lui en vouloir d'éviter les lieux par les temps qui courent. J'ai d'ailleurs proposé à Lucy pour cette même raison d'avoir notre prochaine réunion de travail dans le salon de thé de ma grand-mère.

Extrait du rapport d'investigation PES
Amelia Burnett, directrice en chef de
la brigade PES de Greyfriars Graveyard

Le nez collé à la fenêtre de sa chambre, Lucy frissonna. À cette heure du soir, entre chien et loup, les tombes noires qui se dressaient dans la pénombre autour de la maison faisaient penser aux dents acérées d'un monstre titanesque...

Stevie s'était reposé ces derniers jours et il sortirait très bientôt de l'hôpital. Aux dires des médecins, il avait eu une chance inouïe. Certes, il ne pourrait pas prendre appui sur sa jambe avant un certain temps, mais c'était un miracle qu'il ne soit pas mort écrasé. Pour le réconforter, Lucy et son père avaient réveillonné avec lui le soir de Noël. Ils lui avaient apporté un dîner délicieux, avaient chanté des cantiques et, en dépit des circonstances, Lucy avait apprécié ce bon moment. Sans parler du fait que la planche de surf offerte par son père lui avait fait très plaisir.

La mésaventure de Stevie avait fait la une des journaux. Tout Édimbourg savait qu'il était tombé dans une fosse commune et les esprits étaient passablement échauffés. Alors, quand un journaliste avait prétendu deux jours plus tard avoir été attaqué par un poltergeist, cela avait été la ruée vers le cimetière. Rien qu'en ce moment, il y avait cinq équipes de télévision en train de tourner. Et le défilé des curieux qui se dévissaient le cou derrière le portail n'en finissait pas.

En entendant craquer les lattes du plancher sur le palier, Lucy se raidit. Elle ne se sentait plus en sécurité chez elle, et son malaise était d'autant plus grand que Miss Poppins, sa fantomatique gouvernante, paraissait très agitée pendant ses gardes de nuit. Fallait-il que l'être qui hantait Greyfriars Graveyard fût redoutable pour que même les mornes tremblent devant lui ! La terreur qu'il inspirait à Miss Poppins rejaillissait sur Lucy. Et comme celle-ci n'avait personne à qui se confier, à part Amelia, elle souffrait plus que jamais de sa solitude. L'absence de sa mère la rendait malade.

Dans l'état où elle se trouvait, ses nuits n'étaient qu'une succession de cauchemars dans lesquels elle était poursuivie par le vexator. La veille, elle avait rêvé qu'il lui enfonçait la tête sous l'eau, et elle s'était réveillée en hurlant.

On frappa à sa porte.

– Je peux entrer ?

– Bien sûr ! répondit Lucy en essayant d'avoir l'air détendue.

Tom MacKay s'encadra sur le seuil. Il avait le teint gris et les traits tirés. Le stress dû aux attaques mystérieuses et au déferlement des journalistes devait l'empêcher de dormir, lui aussi.

– Je fais un saut au bureau, annonça-t-il d'un ton las. Mes supérieurs veulent l'inventaire de ce qu'on a découvert dans le Mausolée noir. Stevie aura de la chance s'ils ne portent pas plainte pour effraction et dégradation volontaire...

– Croisons les doigts ! fit Lucy, joignant le geste à la parole. Au fait, qu'allez-vous faire de tous ces ossements ?

Son père haussa les épaules.

– Bah, je suppose qu'ils resteront là où ils sont. D'après le pasteur Graham, ils datent sans doute de la Grande Peste. Dieu sait ce qui a pu se passer à Greyfriars Graveyard depuis...

Lucy fit la moue.

– Refermer tel quel ? Ça ne me paraît pas une bonne idée... Il y a tout de même mieux à faire, tu ne trouves pas ?

– Tu sais, les morts se soucient peu de l'endroit où ils sont enterrés. Il y a longtemps que leur âme les a quittés...

Lucy avait évidemment de sérieuses raisons de penser que les choses ne pouvaient être formulées de façon aussi simpliste, mais elle garda ses objections pour elle. Par contre, elle se prit soudain à espérer que les évènements récents pourraient amener son père à reconsidérer son opinion sur les phénomènes surnaturels. Devant des faits aussi flagrants, il ne pouvait que s'incliner, non ?

Tout excitée à la perspective de pouvoir enfin se confier à lui, elle hasarda d'une voix tremblante :

– Tu crois à la possibilité qu'un poltergeist hante le cimetière, Dad ?

– Bien sûr que non ! s'esclaffa-t-il. Il y a des années que je travaille ici, et je n'ai jamais rencontré le moindre esprit ! Les gens inventent n'importe quoi !

– Mais… et leurs blessures ? Ils ne les ont pas inventées ?

– La femme a certainement été agressée par un voleur. Quant au journaliste, il avait besoin d'un scoop alors il a simulé une syncope.

– Pourtant, insista Lucy, ça fait quand même beaucoup, tu ne trouves pas ? D'abord cette femme, ensuite Stevie, et maintenant ce reporter… En plus, il y a des similitudes troublantes dans ce qu'ils racontent. Il semblerait que…

– Qu'on ait affaire à une manifestation d'hystérie collective, ça oui ! s'énerva Tom en secouant la tête énergiquement. Qu'un seul se mette à délirer et tous les autres en font autant. Il ne faut pas croire tout ce qui est écrit dans les journaux, Lucy.

La pauvre refoulait difficilement ses larmes. Son père aurait manifesté l'ombre d'un doute qu'elle n'aurait pas hésité à vider son cœur. Mais il était si hermétique et si tranché dans ses propos que ce n'était même pas la peine d'y songer. Il y avait deux ans qu'elle portait seule son terrible secret, elle continuerait à se taire, voilà tout.

Un silence pesant s'installa dans la pièce.

– Bon, eh bien j'y vais, dit-il en dansant d'un pied sur l'autre.

Il y avait autre chose, visiblement.

– Au fait..., lâcha-t-il après quelques secondes d'hésitation. J'ai reçu un coup de fil de ta prof d'accordéon qui s'est plainte de toi pendant une demi-heure. Elle dit que tu ne travailles pas assez... Si tu crois que je n'ai pas déjà assez de soucis comme ça !

Lucy se mordit les lèvres.

– Normal : c'est une peau de vache, riposta-t-elle, partant du principe que la meilleure défense est toujours l'attaque. Elle me déteste. Pourtant, je ne lui ai rien fait !

– Tu t'es présentée à ta leçon sans ton instrument, Lucy !

– C'est bien ce que je disais : je n'ai rien fait.

Il prit une profonde inspiration, prêt à lui dire sa façon de penser, mais soudain ses épaules s'affaissèrent et il tourna les talons sans un mot.

Alors qu'elle aurait pu être soulagée de s'en tirer à si bon compte, Lucy le regarda s'éloigner avec le cœur serré. Non seulement elle se sentait vide et déprimée, mais elle avait peur pour lui. Car en plus de leur difficulté à communiquer qui la rendait terriblement malheureuse, il y avait dans l'attitude de son père un je-ne-sais-quoi de nouveau qui lui procurait un malaise indéfinissable.

Un bip de son téléphone l'arracha à ses idées noires. Elle avait rendez-vous au Clarinda's Tea Room avec Amelia !

À la perspective de sortir dans le froid et la neige, elle poussa un profond soupir. Cependant, elle avait promis. S'armant de courage, elle descendit dans l'entrée et mit son manteau, un bonnet, une écharpe et des gants. Au moment de s'en aller, elle découvrit sur la porte un Post-it sur lequel son père avait griffonné à la hâte :

« Bobby a bisou d'astérix. Si tu mords, pends-le avec toi ! »

Elle fronça les sourcils. Qu'avait-il voulu dire ? Par chance, ses pattes de mouche n'avaient pas de secret pour elle, si bien qu'en relisant le message elle déchiffra : « Bobby a besoin d'exercice. Si tu sors, prends-le avec toi. »

– Génial, grommela-t-elle avec humeur en attrapant la laisse pendue à son crochet.

Elle n'eut pas le temps de siffler son chien qu'il déboula comme un boulet de canon et se mit à lui tourner autour en sautant dans tous les sens.

– Eh bien, ça promet, murmura-t-elle en se baissant pour lui mettre la laisse.

Elle avait raison de s'inquiéter car, à peine dehors, il détala si brusquement que la secousse faillit lui arracher le bras.

– Stop, Bobby ! cria-t-elle en courant derrière lui. Au pied, tu m'entends ? Au pied !

Hélas, elle eut beau s'époumoner, rien n'y fit. Il était comme enragé.

La laisse tendue à se rompre et le bras endolori, elle passa en trombe au milieu des curieux qui s'écartaient précipitamment, formant une sorte de haie d'honneur sur leur passage. C'était si cocasse qu'un cameraman interrompit son reportage pour les filmer.

– Super, siffla Lucy entre ses dents en maudissant son père.

Le tandem infernal atteignit le portail en moins de deux. Lucy allait tourner dans la Candlemaker

Row lorsqu'une silhouette sortit de l'ombre et se dressa sans crier gare en travers du chemin. Bobby s'arrêta net.

– Bonjour Lucy ! lança l'apparition. J'espérais bien te rencontrer. Tu te souviens peut-être de moi ?

Mrs Forbes ! De surprise, l'adolescente ne trouva rien à répondre. Elle l'avait guettée en vain plusieurs soirs de suite sans pouvoir s'imaginer une seule seconde que son désir de lui parler pouvait être réciproque.

– Je suis une amie de ta maman, se présenta la vieille dame. Et je viens souvent ici.

– Je... je sais, balbutia Lucy. Vous êtes Mrs Forbes.

Brusquement, Bobby sembla se rappeler qu'il avait un rôle à jouer. Il se dressa sur ses pattes arrière et montra les crocs.

– Assis ! ordonna Mrs Forbes.

Le chien obéit aussitôt, les oreilles couchées, et attendit en haletant. Du jamais-vu.

– Ça alors ! s'exclama Lucy, abasourdie. Comment avez-vous fait ?

– S'il m'attaque, je le mords, répondit-elle avec le plus grand sérieux. Et il le sait.

Lucy la fixa avec stupeur.

– J'ai besoin de ton aide, annonça la vieille dame en se serrant frileusement dans son manteau de tweed. Pour contrer l'esprit maléfique qui hante le cimetière, tu comprends ?

Le cœur de Lucy fit un bond dans sa poitrine. Mais elle s'interdit de réagir. Il était encore trop tôt pour qu'elle puisse se livrer à des confidences. Elle voulait d'abord être sûre que Mrs Forbes était extralucide, et qu'on pouvait lui faire confiance.

– Vous aider à combattre un esprit ? répéta-t-elle pour gagner du temps.

Et elle ajouta d'une voix altérée :

– Qu'est-ce qui vous fait croire que j'en suis capable ?

Mrs Forbes sourit gentiment.

– Tu es une médium. Tout comme ta mère et moi.

Lucy sentit une grosse boule dans sa gorge.

– Une... une médium ? ânonna-t-elle lorsqu'elle eut digéré l'information. Ma mère ? Vous voulez dire qu'elle... qu'elle voit les morts-vivants, elle aussi ?

Apercevant un groupe de touristes qui s'approchait, Mrs Forbes mit un doigt sur ses lèvres.

– Chut, pas si fort ! Il ne faut surtout pas qu'on nous entende !

Elle entraîna Lucy un peu à l'écart et attendit que le groupe se fût éloigné pour expliquer :

– Nous appartenons toutes deux à l'Ordre des médiums, une société secrète qui s'est donné pour objectif de protéger les êtres humains des esprits mauvais. Nous disposons d'un pouvoir fantastique, mais personne ne doit jamais le savoir, pas même nos plus proches parents. Cette confidentialité est essentielle.

– Oui, acquiesça Lucy mécaniquement.

Les révélations de Mrs Forbes la bouleversaient au-delà de toute expression. Elle était écartelée entre le soulagement de ne plus avoir à douter de sa raison, et la colère que sa mère ne lui ait pas dit la vérité.

– Anne et moi avions pour mission de veiller sur les morts-vivants de Greyfriars Graveyard. On sait depuis la nuit des temps que ce cimetière est un endroit dangereux et que la frontière avec l'autre monde y est particulièrement perméable. Trop de morts ont été enterrés ici sans cérémonie.

Voilà qui expliquait pourquoi Mrs Forbes se livrait à son étrange rituel. Sans doute ses herbes aromatiques et ses incantations mystérieuses avaient-elles le pouvoir de repousser les démons.

– Depuis qu'Anne est partie, je suis seule à veiller au grain, poursuivit la vieille dame.

Malheureusement, je ne suis pas du tout aussi douée qu'elle, et je suis loin d'avoir ses pouvoirs. Sans parler du fait que je ne suis plus toute jeune...

Retournant les mains, elle montra ses articulations à Lucy.

– Par ce froid, ma goutte se réveille. Il y a des jours où je n'arrive pas à me lever. Je crains fort de ne pas avoir été à la hauteur de ma tâche ces dernières semaines.

Lucy la crut sur parole : avec ses doigts gonflés, son visage ridé comme une vieille pomme fripée, son dos voûté et ses yeux aqueux, elle lui aurait donné cent ans sans hésiter.

– C'est pour ça que les attaques se sont multipliées ? demanda l'adolescente. Parce que vous n'avez pas accompli votre cérémonial tous les soirs ?

Mrs Forbes réfléchit avant de répondre :

– Disons que ça a sans doute accéléré les choses. Mais il y a déjà un moment que les morts-vivants s'agitent. Et donc il était inévitable que l'un d'eux tente de franchir la frontière invisible entre leur monde et le nôtre. D'ailleurs Anne m'avait expressément mise en garde contre ce danger avant de s'en aller.

À ces mots, Lucy tressaillit.

– Où est-elle ? Comment va-t-elle ? Et pourquoi est-elle partie, vous savez ?

Mrs Forbes tordit la bouche et répondit, sur la défensive :

– Elle va bien. Mais c'est tout ce que je peux te dire.

Cependant, Lucy la fixait avec une intensité si douloureuse qu'elle eut pitié, et ajouta après une courte pause :

– Crois-moi, elle ne vous a pas abandonnés de gaieté de cœur, surtout toi, Lucy. Mais elle n'a vraiment pas eu le choix.

Lucy se sentit soulagée d'un énorme poids. C'était la première fois depuis deux ans qu'elle recevait des nouvelles de sa mère, et de savoir que celle-ci ne l'avait pas abandonnée de son plein gré lui procurait un apaisement indicible.

Elle mourait d'envie d'en apprendre davantage, mais Mrs Forbes avait été claire : elle ne répondrait à aucune question. Lucy décida de ne pas insister, en tout cas pas pour l'instant, et se promit de revenir à la charge à la première occasion. Maintenant qu'elle tenait une piste susceptible de la conduire à sa mère, elle ne la lâcherait pas de sitôt !

Pour commencer, puisque cette Mrs Forbes paraissait au courant de tout, et qu'il semblait y avoir un lien avec ce mystérieux Ordre des médiums, le mieux était sans doute d'accéder à sa demande.

– En quoi puis-je vous aider ?

– Une âme noire est sur le point de se lever, répondit Mrs Forbes, la mine sombre. Il faut absolument que nous l'en empêchions avant la fin des Nuits rudes. Or cet esprit dispose déjà d'une force et d'une puissance hors du commun. J'ai besoin d'une voyante compétente pour m'assister, Lucy.

Lucy se gratta la tête sous son bonnet.

– Mais... je ne connais rien à rien, objecta-t-elle, embarrassée. Jusqu'à présent, j'ai essayé par tous les moyens de refouler mon don, et je suis tout sauf une « voyante compétente ».

– Ce n'est pas un problème, réfuta Mrs Forbes, indifférente à cet argument. Il y a des exorcismes que je ne suis pas capable de pratiquer moi-même, mais que je pourrais t'enseigner. Et puis, avec toi, j'aurais accès au cimetière en dehors des heures d'ouverture. Étant donné la pagaille qui y règne en ce moment, je ne peux accomplir aucun des rites nécessaires. À nous deux, nous aurions plus de chances d'éliminer ce démon.

Lucy n'était toujours pas convaincue.

– Pourquoi vous ne faites pas appel à un médium de votre Ordre ?

La patience de Mrs Forbes avait des limites.

– Tu crois peut-être qu'il y en a à tous les coins de rue et qu'il suffit de siffler pour les voir accourir ? Nous ne sommes qu'une poignée, et n'avons déjà pas assez de forces vives pour assurer la sécurité des points chauds.

À ce moment-là, deux reporters quittèrent le cimetière et passèrent devant elles en riant bruyamment. Bobby se mit à aboyer comme un fou.

– Silence ! tonna Mrs Forbes.

La voix du Skye terrier s'étrangla instantanément. Lucy le regarda de travers. Autant elle s'était toujours accommodée du fait qu'il n'obéisse à personne, autant elle trouvait tout de même vexant qu'il se plie si facilement aux ordres d'une illustre inconnue.

D'autres personnes arrivaient.

– Ce n'est pas le meilleur endroit pour discuter, observa la vieille dame. Viens donc chez moi demain après-midi, nous reparlerons de tout ça. J'habite tout près d'ici.

Elle donna son adresse à Lucy.

– Je passerai, promit l'adolescente.

– Alors, à demain, fit Mrs Forbes avec un petit geste de la main.

Mais Lucy avait encore une question.

– Vous ne m'avez pas répondu, la retint-elle. Qu'est-ce qui vous fait croire que je peux vous aider ?

Un sourire se dessina sur les lèvres de sa nouvelle amie.

– Tu es la fille d'une Lumène, Lucy ! C'est ainsi que nous nommons les voyants les plus doués et les plus compétents. Ce sont des traits d'union, ils jettent des passerelles entre le monde des morts et celui des vivants, et mettent un peu de lumière dans les ténèbres de la nuit éternelle. Ta mère a des capacités hors du commun.

Lucy en resta sans voix. Ainsi, sa mère était une sorte de star au pays des médiums ? Voilà encore une chose à laquelle elle allait devoir s'habituer...

– Mais... pourquoi est-ce qu'elle ne m'en a jamais parlé ? balbutia-t-elle. Elle aurait pu m'aider... me donner des conseils !

– Oh, mais elle t'a aidée ! assura Mrs Forbes. Simplement, tu ne te le rappelles pas. Elle a veillé sur toi avec toute la tendresse possible, et t'a protégée tant qu'elle a pu. Cependant, elle pensait qu'il valait mieux être sûre de ton don avant de t'en parler. La plupart des jeunes enfants ont une sensibilité aiguë, qui leur permet de voir des choses auxquelles les adultes n'ont plus accès. Plus ils grandissent, plus leur perception s'émousse, et moins ils ont la capacité de communiquer avec les esprits.

– Si ce que vous dites est vrai, elle me l'aurait expliqué ! se cabra Lucy.

Tout en prononçant ces mots, elle se rappela que sa mère avait fait preuve de beaucoup de tolérance lorsqu'elle lui avait fait part de ses visions. Celle-ci n'avait pas douté de leur réalité. Elle lui avait juste recommandé la plus grande discrétion.

– Si ton don s'était estompé avec le temps, il aurait mieux valu pour toi que tu ignores l'existence de l'Ordre, indiqua Mrs Forbes. Tu aurais fini par croire que les morts-vivants étaient le fruit de ton imagination juvénile, et tu te serais fait une raison. Et si Anne t'avait initiée trop tôt, tu lui aurais reproché de t'avoir embrouillé le cerveau avec des histoires à dormir debout.

Ça se tenait. Pourtant, Lucy avait le sentiment qu'il devait y avoir une autre explication.

Elle passa la main sur son front. Toutes ces révélations reçues en l'espace de quelques minutes se télescopaient dans sa tête au point qu'elle en avait le tournis. Mrs Forbes prit appui sur sa canne et s'éloigna à petits pas. Au bout de quelques mètres, elle sembla se raviser et lança en se retournant à peine :

– L'autre soir, quand j'ai vu comment tu réagissais à la présence des mornes, j'ai tout de suite su que tu avais le don. Non seulement tu es le portrait de ta mère, mais tu as hérité de ses capacités et de ses pouvoirs. C'est une grande chance, petite.

Lucy la regarda descendre la rue en trottinant. Son don, une chance ? C'était bien la première fois qu'elle envisageait la chose sous cet angle !

Suspendue aux lèvres de Lucy, Amelia l'écoutait lui raconter sa rencontre avec Mrs Forbes en retenant son souffle. Elle était si fascinée par ce qu'elle entendait qu'elle en oublia de porter sa fourchette à sa bouche et ne s'aperçut même pas que la gelée orange de son gâteau écossais à la carotte coulait sur la nappe d'un blanc immaculé.

– Tu la crois digne de confiance ? demanda-t-elle avec excitation. Elle t'a paru sincère ?

Lucy hocha la tête.

– Sincère... oui. Et son discours était cohérent.

À ce moment-là, Clarinda, la propriétaire du salon de thé du même nom et grand-mère d'Amelia, s'approcha de leur table.

– Et moi qui pensais que l'époque où il fallait te donner la becquée était révolue ! s'exclama-t-elle avec un soupir en enfournant la fourchette dans la bouche de sa petite-fille avant que le reste du gâteau tombe à son tour. Oh, ma chérie ! Regarde ce que tu as fait...

De l'index, elle désigna la tache sur la nappe.

Le salon de thé était à son image : désuet et charmant. Il embaumait le thé et la vanille, les murs tendus de papier peint à fleurs étaient couverts d'assiettes en porcelaine et de cadres anciens, et les dessertes avaient toutes leur napperon en dentelle au crochet.

– Désolée, Grand-Ma ! s'excusa Amelia avec un sourire qui se voulait enjôleur mais rata complètement son effet.

– Je déteste que tu m'appelles comme ça et tu le sais ! rétorqua son aïeule en la toisant d'un air sévère.

Elle lissa son chemisier jaune canari. Malgré son âge, elle prenait grand soin de sa personne et avait encore beaucoup d'allure. Elle pouvait se montrer très ferme vis-à-vis d'Amelia, mais uniquement « dans son intérêt, parce qu'elle l'aimait de tout son cœur », ainsi qu'elle se plaisait à le répéter.

– Quant à toi, petite, j'aimerais bien que tu surveilles ton chien, dit-elle à l'adresse de Lucy.

– Quel chien ? demanda innocemment celle-ci en papillotant des yeux.

– Celui que tu t'es permis d'introduire dans mon établissement dès que j'ai eu le dos tourné.

– Ah, lui ! feignit de découvrir Lucy en souriant sans plus de succès qu'Amelia.

– Il cesserait de sculpter le pied de ma table que ça m'arrangerait.

– Oh !

Effectivement, Bobby se faisait les crocs sur le bois. Navrée, Lucy tira sur la laisse jusqu'à ce qu'il lâche prise.

– Je veux bien fermer les yeux pour cette fois, déclara la vieille dame. Mais uniquement parce que c'est toi, Lucy ! Bon, et maintenant, je vous laisse : j'ai du travail.

Balayant la salle d'un regard circulaire, elle regarda un groupe de retraités s'installer à une table.

– Tout le monde n'a pas la chance de passer ses après-midi à boire du thé et à se gaver de pâtisseries.

Se sentant visée, Amelia se défendit faiblement :

– C'est les vacances, Grand-Ma ! On n'a pas de travail !

– Si ma belle-fille estime que tes notes sont suffisantes, alors continue à te tourner les pouces, ma chérie ! lança Clarinda en disparaissant dans son arrière-boutique.

Lucy n'aurait pas aimé être à la place de sa copine. Ses grands-parents vivaient à deux heures de route d'Édimbourg, ce qui présentait au moins un avantage : ils n'étaient pas au courant de ses résultats scolaires.

Amelia se pencha en avant.

– C'est génial que Mrs Forbes t'ait parlé de ta mère..., chuchota-t-elle. Enfin tu as une piste ! Et cette histoire de médiums, jamais je n'aurais imaginé une chose pareille !

– Et moi donc !

Hochant la tête, Amelia la dévisagea intensément.

– Pourtant, tu n'as pas l'air heureuse.

– D'abord, je suis furieuse que tu m'aies fait poireauter si longtemps... alors que je suis arrivée avec un quart d'heure de retard.

Amelia ne cilla pas. Elle était imperméable à ce genre de reproches.

– Ensuite, reprit Lucy avec amertume, je suis déçue que ma mère ne m'ait rien dit et qu'elle m'ait laissée me débattre toute seule avec ces questions. Et puis, j'aimerais bien savoir en quoi consiste l'aide que Mrs Forbes attend de moi.

Amelia fit la moue.

– Ça risque d'être dangereux, en effet. Pour que cet esprit terrifie autant cette dame... Tant que vous ne l'aurez pas chassé, il n'est pas question que je remette les pieds au cimetière.

– Je pourrais peut-être ne pas y aller ? réfléchit Lucy tout haut. De toute façon, je n'apprendrai sans doute rien de plus sur la disparition de ma mère.

– Bien sûr que si, tu vas y aller ! s'emporta Amelia.

S'interrompant, elle tendit la main vers l'assiette de Lucy qui n'avait pas touché à son gâteau aux noisettes, et demanda :

– Je peux ?

Lucy acquiesça d'un signe muet.

– Tu as toutes les raisons de te rendre à son invitation ! assena sa copine avec conviction. Premièrement, elle te donnera sûrement des tas d'informations sur cet Ordre des médiums, et donc sur ta mère. Deuxièmement, il y a des années que tu te bats avec ton don, or elle peut t'aider à y voir plus clair et t'apprendre à t'en servir. Et surtout...

Pour donner plus de poids à ses paroles, elle pointa sa cuillère sur Lucy et martela :

– ... surtout, tu es priée d'ouvrir grand tes oreilles parce qu'il va bien falloir que tu élimines ce poltergeist. Pense au vexator : il vous a directement menacés, ton père et toi. Et donc il est vital que tu saches comment vous protéger.

Lucy poussa un soupir. L'argument était imparable.

– OK, céda-t-elle, vaincue. Pas la peine d'insister...

– T'inquiète ! assura Amelia avec une lueur de triomphe dans les yeux. Je ne te laisserai pas toute seule : je t'accompagnerai, bien entendu. Et, d'ici là, on va faire quelques recherches. Tu as mentionné quelque chose à propos de « Nuits rudes », c'est bien ça ?

Lucy opina :

– Oui, il semble qu'elles jouent un rôle très important.

Amelia se tapota pensivement les lèvres avec sa cuillère.

– Je me demande bien lequel...

Prenant son carnet, elle nota la question. Puis revint quelques pages en arrière. Elle avait préparé une liste de points à éclaircir.

– Des nouvelles des flics ? Tu sais si Lewis soupçonne toujours Stevie d'avoir agressé cette femme ?

Lucy se redressa, trop contente d'avoir enfin une bonne nouvelle à communiquer.

– Non, dans la mesure où Ghosty-Stevie était coincé dans le caveau, il est disculpé. Les médecins ont estimé qu'il a dû y rester pas loin de quarante-huit heures. Il était complètement déshydraté, ce qui semble être une preuve suffisante. Je le sais parce que j'ai surpris une conversation entre mon père et le constable. Ils ne comprennent rien à ce qui se passe, ce qui n'est pas étonnant vu qu'ils refusent d'entendre parler des esprits.

Amelia sourit avec condescendance.

– Eh oui, nos autorités ne s'intéressent qu'aux choses sensibles. Ces messieurs ne tiennent aucun compte du surnaturel, alors ils brillent plus par leur intolérance que par leur intelligence, forcément.

Revenant à sa liste, elle poursuivit :

– Venons-en maintenant au point numéro deux. Le facteur déclenchant. Qu'est-ce qui a provoqué les incidents au cimetière ?

– D'après moi, tout est lié : l'apparition du vexator, les différentes attaques, la scène avec les mornes, et même la mystérieuse amnésie de Ghosty-Stevie. Ça ne peut pas être un hasard.

– Bien vu, mademoiselle ! approuva sa copine. C'est exactement la conclusion à laquelle j'en étais arrivée.

Lucy haussa un sourcil. Elle détestait quand Amelia se posait en « directrice en chef » et prenait des airs supérieurs.

– Si Ghosty-Stevie a été agressé par un esprit, enchaîna celle-ci, il pourrait être intéressant de savoir qui est enterré dans le Mausolée noir.

– Un certain George MacKenzie ! répondit Lucy du tac au tac.

– Très bien ! fit Amelia en notant consciencieusement l'information. Voilà un renseignement qui pourra nous être très utile.

Lucy lui coula un regard en biais. Amelia avait lu des tonnes de bouquins sur le paranormal, mais ça ne lui donnait pas le droit de la traiter comme une subalterne.

– Il va falloir creuser : comment est mort ce personnage... comment il a vécu... Il y a peut-être des annales dans les registres de la Kirk ? Tu pourrais...

S'interrompant, elle secoua la tête et décréta :

– Non, je préfère m'en charger moi-même.

– Tu me crois trop bête pour ça ? s'énerva Lucy.

Surprise, Amelia leva la tête.

– Jamais de la vie... Ce que je disais, c'était juste...

– Tu sais quoi ? cingla Lucy, furieuse, en bondissant de sa chaise et en enfilant son manteau. Tu devrais te chercher une autre collaboratrice ! J'ai passé l'âge de ces débilités. Et au cas où tu ne l'aurais pas remarqué, en ce qui me concerne, il ne s'agit pas d'un jeu : ce serait plutôt une question de vie ou de mort.

Elle avait crié si fort que toutes les conversations s'étaient arrêtées. Les clients la regardaient d'un air interloqué, et Clarinda fronçait les sourcils d'un air orageux.

– Ne vous inquiétez pas : je m'en vais, lui lança Lucy avec humeur. Bobby ! Au pied !

Exceptionnellement, son chien lui obéit au doigt et à l'œil.

6

« J'ignore tout de la vie, que saurais-je de la mort ? »

Confucius (551-479 av. J. C.)

Après leur dispute au salon de thé, Lucy n'avait pas eu le moindre signe de vie d'Amelia, et elle s'était demandé jusqu'au dernier moment si celle-ci l'accompagnerait comme convenu chez Mrs Forbes. Amelia s'était présentée chez elle à l'heure dite, mais elles n'avaient pas échangé un seul mot depuis. Toutes deux remontaient à présent le Royal Mile figé dans le froid transperçant de cette fin décembre. Elles dépassèrent un joueur de cornemuse qui jouait *Auld Lang Syne*[1] avec un peu d'avance sur le Nouvel An. À part quelques courageux, il n'y avait vraiment pas grand monde dans les rues.

1. *Auld Lang Syne* : Célèbre chanson écossaise traduite en français par « Ce n'est qu'un au revoir... », souvent reprise au début de la nouvelle année.

Amelia s'arrêta soudain devant une vitrine avec des pull-overs en cachemire, des écharpes à carreaux écossais et des cache-oreilles en fourrure bicolore rose et vert. Lucy attendit sans rien dire. Au fond d'elle-même, elle espérait qu'Amelia s'excuserait de son arrogance. Mais comme elle détestait les conflits, elle craqua la première.

– Sympa, mais trop classique pour toi !

– Tu as raison, reconnut Amelia, dont la jupe ressemblait à un assemblage de chiffons bariolés. Ça manque d'originalité.

Tout en se remettant en route, elle marmonna quelque chose d'incompréhensible.

Lucy fut obligée de lui faire répéter.

– Qu'est-ce que tu as dit ?

– Je suis désolée, OK ? martela Amelia en détachant chaque syllabe. Je ne t'ai jamais prise pour une idiote, et je sais parfaitement que tu es capable de faire des recherches. Simplement, il y a des moments où je préfère m'assurer par moi-même qu'aucun détail n'a été laissé de côté. Et à ce propos, j'ai découvert des infos sur ces fameuses Nuits rudes. Ça t'intéresse ?

– Tu sais bien que oui.

Amelia prit une profonde inspiration.

– On les appelle aussi les nuits de Yule. C'est une tradition très ancienne qui désigne douze nuits situées entre le solstice d'hiver, le 21 décembre, et le 5 janvier de la nouvelle année. Parmi ces douze, trois sont particulièrement dangereuses : celle du 24 décembre, celle du 5 janvier, et surtout, celle du Nouvel An, bien sûr. Car, cette nuit-là, les frontières du royaume des esprits disparaissent, et les morts-vivants ont accès au monde des vivants.

Amelia frissonna, impressionnée malgré elle par la portée de ses propres paroles. Puis elle reprit d'une voix altérée :

– Il semble même que certains revenants particulièrement agressifs s'en prennent aux humains. D'où la coutume de faire exploser des pétards. Les gens croient que le bruit les tiendra éloignés.

Lucy hocha la tête.

– Tout concorde, murmura-t-elle pensivement. Le couplet du vexator, le fait qu'il hante le cimetière et attaque les visiteurs...

Bifurquant dans une ruelle sombre et étroite, elle demanda :

– C'est tout ce que tu as découvert ? Ou tu as trouvé d'autres éléments ?

Amelia hocha la tête à son tour.

– Je ne comprends pas comment j'ai pu passer à côté de la question ! Autrefois, la nuit de la Saint-Sylvestre passait pour le moment de tous les possibles, celui où l'avenir est ouvert et où chacun est maître de son destin. À cette croyance mystique sont liées de nombreuses traditions. En Allemagne, par exemple, on se livre aujourd'hui encore à des divinations à partir de formes obtenues en coulant des petites figurines en plomb. Et chez nous, en Écosse, on prétend que les jeunes filles postées à un carrefour peuvent y voir leur futur mari. Mais elles ne doivent surtout pas lui parler, sinon elles tombent mortes. Dans certaines régions, les Nuits rudes sont si redoutées que certaines personnes jeûnent pour conjurer le sort.

– Mmh... tout ça n'a pas beaucoup de rapport avec le cas qui nous préoccupe..., observa Lucy en la précédant, car le close était trop étroit pour pouvoir marcher de front.

Les vieilles maisons formaient une voûte au-dessus de leurs têtes et leurs pas résonnaient sur les pavés. L'atmosphère oppressante qui régnait dans le boyau renforça encore le malaise d'Amelia.

– En résumé, souffla-t-elle, il semble qu'on ait affaire à un vexator très puissant, susceptible de se lever la nuit de la Saint-Sylvestre et de réintégrer le monde des vivants. Je crains qu'il ne se tienne en embuscade, prêt à bondir au moment propice.

À cette pensée, l'estomac de Lucy se révulsa. Le vexator était déjà bien assez menaçant à son goût. De quoi serait-il capable lorsqu'il aurait rompu ses attaches avec le monde des morts, et ne serait plus retenu par rien ?

– Dieu sait ce qui pourrait arriver s'il parvenait à s'échapper, murmura-t-elle. Ça m'ennuie de le reconnaître, mais il faut à tout prix empêcher ça.

S'arrêtant devant une porte en bois, elle ajouta :

– Ah, c'est là !

– Pas très engageant ! observa Amelia en levant la tête.

Elle perdit l'équilibre et se rattrapa de justesse. Les pavés étaient irréguliers et recouverts d'une fine couche de verglas qui les rendait glissants.

Lucy chercha la sonnette. Il n'y en avait pas, aussi frappa-t-elle au carreau d'une des petites fenêtres grillagées percées à hauteur d'homme. Quelques instants plus tard, la porte s'entrouvrit légèrement, et un œil unique les dévisagea d'un air soupçonneux.

– Mrs Forbes ? articula Lucy, surprise par cet accueil.

– Tu n'es pas seule ? gronda la vieille femme sans cacher son mécontentement. Je ne me rappelle pas avoir invité quelqu'un d'autre !

C'était exact, Amelia n'avait pas été expressément invitée. Mais il n'avait pas été précisé que la rencontre devait rester secrète.

– Je vous présente mon amie, Amelia, dit Lucy sans se démonter. Elle est au courant de mon don, et pour tout ce qui concerne les phénomènes paranormaux, c'est une encyclopédie ambulante.

Amelia confirma cette déclaration d'un signe de tête.

– Je suis sûre que je pourrais vous être très utile.

Mrs Forbes eut quelques secondes d'hésitation. Puis elle céda à contrecœur.

– Soit, entrez. Mais ôtez d'abord vos chaussures.

Les deux filles pénétrèrent dans un corridor mal éclairé qui empestait une pénétrante odeur de chat. Après s'être déchaussées, elles suivirent leur hôtesse dans le salon, une pièce couverte jusqu'au plafond de rayonnages bourrés à craquer de livres, de bocaux, d'herbes séchées et d'objets occultes les plus hétéroclites. Il y avait des chats partout : sur les canapés élimés, les fauteuils, les guéridons, les chaises...

– Combien vous en avez ? demanda Amelia avec ahurissement.

Mrs Forbes plissa son front déjà tout ridé, l'air de compter mentalement, puis lâcha avec un petit geste évasif :

– Beaucoup trop ! Du thé ?

En dépit de cette impressionnante ménagerie, son intérieur était propre et bien tenu.

Les filles firent oui de la tête. Mrs Forbes remplit une bouilloire et ordonna :

– Asseyez-vous. Nous avons des choses importantes à nous dire.

Elles prirent place sur le canapé. Un matou noir à la queue tronquée auquel il manquait un bout d'oreille s'approcha d'Amelia. Celle-ci ne put réprimer un mouvement de recul.

– Sérieux ? s'esclaffa Lucy. Tu as peur des chats ?

– Si tu en avais lu autant que moi sur ces bestioles, tu saurais qu'il ne faut pas s'y fier. Pourquoi tu crois que les sorcières et les magiciens ont chacun le leur ?

Insensible à ces arguments, le démon sauta en conquérant sur ses genoux et s'installa confortablement pour sa sieste.

Amelia était pétrifiée. Raide comme un piquet, elle fixait Lucy d'un air si implorant que c'en était à mourir de rire. D'ailleurs, pour la première fois depuis leur arrivée, un sourire se dessina sur les lèvres de Mrs Forbes.

– Ah, je vois que Lucifer t'a prise en affection ! dit-elle en revenant, les bras chargés d'un plateau avec du thé et des biscuits.

Amelia blêmit.

– Il s'appelle Lucifer ? Comme le diable ?

– Il a débarqué ici un beau jour et s'est trouvé si bien chez moi qu'il y est resté, expliqua la vieille dame. Ce n'est pas un chat ordinaire. Son aura est telle qu'il est même capable de parler les soirs de pleine lune. Depuis le temps, j'aurais dû m'y habituer, mais quand j'entends les jurons et les malédictions qu'il profère, j'en ai les cheveux qui se dressent sur la tête.

Amelia ouvrit des yeux grands comme des soucoupes.

– Il... il p... parle ?

Un éclair malicieux brilla dans les yeux de la vieille dame.

– Génial ! se renfrogna Amelia. C'était une plaisanterie, n'est-ce pas ? Eh bien, je ne trouve pas ça drôle.

– Moi si ! pouffa Lucy, hilare. Tu verrais ta tête !

Après leur avoir servi une tasse de thé, Mrs Forbes s'assit en face d'elles.

– Lucy, commença-t-elle, as-tu réfléchi à ma proposition d'hier ?

Sans lui laisser le temps de lui répondre, elle ajouta :

– Avant que tu me poses la question : inutile de m'interroger sur ta mère, je ne te répondrai pas, et je ne changerai pas d'avis. Je précise aussi que tout ce que nous aborderons ici doit rester strictement entre nous. Vous ne devez en parler à personne, vous m'entendez ? Il est déjà bien assez fâcheux qu'Amelia soit dans le secret alors qu'elle n'est pas médium.

Pourvu que Mrs Forbes n'ait pas de problèmes avec son Ordre à cause de moi, songea Lucy, soudain gênée.

Puisqu'il lui était interdit de parler de sa mère, elle tenta de biaiser :

– Le don..., il est héréditaire ? Ou est-ce qu'on peut devenir médium par choix ?

– Il se transmet exclusivement de mère en fille, et encore : il est récessif, indiqua Mrs Forbes, comme à regret. Tu comprends maintenant pourquoi nous sommes si peu nombreuses. Il y avait une chance sur quatre que tu hérites de ta mère.

Ce n'était pas énorme, en effet.

– Que se passe-t-il au cimetière, d'après vous ? voulut savoir Lucy. Il y a des choses que je ne m'explique pas. L'armée des mornes, par exemple. Je sais que vous les avez vus, vous aussi.

– Les mornes ? murmura pensivement son hôtesse en se penchant en avant d'un air intrigué. C'est comme ça que tu les appelles ? Note que ça leur correspond assez bien. Mais une armée... c'est peut-être un peu exagéré, non ? Je n'en ai vu que deux douzaines...

Lucy fit non de la tête.

– Il y en avait partout. Je suis sûre qu'ils étaient plus de mille.

– Je te l'ai dit, je ne suis pas aussi extralucide que ta mère. Moi, ma spécialité, c'est plutôt la fabrication des filtres, des mélanges aromatiques, des poudres sacrificielles et des rituels magiques pour contrer les esprits.

– Mais... si vous n'en avez vu que deux douzaines, pourquoi aviez-vous l'air si effrayée ? s'étonna Lucy.

– Les morts-vivants sont des solitaires qui ne se déplacent qu'isolément, il est extrêmement rare qu'ils se rassemblent. Et donc, si ce que tu dis est vrai, la situation est encore plus grave que je le craignais.

– Ils ont même menacé Lucy ! intervint Amelia, incapable de rester plus longtemps en retrait. Ils l'ont avertie que quelqu'un viendrait la prendre. Et un vexator s'est introduit chez elle et lui a annoncé qu'un MacKay allait mourir !

Mrs Forbes sourcilla.

– Un vexator ?

– C'est le nom qu'on donne aux mornes les plus puissants, expliqua Lucy. Ceux qui changent d'apparence, font bouger les objets ou sont capables de parler. Les « vraiment méchants » si vous préférez.

Le visage de Mrs Forbes s'éclaira.

– Ça me plaît ! Votre créativité est tout à votre honneur, mesdemoiselles, et j'apprécie votre souci d'appeler les choses par leur nom. L'Ordre des médiums a établi une nomenclature des esprits en les classant sur une échelle de I à V, V correspondant à la catégorie la plus virulente. Nous analysons leur dangerosité à partir d'observations minutieuses, que nous reportons sur une grille.

Caressant distraitement un angora qui se frottait contre elle en ronronnant, elle demanda :

– Et ce vexator t'a menacée, petite ?

Lucy récita mécaniquement :

– *Voici le temps des Douze Nuits*
Qui verront renaître un tyran
Ivre de vengeance et de sang,
Et un MacKay mourra par lui.

Levant les yeux sur l'amie de sa mère, elle ajouta d'une voix vibrante d'anxiété :

– Vous y comprenez quelque chose ?

Celle-ci hocha la tête.

– Une année lunaire ne compte que trois-cent-cinquante-quatre jours. Dans le calendrier intercalaire lunisolaire, les onze jours et douze nuits restants sont considérés comme « morts ». Pendant cette période, et en particulier les « nuits mortes », la frontière entre l'au-delà et le monde d'ici-bas devient perméable.

Amelia esquissa un mouvement. Lucy la connaissait assez pour voir qu'elle était pressée de noter toutes ces informations dans son carnet. Mais Lucifer poussa un feulement tel qu'elle se tassa sur son siège.

– Amelia suppose que le poltergeist se tient aux aguets, et qu'il essaiera de forcer le passage dans la nuit du 31 décembre.

Le visage de Mrs Forbes s'assombrit.

– Elle a raison. Comme vous le savez, chez nous, en Écosse, la nuit de la Saint-Sylvestre s'appelle la nuit d'Hogmanay. C'est un peu un mélange entre la fête de Yule des anciens Vikings, et les fêtes liées au solstice d'hiver. La croyance ancestrale considère que cette nuit pleine de magie puise ses racines au plus profond de nous, et qu'elle est indissociable de l'endroit où nous vivons.

Amelia plissa les yeux.

– Vous voulez dire qu'Hogmanay est un moment particulièrement dangereux ?

– En effet. Nous autres, les voyants, nous appuyons sur l'extraordinaire trésor des écrits laissés par les druides. Ils nous enseignent que, cette nuit-là, les esprits ont le pouvoir de s'échapper du royaume des morts et de revenir dans le monde des vivants. Sachant qu'un médium a également le pouvoir de l'en bannir à tout jamais.

Lucy médita ces paroles en silence.

– Ce que je ne comprends pas, murmura-t-elle au bout d'un moment, c'est : pourquoi ? Quel avantage le vexator a-t-il à revenir ?

– Il n'accepte pas d'être privé de son corps. Et cherche à accroître son pouvoir, qui ne s'exerce pour l'instant que dans l'enceinte du cimetière. Quand je pense au mal qu'il a déjà causé...

S'interrompant, elle poussa un profond soupir avant de reprendre avec un petit geste de la main :

– Imaginez qu'il soit libre de quitter Greyfriars Graveyard et d'aller où bon lui semble ! Ce serait une catastrophe ! Anne et moi, nous avons toujours pressenti qu'une menace pesait sur ce cimetière et qu'un jour, il s'y produirait un évènement dramatique. Mais nous n'avons jamais réussi à en savoir plus... et nous avons sous-estimé le risque. Maintenant, si nous voulons combattre ce démon, le plus urgent est de trouver sa tombe.

Amelia dressa l'oreille.

– Il se pourrait qu'il s'agisse du Mausolée noir, celui où est enterré un certain George MacKenzie. Vous avez peut-être entendu parler de ce vagabond qui a failli y mourir écrasé ? C'est un de nos amis. Il ne se rappelle pas comment il est arrivé là mais, nous, nous pensons qu'il y a été attiré par une puissance occulte.

– Qu'est-ce qui vous fait dire ça ? voulut savoir la vieille dame, l'air soudain alarmé.

Les deux filles lui racontèrent la mystérieuse disparition de Stevie et l'état dans lequel elles l'avaient découvert.

– Voilà qui ne me rassure pas, commenta Mrs Forbes en se levant lorsqu'elles eurent terminé. Mais, au moins, cela m'aide à y voir plus clair.

Elle ouvrit un petit secrétaire et fouilla dans ses papiers. Enfin, elle trouva ce qu'elle cherchait. C'était un plan du cimetière avec des tombes entourées en rouge.

– Vous voyez ? dit-elle en le montrant aux deux filles. Anne et moi avions déjà noté le Mausolée noir comme un tombeau à risque. Ta mère a utilisé la magie des runes pour empêcher le spectre de quitter son tombeau. Il aurait dû continuer à agir, même sans mes rituels de purification nocturnes. Que savez-vous de ce MacKenzie ?

– J'ai un peu fureté dans les registres de la Kirk hier, annonça Lucy en évitant de croiser le regard d'Amelia, et voici ce que j'ai trouvé...

Passant sous silence les trésors de persuasion qu'elle avait dû déployer pour convaincre le pasteur Graham de lui donner accès aux archives, elle enchaîna :

– George MacKenzie était avocat, et représentant du roi Charles II en Écosse. Il est né à Dundee en 1636 et mort à Édimbourg en 1691. Il semble qu'il ait été une des figures majeures de l'échiquier politique au XVIIe siècle.

– Un avocat et homme politique ? répéta Amelia, surprise. Pour un enragé comme le vexator, je me serais plutôt attendue à un dangereux criminel.

– Le mal ne s'arrête pas à ce genre de considérations, jeune fille, lui fit remarquer Mrs Forbes en la regardant gentiment. Il frappe tout le monde indifféremment. Par contre, tout être humain, si corrompu soit-il, possède toujours en lui une étincelle de bien. Chez les esprits de catégorie IV, par exemple, seules leur survivent la haine et la fureur qu'ils ont éprouvées de leur vivant. C'est ce qui les rend si terrifiants.

Sur ces mots, elle massa pensivement ses doigts enflés. Lucy se rendit compte alors que ses yeux accusaient une grande fatigue. La nuit semblait avoir été difficile.

– Vous voulez qu'on se renseigne sur le personnage ? proposa-t-elle. Il y a sûrement des tas d'ouvrages sur lui à la bibliothèque !

La vieille dame lui sourit avec reconnaissance.

– C'est une excellente idée. Mais nous ne devons négliger aucun indice et faire attention à ne pas nous laisser égarer. Il se peut que le Mausolée noir soit une fausse piste.

Deux minets se disputaient la place aux pieds de leur maîtresse en poussant des cris sauvages. Mais elle poursuivit sans un regard pour eux :

– Il y a une autre chose qui m'inquiète. Vous

dites que le vexator s'est introduit dans la maison ? Il a osé entrer chez le gardien du cimetière ?

Amelia et Lucy acquiescèrent d'un signe de tête.

– Ça n'aurait pas dû arriver, Lucy. Ta mère avait mis en place une barrière de protection imparable afin qu'aucun mort-vivant ne puisse franchir votre porte. Les esprits tournent autour des extralucides comme les mouches autour d'un pot de miel, les pouvoirs surnaturels exercent sur eux un attrait irrésistible. Voilà pourquoi un vexator te considérera toujours comme son ennemi. Il sait que tu pourrais te dresser en travers de son chemin.

Lucy sentit une grosse boule dans sa gorge. Ainsi, elle était une sorte d'aimant pour les morts-vivants ? Et malgré cela sa mère avait accepté de vivre dans l'enceinte d'un cimetière ? Il fallait qu'elle ait été très amoureuse de son mari pour courir ce risque. À moins qu'elle n'y ait vu un avantage, et qu'il lui ait été plus facile de jouer son rôle de médium ? Lucy n'avait aucune idée des raisons pour lesquelles sa mère avait choisi cette vie-là, et le constat de son ignorance la remplissait d'amertume.

– Quand Anne a été obligée de s'en aller, indiqua Mrs Forbes, elle a réussi à convaincre un esprit de veiller sur ton sommeil. Je ne sais pas comment elle s'est débrouillée. Même les trois voyantes responsables de notre Ordre ont été très impressionnées.

– Vous voulez parler de Miss Poppins ? Cette baby-sitter ringarde qui monte la garde à côté de mon lit tous les soirs ? s'énerva Lucy.

Donc, elle avait vu juste : Miss Poppins lui était bien envoyée par sa mère. Peu à peu, le puzzle commençait à prendre forme.

Mrs Forbes se frappa le front.

– Suis-je bête ! Tu la vois, c'est évident. Moi, c'est tout juste si je distinguerais une légère vibration de l'air. Dans ce cas, elle t'a peut-être expliqué ce qui est en train de se jouer ?

Lucy secoua la tête.

– Hélas, non. Nous n'avons encore jamais échangé une parole.

Mrs Forbes sursauta.

– Ah bon ? Pourtant, si tu la vois aussi nettement, tu dois aussi pouvoir lui parler ! Et les mornes ? Tu as déjà essayé de communiquer avec eux ?

– Vous n'y êtes pas ! s'anima Amelia comme si une mouche l'avait piquée. Lucy tente par tous les moyens de refouler son don, au contraire ! Je n'ai pas cessé de lui répéter qu'elle devait le cultiver, mais elle n'a rien voulu savoir.

Lucy lui jeta un regard assassin.

– Tu es extralucide, Lucy, rappela la vieille dame sur le ton du reproche. Et c'est sans doute ton meilleur atout, voire ta seule protection. Les mornes ne sont pas aussi puissants que les vexators, mais si tu te concentres sur ta force intérieure, tu t'apercevras que tu peux correspondre avec eux. D'ailleurs, je ne serais pas étonnée qu'ils t'apportent leur soutien.

Chassant un chat qui ronronnait sur ses genoux, elle se leva péniblement et mit fin à la conversation.

– Si vous le permettez, nous nous arrêterons là pour aujourd'hui...

Lucy avait encore une foule de questions à lui poser, mais elle n'osa pas insister. Elle la suivit dans l'entrée.

Les filles remirent leurs chaussures et prirent congé. Lorsque Amelia ouvrit la porte, un courant d'air froid s'engouffra dans la maison. Profitant de ce qu'elle avait le dos tourné, Mrs Forbes retint discrètement Lucy par le bras et lui glissa un petit papier dans la main.

– Il faut absolument que tu inspectes toutes les portes et les fenêtres de chez toi pour réactiver les runes, lui souffla-t-elle à l'oreille. Tu risques d'avoir du mal à les trouver, car ta mère les a certainement bien cachées. Je suppose que certaines ont dû être détruites, auquel cas elles doivent être réactivées de toute urgence.

– Vous êtes sûre ? Le vexator n'est entré chez nous qu'une fois..., tenta de se dérober Lucy.

– Ne le sous-estime surtout pas, ce serait une erreur fatale ! Il a flairé tes pouvoirs, et il a compris que tu constituais un danger pour lui. Voilà pourquoi la première chose qu'il a faite après sa libération a été de se précipiter chez toi pour t'intimider avec ses menaces.

Lucy ne voyait rien à objecter.

– Comment expliquez-vous qu'il se soit tenu tranquille jusqu'à présent ?

– Tant que tu ne faisais rien pour le contrer, il n'avait aucune raison de s'en prendre à toi. Mais si tu acceptes de m'aider, et que tu essaies de le neutraliser, ça va changer, avertit Mrs Forbes, le visage grave. Il va passer à la vitesse supérieure, crois-moi. Et bien plus tôt que tu ne le voudrais.

7

« La mort n'est pas la ruine qui abolit et détruit toute chose, mais un voyage et le début d'une autre vie qui n'a pas de fin. »

Cicéron (106-43 av. J. C.)
Orateur et homme politique romain

La nuit était tombée, et Lucy avait déjà fait cent fois le tour de la maison à la recherche des runes mentionnées par Mrs Forbes. Son père n'était pas là (tant mieux, car il lui aurait certainement demandé ce qu'elle fabriquait et elle aurait été bien en peine de lui expliquer pourquoi elle examinait la porte d'entrée à l'aide d'une loupe). Et comme le cimetière était fermé au public, elle n'avait pas non plus à craindre les regards des curieux et des journalistes.

Reculant de quelques pas, elle étudia la façade de brique d'un œil critique et grommela, les poings sur les hanches :

– Bon sang, où a-t-elle pu planquer ces maudits symboles ?

Dépitée, elle consulta le plan remis par la vieille médium. La case « Mausolée noir » comportait toute une série de signes cabalistiques tracés à l'encre rouge.

– Oh, et puis zut ! pesta-t-elle, à voix haute pour conjurer son angoisse. Puisque c'est comme ça, allons donc nous jeter dans la fosse aux lions !

Si l'une des runes gravées par sa mère autour du catafalque manquait à l'appel, elle aurait une explication rationnelle au fait que le vexator avait pu s'échapper. Du moins dans l'hypothèse où lui et le fantôme de George MacKenzie ne faisaient qu'un...

Elle enfouit ses mains dans ses poches, et remonta l'allée mal éclairée qui longeait les tombes souvent couvertes de mousse et de lichens, à moitié enfouies dans le sol, et parfois entourées d'une grille de protection contre les voleurs de cadavres. Ces simples dalles de pierre sans aucun ornement tranchaient avec les tombeaux plus sophistiqués de personnalités importantes comme les poètes, les notables et les architectes célèbres d'Édimbourg, reconnaissables aux fleurs artificielles que les gens continuaient d'y déposer à leur mémoire. Les rouges, les oranges et les jaunes délavés des roses et autres géraniums en plastique contrastaient avec le blanc immaculé de la neige, mais au lieu d'apporter une note de gaieté dans le paysage, ils en renforçaient encore le côté lugubre.

Plus Lucy se rapprochait de son but, plus elle regrettait d'avoir envoyé promener Amelia. Elle avait voulu lui prouver qu'elle était capable de se débrouiller sans l'aide de quiconque et, à présent, elle s'en mordait les doigts.

Les contours du Mausolée noir surgirent de l'obscurité. D'instinct, elle ralentit le pas.

Elle n'était plus revenue ici depuis le sauvetage de Ghosty-Stevie. Vu de loin, avec ses niches et ses colonnettes, le monument avait un aspect plutôt majestueux, et rien ne permettait de penser qu'il abritait une âme dévorée par la haine. À y regarder de plus près, cependant, il avait quelque chose d'inquiétant. Sa coupole rainurée était en triste état, percée en plusieurs endroits par des chutes de branches, et les murs lézardés accusaient les ravages du temps.

Lucy avait les nerfs à fleur de peau. Oui, Mrs Forbes avait raison : dans un certain périmètre autour du caveau, on percevait des ondes maléfiques...

L'adolescente comprit soudain qu'elle ne pouvait ignorer son don plus longtemps. Même si tout en elle s'y opposait, elle devait utiliser ses pouvoirs. Aux grands maux les grands remèdes...

Surmontant son appréhension, elle ferma les yeux, respira plusieurs fois à fond et fit le vide dans son esprit. Peu à peu les battements désordonnés de son cœur se calmèrent. Elle attendit d'être complètement détendue puis, descendant en elle-même, elle se focalisa sur son moi profond.

Jusque-là, pas de problème. Restait le plus difficile. S'armant de courage, elle abattit une à une les barrières mentales dressées en remparts autour de son don, et donna libre cours à ses moyens suprasensibles. Elle s'était préparée à ce que ça ne marche pas du premier coup, or ce fut l'inverse. Telle une vague déferlante, ses pouvoirs surnaturels submergèrent son esprit en déroute, se répandirent dans ses veines et irriguèrent jusqu'à la moindre cellule de son corps.

La violence de ce tsunami la suffoqua. Paniquée, elle chercha sa respiration, et fut catapultée à un tout autre niveau de perception. Bien qu'elle eût toujours les yeux fermés, elle distinguait nettement l'aura délétère du mausolée. Des traînées noires et visqueuses suintaient de ses murs et formaient de larges auréoles qui semblaient s'étendre par cercles concentriques à l'ensemble du cimetière. En théorie, cette substance aurait dû, comme toute matière, être dépourvue d'affects. Et pourtant, Lucy sentait avec une acuité extrême qu'elle sécrétait un maximum de fureur et d'hostilité. C'était la haine à l'état pur.

Soudain, un bruit strident retentit dans sa tête. Lucy comprit aussitôt l'avertissement : cette poix hideuse était dangereuse. Tel un serpent enroulant ses anneaux autour de sa proie, elle cherchait à la piéger.

Lucy ouvrit les paupières. Jamais elle n'aurait cru possible d'être réceptive à tant d'impressions en simultané. C'était donc cela, être « extralucide » ? Par comparaison, il lui semblait avoir vécu toute sa vie en aveugle. Sa mère avait-elle vu tout ce qu'elle voyait, elle aussi ?

Elle se secoua. Il n'y avait pas une minute à perdre. Elle devait vérifier de toute urgence si les runes étaient toujours à leur place. Car il fallait à tout prix empêcher que le mort-vivant ne puisse sortir du mausolée.

Elle gravit les trois marches de l'entrée d'un bond, alluma sa lampe électrique et commença son inspection. À droite et à gauche de la porte, elle repéra des caractères en filigrane qu'elle n'aurait jamais remarqués si elle ne les avait pas expressément cherchés. Pour les protéger des vandales, sans doute, Anne MacKay les avait comblés à l'aide d'un mélange pâteux à base d'herbes et de sel, qui les rendait quasi invisibles à l'œil nu.

Se reportant au schéma de Mrs Forbes, Lucy poussa un juron.

C'était exactement ce qu'elle craignait : il manquait une rune de chaque côté ! Quelqu'un s'était attaqué au granit à l'aide d'un outil pointu. Quelqu'un qui avait ouvert la voie à George MacKenzie... Lucy frissonna. Qui pouvait avoir commis une pareille folie ? Dans quel but ? Qui donc pouvait avoir intérêt à lâcher un vexator dans la nature ?

Car l'individu avait agi sciemment, c'était certain.

Les genoux flageolants, elle s'assit en haut des marches et réfléchit. Raisonnablement, elle aurait dû rentrer chez elle et attendre le lendemain pour informer Mrs Forbes de la situation. Mais maintenant qu'elle avait vu la poix monstrueuse qui s'échappait du catafalque, cela ne lui paraissait plus une option. Elle devait faire quelque chose. Certes, elle n'avait aucune expérience des cérémonies druidiques ni des pratiques occultes, mais elle tenait entre les mains le modèle exact de la formule voulue. Rien ne lui interdisait de reproduire les runes manquantes à l'aide du petit canif accroché à son porte-clés. Ce ne serait sûrement pas l'idéal, mais cela éviterait peut-être à des innocents de se faire agresser, au moins pendant quelque temps. Cela valait la peine d'essayer, en tout cas.

Lucy attrapa son trousseau de clés d'une main fébrile, ouvrit le mini-couteau et s'agenouilla devant l'une des suites de caractères, le croquis bien en évidence devant elle. Autant les quatre premiers symboles étaient assez simples, autant le cinquième était compliqué. On aurait dit une vallée sinueuse surmontée du disque lunaire.

Lucy massa ses doigts pour les réchauffer, et s'encouragea à voix haute :

– Au boulot !

Elle ne fut pas longue à constater qu'elle n'avait pas l'outil adéquat. C'était tout juste si la lame égratignait la pierre ! Mais elle n'était pas prête à renoncer. Se mordant les lèvres, elle s'escrima à en avoir mal aux mains. Peu à peu, le dessin prenait forme.

Lorsqu'elle se redressa enfin, elle avait le dos tout endolori et une grosse ampoule dans le gras du pouce. Pas grave. Du moment que le résultat était là...

Hélas, quand elle vit ce qu'elle avait fait, le désespoir l'envahit.

– Trop nul ! C'est complètement raté !

Son graffiti n'était qu'une pâle réplique de l'original, en effet. Dans l'euphorie liée à la libération de ses énergies, elle avait dû largement surestimer ses capacités.

La mort dans l'âme, elle se remit debout et se rendit compte alors avec effroi qu'un épais brouillard s'était levé pendant qu'elle travaillait. Un spasme lui noua l'estomac. Elle n'avait pas besoin de se retourner pour savoir qu'il y avait quelqu'un dans son dos.

Qui était-ce ? Le fantôme de George MacKenzie ? Allait-il l'attaquer, elle aussi ? Ou lui réservait-il un supplice plus raffiné ? Elle tenta de se raisonner : à en croire Mrs Forbes, il la percevait comme une menace.

Réprimant une furieuse envie de hurler, elle regarda timidement par-dessus son épaule... et fut presque soulagée de découvrir qu'elle était cernée par les mornes. Leurs corps glauques se pressaient entre les tombes et dans les allées et la fixaient sans vergogne de leurs orbites vides. Chose étonnante, ils étaient un peu moins nombreux que la fois d'avant.

La femme aux cheveux filasse et aux vêtements d'un autre âge se détacha du groupe. Elle ouvrit la bouche et lui parla, mais aucun son ne franchit ses lèvres. Qu'essayait-elle de lui dire ? Si ce qu'avait affirmé Mrs Forbes était juste, Lucy aurait dû l'entendre. Elle se risqua donc à un nouveau test : elle inspira profondément, relâcha tous ses muscles et se laissa aller à son don.

L'exercice s'avéra cependant beaucoup plus difficile que précédemment. Car la présence des mornes l'empêchait de se détendre. Son instinct lui criait de prendre ses jambes à son cou, mais la panique la privait de ses mouvements. La peur au ventre, l'esprit bloqué, elle resta quelques instants en apnée, et dut aller puiser très loin dans ses ressources la force de se ressaisir.

– Relax ! s'exhorta-t-elle. Rappelle-toi ce qu'a dit Mrs Forbes...

La vieille voyante lui avait fait comprendre qu'elle possédait beaucoup plus de défenses qu'elle ne le soupçonnait. En théorie, elle avait même le pouvoir d'influer sur ce genre de situations.

D'un seul coup, l'aspect des mornes se modifia sous ses yeux : leurs corps avaient toujours la même couleur gris sombre, mais ils lui parurent plus consistants ; la lumière qui les éclairait de l'intérieur diminua d'intensité, leurs contours se précisèrent, et la colère et la rancœur se peignirent sur leurs faciès.

Ils semblaient lui en vouloir. Mais de quoi ?

En se focalisant sur la femme aux vêtements de style victorien, Lucy vit qu'elle avait les joues hâves comme si elle avait longtemps souffert de la faim. Maintenant qu'elle était extralucide, Lucy découvrait avec stupeur que la fantomatique créature flottait dans sa robe. Et elle comprit dans un flash que tous étaient sans doute morts depuis des siècles.

Elle se jeta à l'eau.

– Tu veux me dire quelque chose ?

La réponse lui parvint aussi nettement que si elle avait été prononcée à son oreille.

– Cet endroit est l'antre du diable. Le démon est réveillé. Tu dois l'empêcher de nuire !

Les regards s'expliquaient. Lucy était dans leur ligne de mire, mais ce n'était pas elle qu'ils visaient. Leur hostilité allait au mausolée, ou plutôt à son occupant. Lucy en déduisit que les morts-vivants haïssaient George MacKenzie. En cherchant à se relever, il avait provoqué leur fureur et ils faisaient bloc contre lui.

– Que lui reprochez-vous ?

Le visage de son interlocutrice se durcit.

– Il nous a enfermés dans ce cimetière, affamés, torturés, et laissés croupir jusqu'au dernier, expliqua-t-elle entre ses mâchoires contractées.

– Il vous a enfermés ? répéta Lucy avec stupeur. Ici ?

Depuis le temps qu'elle habitait à Greyfriars Graveyard, elle aurait dû en connaître l'histoire... Comme elle regrettait, à présent, d'avoir systématiquement changé de sujet chaque fois que son père essayait de lui en raconter un épisode.

– Expédie-le en enfer ! Que nous ayons enfin la paix.

– Je... je ne demande pas mieux, balbutia Lucy, sidérée. Seulement, je n'ai pas la moindre idée de la façon de procéder.

– Utilise tes pouvoirs ! commanda l'apparition en tendant le bras.

Lucy se retourna. Qu'essayait-elle de lui montrer ? Les runes qu'elle venait de graver dans la pierre ?

Une idée germa dans son esprit.

– Je dois faire appel à mes pouvoirs ? Pour activer les runes, c'est ça ?

Sans attendre la confirmation, elle s'agenouilla de nouveau devant la série de symboles, ferma les yeux et se laissa guider. Bientôt, elle sentit des picotements au bout de ses doigts. Osant à peine respirer, elle posa la main à plat sur la dernière rune. L'effet fut immédiat : une énergie fulgurante lui traversa le dos et le bras, sortit de ses doigts, et se communiqua au caractère qui se mit aussitôt à rougeoyer avec plus ou moins d'intensité selon les endroits. Là où la main de Lucy avait tremblé, le trait était à peine brillant, mais la magie semblait opérer quand même.

Au bout de quelques secondes, la rune reprit son aspect initial.

– Je ne sais pas si ça suffira, murmura Lucy en considérant son œuvre d'un air critique. Mais ce sera toujours mieux que rien.

Une immense fatigue s'abattit sur elle. Elle était vidée.

Elle s'essuya le front. Elle devait répéter l'opération de l'autre côté, mais n'en avait absolument plus la force. Tournant légèrement la tête, elle jeta aux mornes un regard en coin. Ce qu'elle vit lui fit dresser les cheveux sur la tête.

Tous reculaient en silence, un masque d'épouvante sur leurs visages blafards. Qu'est-ce qui pouvait bien les effrayer à ce point ?

Son sang se glaça dans ses veines. George MacKenzie !

Dans son application à activer les runes, elle avait baissé sa garde et le fantôme s'était engouffré dans la brèche. Sa présence était presque palpable.

Il en émanait tant de haine et de noirceur que Lucy porta la main à sa gorge. Pas de doute, c'était le vexator qui s'était introduit chez elle en présence d'Amelia. Depuis, il était devenu encore plus fort. Et il était furax !

Un sifflement stridulant retentit dans l'esprit de Lucy. Ce bruit était si insupportable qu'elle se boucha les oreilles à deux mains.

Tout son courage l'abandonna. Oubliées les runes et les supplications des mornes ! Elle n'avait plus qu'une idée en tête : fuir ! Fuir le plus vite et le plus loin possible.

Tournant les talons, elle voulut prendre ses jambes à son cou, mais c'était peine perdue. Contre un vexator en colère, il n'y avait rien à faire. Et vu la douleur cuisante qu'elle ressentait dans sa tête, il était tout près...

– Au secours ! cria-t-elle, totalement paniquée. À moi... Dad !

L'esprit poussa un rugissement infernal. Au même instant, une violente secousse arracha Lucy de terre et l'envoya valser dans les airs. Elle atterrit en roulé-boulé un peu plus loin, à quelques centimètres seulement d'une grille surmontée par des piques. La violence du choc lui fit voir trente-six chandelles. Elle ferma les paupières.

Lorsqu'elle les rouvrit, un élancement atroce lui vrilla le cerveau. Luttant contre l'évanouissement, elle se força à regarder. Où était le vexator ?

Hélas, son corps ne lui obéissait plus ! Dans un dernier éclair de lucidité, elle vit une haie de mornes former comme un rempart autour d'elle.

– Ne t'inquiète pas, jeune voyante, les entendit-elle chuchoter. Nous ne le laisserons pas t'approcher.

Et tout devint noir devant ses yeux.

Lorsqu'elle revint à elle, une odeur familière d'après-rasage, de terre et d'air pur parvint à ses narines. Toute la tension accumulée retomba d'un seul coup.

– Dad, je suis si contente..., murmura-t-elle.

Ses paupières étaient si lourdes qu'elle n'avait pas la force de les ouvrir. Mais elle entendait le crissement de souliers ferrés marchant dans l'allée enneigée. Son père la portait comme lorsqu'elle était petite.

– Tout va bien, ma chérie, dit-il d'une voix qui démentait ses paroles. On sera à la maison dans une minute.

Elle avait horriblement mal au crâne et à l'épaule, et se sentait aussi moulue que si elle était passée dans l'essoreuse d'une machine à laver. Cependant elle n'avait pas l'impression de s'être cassé quelque chose. Le coup avait été rude, mais le vexator s'en était tenu là, comme s'il avait seulement voulu lui donner un avertissement. À moins que le pire ne lui ait été évité par les mornes ?

Sauvée par des esprits ?

Soudain, son père s'arrêta net.

– Qu'est-ce que vous faites ici ? cria-t-il avec colère. Le cimetière est fermé au public. Allez-vous-en !

Lucy battit des cils. À l'instant même, elle fut aveuglée par un flash. Un reporter se dressait en travers du chemin et, indifférent au règlement, il les photographiait en mode rafale.

– Votre fille a été attaquée par un esprit, M. MacKay ? demanda-t-il d'un ton désinvolte. Elle est blessée ? Compte tenu des circonstances, est-ce que vous allez démissionner de vos fonctions et quitter Greyfriars Graveyard ?

– Débarrassez-moi le plancher, gronda Tom MacKay en se retenant d'exploser. Si vous ne partez pas tout de suite, j'appelle la police !

Le journaliste le gratifia d'un rictus.

– Pas la peine de vous énerver, je m'en vais ! De toute façon, c'est dans la boîte ! Bonsoir, monsieur !

– Vous n'avez pas intérêt à publier ces photos ! Je vous préviens, si vous...

Inutile de s'égosiller, le type était déjà au portail.

– Enfoiré ! gronda le gardien du cimetière.

– Laisse tomber, Dad ! fit Lucy d'une voix mourante. On rentre ?

Son père se redressa en sursaut, comme s'il venait de se rappeler où il était, et se dirigea à grands pas vers la maison.

– Pardon, s'excusa-t-il en la serrant tendrement sur son cœur. C'est vrai que tu dois être gelée. Si tu savais comme j'ai eu peur quand je t'ai aperçue. Heureusement que Bobby a encore fugué, sinon je ne serais pas sorti le chercher, et Dieu sait ce qui serait arrivé...

Parvenu devant chez lui, il tenta maladroitement d'actionner la poignée d'une seule main quand la porte s'ouvrit d'elle-même.

– Oh ! fit une voix connue. Qu'est-ce qui...

Le cœur de Lucy fit un bond dans sa poitrine.

– Stevie ! Tu es rentré ?

– Les médecins m'ont libéré cet après-midi. Et ton père a décrété que j'habiterais chez vous jusqu'à ce que je sois complètement remis.

Triturant le col de son vieux pull-over, le vagabond se racla la gorge.

– Ça ne te dérange pas trop ?

– Au contraire, se réjouit Lucy. C'est super !

Peu à peu, les forces lui revenaient.

– Pose-moi, Dad, dit-elle à son père, gênée d'être portée comme un bébé. Je crois que je peux marcher, maintenant.

Son père la mit debout avec précaution. Elle fut saisie de vertige mais prit sur elle pour ne pas le montrer. Stevie la soutint par le bras et la conduisit dans le salon. Lui-même boitait encore, si bien qu'ils formaient un curieux tandem, tous les deux. Si la situation n'avait pas été si dramatique, ils auraient presque été comiques...

Lucy se laissa choir dans le canapé. Ouf !

L'instant d'après, Tom MacKay s'agenouilla à côté d'elle.

– Où tu as mal ?

Elle lui montra sa tête et son épaule. Il lui écarta les cheveux avec douceur et déclara :

– Tu as un œuf de poule sur le crâne. Tu as envie de vomir ? Si c'est le cas je t'emmène tout de suite à l'hôpital...

– Pas la peine, répondit faiblement Lucy. Mais j'ai l'impression que ma tête va exploser.

– Pour ça, je peux te donner un cachet. Mais d'abord, montre-moi ton épaule.

Après l'avoir palpée et examinée sous toutes les coutures, il la couvrit d'un plaid à carreaux, puis se redressa avec soulagement.

– Tu es pleine de bleus. Mais à part ça rien de dramatique.

Il s'éloigna quelques instants pour revenir presque aussitôt, les bras chargés d'un petit plateau.

– Et maintenant, Lucy, dit-il en lui tendant un comprimé et un verre d'eau, j'attends des explications !

C'était LA question qu'elle redoutait. Car elle ne savait absolument pas comment y répondre. Son père avait clairement fait comprendre qu'il ne croyait pas aux fantômes, et elle n'était pas prête à rouvrir le débat. D'autant qu'elle avait eu une chance folle de s'en tirer à si bon compte. D'après Mrs Forbes, le vexator comptait parmi les esprits les plus dangereux. Malgré sa couverture, elle se mit à grelotter.

Assis sur un fauteuil en face d'elle, Stevie la fixait d'un air soupçonneux.

– Il y a un rapport avec ce qui m'est arrivé ? demanda-t-il avec douceur. Tu as vu un spectre, toi aussi ?

– Ne lui mets pas ce genre d'idées dans la tête, Stevie ! s'énerva Tom MacKay. Déjà que la moitié d'Édimbourg croit à ces inepties, on ne va pas en rajouter ! Moi, ce que j'aimerais savoir, c'est ce qui s'est passé en vrai.

Lucy laissa errer son regard de l'un à l'autre. Certes, elle pouvait prétendre avoir malencontreusement trébuché sur une pierre. Mais elle en avait assez de mentir.

– Je suis suffisamment grande pour décider moi-même de ce que je pense, Dad ! Je n'ai besoin de personne pour savoir que j'ai été attaquée par-derrière. Et par un être qui n'avait rien d'humain.

Tom MacKay se raidit.

– Pardon ?

La déception se lisait sur son visage.

– Mon agresseur était invisible, persista Lucy.

Prenant une profonde inspiration, elle lâcha avec conviction :

– C'était un fantôme.

– J'en étais sûr ! s'exclama triomphalement Stevie. Ça fait des semaines qu'il se passe des choses pas catholiques dans ce cimetière. Tu dois te rendre à l'évidence, Tom. Tu ne vas quand même pas prétendre que ta fille a bu ? Ou qu'elle a des hallucinations ?

Le père de Lucy ouvrit et ferma la bouche plusieurs fois comme un poisson hors de l'eau. Que sa fille prétende avoir été attaquée par un esprit, c'était la goutte d'eau qui fit déborder le vase. Et encore, il ne savait pas tout ! Car Lucy n'avait pas dit un mot des morts-vivants, et encore moins des conversations qu'elle avait eues avec eux !

– Je sais que ça paraît dingue, Dad. Mais je t'assure que c'est la vérité. J'étais à côté du Mausolée noir, et me suis trouvée aux prises avec un être maléfique. J'ai voulu m'enfuir mais il ne m'en a pas laissé le temps. Il m'a fauchée et envoyée valdinguer comme un fétu de paille.

Tom MacKay se gratta le crâne.

– Vous vous payez ma tête, c'est ça ?

Lucy secoua la tête, et regretta son geste. Le médicament mettait du temps à agir.

– Non, Dad, je suis tout ce qu'il y a de plus sérieuse, au contraire. Ceux qui affirment que Greyfriars Graveyard est hanté ont raison.

Stevie abonda dans son sens :

– C'est ce que je me tue à te répéter depuis des jours...

– Et vous voudriez que je vous croie ?

L'air ébranlé, Tom MacKay commença à arpenter la pièce en tous sens. Puis il se planta derrière la fenêtre, et regarda dehors en silence, les mains croisées derrière le dos. Tout dans son attitude trahissait une grande souffrance. Lucy n'avait pas l'habitude de le voir ainsi. Au bout d'un moment, n'y tenant plus, elle se leva et alla se blottir contre lui.

– Dis quelque chose, Dad ! supplia-t-elle, la tête appuyée sur son épaule.

– Je réfléchis, marmonna-t-il d'une voix rauque. De deux choses l'une...

– Oui ?

– Ou tu as glissé sur du verglas et tu es tombée, tout simplement. Sauf qu'avec tout ce tintouin autour des prétendus revenants, tu es victime de l'hystérie collective et vois du surnaturel là où il n'y en a pas...

De la part d'un homme aussi terre à terre, cette hypothèse n'avait rien de surprenant.

– Ou il y a autre chose..., reprit-il sans pouvoir préciser sa pensée. Cette histoire me rappelle ta mère. Tu ne le sais peut-être pas mais quand nous nous sommes connus, Anne était très superstitieuse. Elle croyait dur comme fer à l'existence des esprits. C'est d'ailleurs grâce à ça que nous nous sommes rencontrés. Moi je venais d'être nommé gardien du cimetière. Et elle, elle venait souvent à Greyfriars Graveyard avec cette vieille folle de Mrs Forbes.

Lucy n'en revenait pas. Enfin il faisait place au doute !

– Je suis tombé fou amoureux d'elle, poursuivit-il. Même si je ne comprenais pas comment une femme aussi intelligente pouvait croire à de pareilles âneries. Au début, j'en ai pris mon parti. Mais, après ta naissance, c'est devenu un sujet de discorde entre nous.

À ce souvenir, il poussa un profond soupir.

– Je ne voulais pas qu'Anne te brouille le cerveau avec ses histoires. Déjà que je la surprenais parfois en train de se livrer à des gesticulations ridicules en récitant je ne sais quelles litanies... J'ai fini par obtenir gain de cause, heureusement, et Anne m'a juré de te laisser en dehors de tout ça.

Lucy sentit ses genoux flageoler. Elle comprenait mieux, à présent, pourquoi sa mère n'avait jamais parlé de son don avec elle : elle était tenue par son serment !

Elle sentit la colère l'envahir. Si son père n'avait pas été aussi obtus, sa mère aurait pu lui apprendre à se servir de ses pouvoirs et ils n'en seraient pas là aujourd'hui. Sans parler du fait qu'elle aurait eu les clés pour décrypter ce qui lui arrivait. Mais non. Par sa faute, elle avait vécu toutes ces années dans une solitude affreuse.

Était-ce son étroitesse d'esprit qui avait poussé sa mère à s'en aller ?

– Si elle est partie à cause de toi, je ne te le pardonnerais jamais, murmura-t-elle tout bas.

– Qu'est-ce que tu as dit ?

– Rien, mentit-elle. Je monte me coucher. J'ai mal à la tête.

– Je t'en prie, reste ! la supplia son père avec un petit geste de la main. Il y a des choses dont je voudrais te parler.

– Plus tard, éluda-t-elle en se dirigeant vers la porte. Je n'en peux plus.

– Lucy, attends !

– Quoi ? fit-elle sans se retourner.

– Je préférerais que tu ne promènes pas seule au cimetière la nuit. Si par hasard Greyfriars Graveyard était hanté par un esprit mauvais, nous ne serions plus en sécurité.

– Je sais, répondit-elle avec un sourire désabusé.

Prise d'une quinte de toux, Lucy chassa le nuage de poussière qui dansait devant ses yeux. Vu son état, l'épais dossier contenant des écrits du XVIIe siècle qu'on venait de lui apporter n'avait pas été consulté depuis belle lurette. Amelia et elle passaient à présent un après-midi sur deux aux

Archives d'Édimbourg pour éplucher toute la documentation disponible sur George MacKenzie. Ce travail de recherche était ennuyeux à mourir, et Lucy n'en pouvait plus de s'arracher les yeux sur des vieux bouquins. Sachant qu'il avait fallu l'intervention directe du pasteur Graham, et leur engagement à fournir une copie de leur exposé sur « L'histoire de Greyfriars Graveyard à travers les siècles » pour leur obtenir l'autorisation nécessaire.

– Ton père campe toujours sur ses positions ? demanda Amelia en levant les yeux du gros livre ouvert devant elle.

Ce jour-là, elle s'était fait des macarons tressés sur les oreilles pour ressembler à la princesse Leia.

Lucy la regarda, l'air de trouver que cette coiffure ne lui allait pas, et répondit avec un haussement d'épaules :

– Je crains que oui, il est tellement borné.

– Il ne voudrait pas louer une chambre d'hôtel en attendant que les choses se tassent ?

Lucy secoua la tête.

– On n'est pas assez riches...

Depuis que cet abruti de journaliste avait publié la photo de son père la portant dans ses bras, elle ne pouvait plus sortir de chez elle sans être montrée du doigt. Et encore, elle était en vacances. Qu'est-ce que ce serait si on était en période de classe ! Elle s'imaginait d'ici les commentaires au collège, les ricanements sous cape... Heureusement, il restait quelques jours avant la rentrée, tout le monde aurait oublié d'ici là.

Enfin, espérons...

Elle préféra changer de sujet.

– Au fait, je ne t'ai pas dit..., fit-elle en ouvrant le dossier au hasard. La nuit dernière, j'ai essayé de discuter avec Miss Poppins.

– Ah oui ? s'anima Amelia, l'air alléché. Et alors ? Ça a marché ?

– Pas vraiment. Miss Poppins n'a pas arrêté de me parler, mais je n'ai pas compris un mot de ce qu'elle me disait. Alors que j'ai procédé exactement de la même manière qu'avec la morne, au Mausolée noir. J'ai dû louper une étape...

Elle le regrettait d'autant plus que sa fantomatique gouvernante semblait avoir eu quelque chose de très important à lui communiquer.

– C'est quand même bizarre que j'entende les mornes et pas elle, non ? murmura pensivement Lucy en pianotant sur la liasse d'une main fébrile.

Peut-être était-ce dû au fait que les mornes étaient plus de mille et qu'ils libéraient une énergie phénoménale, tandis que Miss Poppins était seule de son espèce et n'avait qu'une très faible aura ?

– Tu manques d'expérience, Lucy, lui fit remarquer Amelia. Tu ne peux pas t'attendre à tout maîtriser du premier coup.

– Mmh, tu as raison, opina Lucy. Je réessaierai ce soir.

Il y avait urgence. Car Hogmanay se rapprochait inexorablement, et elle devait trouver très vite le moyen de contrer le vexator. Sans quoi il mettrait sa menace à exécution... « Et un MacKay mourrait par lui. »

Soudain, elle écarquilla les yeux et se pencha sur le parchemin jauni qu'elle avait sous le nez depuis un moment.

– Oh, je crois que je tiens enfin quelque chose d'intéressant ! s'exclama-t-elle. Ce papier indique que George MacKenzie avait pour mission de faire respecter la volonté du roi Charles II dans toute l'Écosse.

– Un gros bonnet, en somme, commenta Amelia. L'équivalent d'un ministre...

Lucy parcourut le document des yeux et le résuma ainsi :

– Bon, si je comprends bien, Charles II a voulu imposer une nouvelle constitution religieuse aux Écossais, mais ça n'a pas plu aux habitants d'Édimbourg. Beaucoup se sont rebellés, et George MacKenzie a réprimé l'insurrection. Ça a dû être assez violent car, ici, il est question de la « sanglante bataille de Bothwell Brig ».

– Ils se sont battus ? s'étonna Amelia. Pour une question de religion ?

– Question de principe ! corrigea Lucy en levant les yeux de son dossier. Tu te rends compte ? Le roi prétendait nous imposer sa loi ! À nous, les Écossais ! On ne pouvait pas laisser passer...

– Pardon, je n'avais pas tilté, s'excusa Amelia. Pourtant, c'est évident. Et alors ? Comment ça s'est réglé ?

– Ça ne s'est pas réglé du tout. George MacKenzie les a pourchassés sans merci. Ce type-là avait tellement de sang sur les mains qu'il était surnommé Bloody MacKenzie[1].

Amelia frissonna.

– C'est encore pire que je le craignais. Le Mausolée noir abrite un horrible monstre !

– Oh, et là ! s'anima Lucy. Il est question de Greyfriars Graveyard !

---

1. Littéralement : « MacKenzie le Sanglant ».

Cette fois, pas de doute, elles étaient sur la bonne piste.

Plissant les yeux, elle relut avec attention le passage qui l'avait alertée pour être sûre qu'elle avait bien compris. Un frisson de terreur lui parcourut l'échine.

– Oh mon Dieu ! murmura-t-elle d'une voix blanche. Il faut vite aller prévenir Mrs Forbes !

Le temps de faire des photocopies, et les deux filles s'étaient ruées chez la voyante. Lucy était si énervée que les feuilles tremblaient dans sa main.

– Calmez-vous, s'il vous plaît ! leur commanda la vieille dame depuis le seuil de sa porte. Comment voulez-vous que je comprenne un seul mot de ce que vous me racontez si vous parlez toutes les deux en même temps ? Ôtez vos chaussures et venez vous asseoir dans le salon.

Les filles envoyèrent promener leurs souliers et la suivirent à l'intérieur. Les chats durent sentir qu'elles étaient dans un état anormal car ils s'enfuirent précipitamment à leur arrivée, et choisirent chacun un poste d'observation à distance respectueuse du sofa. Même Lucifer n'osa pas s'approcher.

La maîtresse de maison prit place dans son fauteuil. Elle avait meilleure mine que la fois d'avant, et semblait avoir repris quelques forces. À en croire la mixture qui mijotait dans un chaudron, répandant dans la pièce une odeur âpre et entêtante, Lucy et Amelia l'avaient dérangée en plein travail.

Près du foyer se trouvait un plat en cuivre sur lequel refroidissait une espèce de bouillie grisâtre. En se penchant, Lucy vit se former une grosse bulle qui refléta fugitivement son visage anxieux, puis éclata avec un léger plop.

– Je prépare la pâte dont on va avoir besoin pour sceller les runes, expliqua leur hôtesse. Même si je doute que cela serve à grand-chose tant le spectre est devenu puissant entre-temps. Mais dites-moi : qu'est-ce qui vous amène ?

Amelia lui raconta avec animation ce qu'elles avaient découvert sur George MacKenzie et la répression sanglante à laquelle il s'était livré « au nom du roi ».

– Il serait responsable de la mort d'environ huit-mille personnes, conclut-elle. En soi, cela suffirait à faire de lui un vexator. Mais ce n'est pas tout malheureusement. Son histoire est intimement liée à celle de Greyfriars Graveyard et à l'armée des mornes.

Mrs Forbes tendit l'oreille.

– En 1669, enchaîna Lucy en prenant le relais, George MacKenzie a fait arrêter mille-deux-cents opposants à Charles II. On les appelait les « Covenantaires ». Ils étaient si nombreux qu'il n'y avait pas assez de place dans les prisons. Greyfriars Graveyard était clos de murs, alors George MacKenzie a trouvé commode d'entasser ses prisonniers, y compris les femmes et les enfants, dans la partie sud-ouest du cimetière. La plupart sont morts de froid et de faim. D'autres ont été pendus ou décapités. Leur seule chance de survie était de prêter allégeance à la Couronne. Tous ceux qui ont refusé ont fini six pieds sous terre, à l'endroit même où George MacKenzie a demandé à être inhumé.

Mrs Forbes blêmit d'un coup.

– Attends une minute... Il a fait construire son mausolée sur les dépouilles de ces malheureux ?

Amelia acquiesça d'un signe de tête.

– Les ossements qu'on a découverts en délivrant Ghosty-Stevie, c'étaient eux. Maintenant, je sais pourquoi je me suis sentie si mal sur le moment.

– Quel monstre ! lâcha la vieille dame avec une moue horrifiée. Pas étonnant que les mornes ne trouvent pas le repos : il a fait ériger son tombeau à cet endroit exprès pour que les spectres de ses victimes l'empêchent de passer dans l'au-delà. En le retenant, ils lui offrent une chance de revenir et il le savait. Il avait tout planifié avant sa mort.

Lucy sentit une grosse boule dans sa gorge.

– Vous voulez dire... que ce choix n'était pas seulement symbolique ? articula-t-elle avec peine.

– Tu as très bien compris, confirma la voyante. Plus un homme meurt dans la douleur, plus sa fin de vie est traumatisante, et plus il risque de devenir un fantôme. L'énergie de son âme conservera un ancrage dans ce bas monde jusqu'à ce que ses souffrances finissent par s'estomper et lui laissent le champ libre pour partir. Dans le cas qui nous préoccupe, les suppliciés sont dans une telle proximité avec leur bourreau que leur martyre se prolonge indéfiniment. Comment veux-tu qu'ils trouvent le repos ? George MacKenzie est juste au-dessus d'eux, il les domine – au sens propre et au figuré –, et l'autorité qu'il exerçait sur eux de leur vivant perdure jusque dans leur mort.

Jamais Lucy n'avait entendu parler d'un supplice pareil. En tout cas, cela expliquait d'où le vexator tenait sa puissance.

Mrs Forbes caressa distraitement un chat tigré venu se frotter contre sa jambe.

– Je crains d'avoir sous-estimé la gravité de la situation, murmura-t-elle avec un sourire de regret. D'après ce que vous me dites, même sans avoir effectué les relevés réglementaires, je crois pouvoir affirmer que ce MacKenzie est un esprit de catégorie IV. Ce genre de spécimen dépasse nos compétences, il faut d'urgence que j'en réfère à mes supérieures.

– Seulement de catégorie IV ? releva Lucy qui se souvenait l'avoir entendue en citer cinq. Si celui-ci n'arrive pas en tête du hit-parade, je me demande à quoi ressemblent les « catégorie V » !

Le visage de son interlocutrice se durcit, et un voile sombre obscurcit ses yeux.

– Il vaudrait mieux pour toi que tu ne le saches jamais, Lucy, avertit la vieille dame. Face à eux, les Lumènes elles-mêmes sont démunies ; elles vivent dans la terreur d'avoir à les contrer un jour.

Lucy eut un coup au cœur. Mrs Forbes avait raison, ce n'était pas la peine de chercher à tout voir, tout savoir. Cependant, là n'était pas la question...

– Vous avez dit que ma mère avait été obligée de partir sous peine de nous mettre en danger, rappela-t-elle d'une voix étranglée. Or c'était une Lumène. Est-ce qu'elle a eu un problème avec un catégorie V ?

À la façon dont la voyante sursauta, elle comprit qu'elle avait tapé en plein dans le mille.

Mrs Forbes se racla la gorge, puis commença en évitant de croiser son regard :

– Je ne voudrais pas que tu...

Lucy n'était pas prête à lâcher le morceau.

– Ma mère n'a pas donné signe de vie depuis deux ans. Je comprends que vous ne m'ayez pas dit la vérité tant que j'ignorais tout de l'Ordre et de mon don. Vous n'y étiez pas autorisée, OK. Mais si vous me demandez de lui succéder pour vous aider et combattre les esprits à vos côtés, j'ai le droit de savoir pourquoi elle s'est enfuie, vous ne trouvez pas ?

Mrs Forbes était écartelée. Le visage tourmenté, elle lutta quelques instants avec sa conscience. Puis cédant à la compassion, elle commença en cherchant ses mots :

– Il y a quelques années, Anne a fait... quelque chose... qu'elle n'aurait pas dû. Quelque chose de strictement défendu. Nous autres voyantes avons pour mission de veiller sur les morts-vivants et d'accompagner leur transition vers l'au-delà tout en protégeant le monde des vivants. Nous ne devons jamais interférer dans l'équilibre du monde ni modifier le cours naturel des choses.

C'est pourtant ce que ta mère a fait. Au risque de réveiller une puissance occulte épouvantablement dangereuse.

Lucy bondit de son siège.

– Vous mentez ! Jamais ma mère n'aurait abusé de ses pouvoirs !

Mrs Forbes soutint son regard.

– C'est elle-même qui me l'a raconté, Lucy. Et moi, j'ai été témoin de l'angoisse qui s'est emparée d'elle juste après, quand elle a vu arriver la tourmente. Elle était désespérée. Mais si elle voulait vous épargner, ton père et toi, elle n'avait pas le choix. Il fallait qu'elle parte.

Amelia saisit la main de Lucy et la serra très fort dans la sienne.

– Elle t'aime, chuchota-t-elle. Elle est partie pour toi. Pour ton bien.

Lucy était au bord des larmes.

– Et maintenant ? articula-t-elle d'une voix étranglée. Elle est en sécurité ?

– Tant qu'elle n'aura pas anéanti cette puissance maléfique, elle ne sera jamais à l'abri nulle part. Elle ne reste jamais longtemps au même endroit, mobilise toutes ses facultés pour se rendre invisible, et prend soin d'effacer toutes les traces derrière elle. La plupart du temps, elle trouve asile chez l'une d'entre nous, jusqu'au moment où elle doit aller chercher refuge ailleurs.

Lucy était stupéfaite.

– Les médiums l'aident ? Alors qu'elle a enfreint votre loi ?

– Pas toutes, quelques-unes seulement. Celles qui auraient sans doute fait pareil à sa place.

L'étau qui empêchait Lucy de respirer se desserra un peu. Tant que sa mère n'avait pas commis de faute morale, ça ne pouvait pas être si grave. Elle ouvrit la bouche pour poser une nouvelle question, mais Mrs Forbes l'arrêta d'un geste.

– Stop ! Je ne t'en dirai pas plus. Revenons à ce qui nous préoccupe...

Tout en disant ces mots, elle se baissa et ouvrit le tiroir d'une commode.

– Vous avez un plan ? demanda Amelia, tout feu tout flamme.

Prenant un papier dans le tiroir, la vieille dame répondit :

– Je vais me rendre à Londres par le premier avion, et discuter de la situation avec mes supérieures. Quand elles verront les documents que vous avez eu la bonne idée de photocopier, et les articles parus récemment dans les journaux, elles nous enverront quelqu'un en renfort, c'est certain.

– Vous... vous nous abandonnez ? s'affola Lucy. Deux jours avant la nuit d'Hogmanay ?

– Juste le temps d'un aller-retour, la rassura la voyante. Depuis qu'Anne est partie, je n'ai pas cessé de réclamer de l'aide. Alors quand je suis revenue à la charge il y a quelques jours, mes cheffes ont cru que je remettais ça, et elles n'ont pas pris la mesure de l'urgence. Maintenant, c'est différent : grâce à vous, j'ai des preuves. Et je suis sûre de revenir avec quelqu'un d'assez solide pour tenir tête à ce George MacKenzie.

Les yeux d'Amelia brillèrent d'excitation.

– Une exorciste ? s'exclama-t-elle. Je pourrais l'accompagner ?

– Ce n'est pas un jeu, Amelia, la rabroua doucement Mrs Forbes. Il n'est pas donné à tout le monde de fréquenter les esprits.

Lucy ne pouvait que lui donner raison. Elle avait une chance folle d'être encore de ce monde après sa rencontre avec George MacKenzie. Face à un esprit comme lui, elle ne faisait pas le poids.

Après quelques instants d'hésitation, leur hôtesse sortit du tiroir un gros livre à reliure de cuir.

– Bon, à tout hasard... je vous laisse ceci... C'est un manuel d'initiation pour médiums débutantes.

Vous y trouverez un descriptif de tous nos rituels, et un répertoire des runes et des essences magiques à utiliser pour contrer les esprits mauvais.

– Cool ! s'exclama Amelia, les yeux brillants de convoitise.

Tendant la main, elle voulut s'emparer du recueil, mais Mrs Forbes recula pour l'en empêcher.

– Je compte sur votre discrétion la plus absolue, dit-elle d'une voix qui ne souffrait aucune contradiction. Et pas de photocopies, Amelia. Il va falloir modérer tes ardeurs.

– Pourquoi ? répliqua Amelia non sans un certain culot. Qu'est-ce que ça a de mal de vouloir connaître la vérité ? Je ne vois pas pourquoi l'Ordre des médiums retiendrait des informations qui pourraient être utiles au bien de l'humanité ! On a quand même le droit de savoir !

Mrs Forbes la regarda d'un air mi-surpris, mi-perplexe.

– Je ne m'explique pas ta fascination pour le monde des esprits, jeune fille...

Lucy allait proposer de s'en aller quand elle sentit comme une onde magnétique. On aurait dit une légère brise printanière apportant une odeur d'herbe fraîchement coupée, de jonquille et de terre mouillée... La vibration, magique, partait de Mrs Forbes et en direction... d'Amelia ! Pétrifiée, celle-ci la fixait avec des yeux exorbités.

– Qu'est-ce que vous lui faites ? s'affola Lucy. Arrêtez ça tout de suite !

Quelques secondes plus tard, les traits de la voyante se détendirent. Amelia battit des cils. Le charme était rompu, visiblement.

– Tu ne peux pas ressusciter ton père, déclara doucement Mrs Forbes en fixant Amelia avec compassion. Au fond, tu n'as aucune attirance pour le monde des esprits. Mais en cherchant ton père, tu ne fais que te perdre.

À ces mots, Lucy sursauta. Comment avait-elle deviné ? M. Burnett était mort quelques années auparavant dans un accident de voiture et c'était un miracle que sa fille, qui se trouvait sur la banquette arrière, ait eu la vie sauve. Celle-ci n'était pour rien dans ce drame qui avait été causé par un chauffard, mais comme elle avait été casse-pieds et n'avait pas arrêté de râler pendant tout le trajet, elle était rongée par un sentiment de culpabilité qui ne l'avait jamais quittée depuis.

Les yeux d'Amelia s'emplirent de larmes.

– Mais... je voudrais tellement lui dire que je suis désolée...

– Ça, il le sait déjà, assura la vieille dame en se levant.

Lui posant gentiment la main sur l'épaule, elle poursuivit :

– Tu étais toute petite. À cet âge-là, il est normal que les enfants soient un peu turbulents et testent leurs parents.

– Vous pouvez demander à mon père ! confirma Lucy avec conviction. Il n'y a pas un jour où je ne le pousse pas à bout. Mais c'est pour son bien : si je n'étais pas là avec Bobby pour l'asticoter, il s'ennuierait !

– Il y a tant de choses que j'aimerais lui dire, pleurnicha Amelia entre deux sanglots. Il me manque tellement !

– C'est naturel, tenta de la consoler Mrs Forbes. Mais les âmes de ceux qui s'aiment n'ont pas besoin de se parler pour lire dans les cœurs. Il n'y avait pas de bisbille entre ton père et toi, sans quoi il n'aurait pas trouvé le repos, et il se serait manifesté d'une manière ou d'une autre, à toi ou à Lucy.

– Vous croyez que l'âme de mon père ne se trouve plus ici-bas ? demanda l'adolescente avant de trompeter dans le mouchoir que Lucy venait de lui passer.

– Vous êtes encore trop jeunes pour en avoir fait l'expérience, mais oui : rares sont ceux qui traînent leur misérable existence sous forme d'esprit. Tu peux t'estimer heureuse que ton père soit parti vers l'au-delà.

Amelia médita ces paroles en silence. Peu à peu, elle retrouvait son calme. Mais comme elle avait la tête baissée, Lucy ne pouvait pas voir si elle était rassérénée par ce qu'elle venait d'entendre, ou au contraire si elle luttait contre la déception.

– Comment avez-vous deviné ? demanda tout haut Lucy, incapable de contenir sa curiosité plus longtemps.

Un sourire se dessina sur les lèvres de Mrs Forbes.

– Il est plus facile de lire dans le cœur des vivants que des morts. Ce qui est parfois très utile. Tu as senti quand j'ai fait appel à mon pouvoir, n'est-ce pas ?

– Oui. D'ailleurs, ce n'était pas désagréable. J'ai perçu un souffle qui m'a paru... vivant, en quelque sorte.

– C'est dû au fait que nous sommes à l'opposé, toi et moi. Tu perçois la douleur des défunts, et moi celle des vivants.

Pour Lucy, c'était une découverte. Jamais encore il ne lui était venu à l'esprit que les médiums n'avaient pas toutes les mêmes dispositions, et elle se dit avec une pointe d'envie que la vieille dame avait beaucoup de chance. Elle au moins, elle se rendait utile de façon concrète et ne vivait pas en permanence dans l'épouvante.

Mrs Forbes mit fin à la séance.

– Et maintenant, rentrez chez vous, toutes les deux. Il est tard. Et j'ai encore à faire mes bagages.

Lucy observa Amelia du coin de l'œil.

– Tout va bien, assura celle-ci d'une voix encore hésitante. Je crois que j'avais besoin qu'on me dise les choses clairement.

Lucy était aussi de cet avis, même si ce goût irraisonné pour l'occultisme avait été à l'origine de leur amitié. Par contre, l'idée que la voyante s'en aille en les laissant seules à deux jours de la date fatidique la remplissait d'angoisse.

– Vous nous faites signe dès que vous serez rentrée, n'est-ce pas ?

– Promis ! fit Mrs Forbes en lui fourrant son précieux manuel dans les mains. Au fait, je ne t'ai pas dit : cet exemplaire est celui de ta mère. Elle l'a laissé chez moi quand elle a dû fuir, afin que je te le remette le moment venu.

– Merci ! balbutia Lucy, très émue, en pressant le volume sur son cœur.

Louchant en direction d'Amelia, elle ajouta tout bas :

– Et merci pour elle...

– Avec plaisir, répondit la médium.

À peine eut-elle entrouvert la porte qu'un courant d'air glacé s'engouffra dans le vestibule. Il commençait à grêler.

Lucy remonta son col et rentra frileusement la tête dans les épaules.

– Brr..., grogna-t-elle. On se demande comment George MacKenzie peut avoir envie de revenir par un temps pareil !

Elle allait sortir lorsque Mrs Forbes sembla se rappeler quelque chose.

– Attends ! la retint-elle en attrapant une clef pendue à un crochet. J'ai un petit service à vous demander. Vous pourriez nourrir mes chats pendant mon absence ?

8

« Seul l'esprit conjure les esprits. »

Ferdinand Freiligrath (1810-1876)
Poète allemand

Après avoir pris congé de Mrs Forbes, Lucy se hâta de rentrer chez elle. Par ce temps, il n'y avait pas grand monde dans les rues, et le pont George IV, habituellement noir de monde, était désert. Elle était déjà presque à mi-chemin quand son téléphone sonna.

Elle fouilla dans sa poche d'une main fébrile et consulta l'écran. Voyant que c'était Adam, elle décrocha.

– Allô ?

– Ton père est chez moi, annonça le négociant sans préambule. Ce serait bien si tu pouvais venir.

– Il y a un problème ?

– Rien de grave, rassure-toi. Mais je pense qu'il a besoin de toi.

Lucy leva les yeux au ciel. Des cristaux de glace lui piquaient le visage.

– D'accord, céda-t-elle avec un soupir. J'arrive.

Faisant aussitôt demi-tour, elle courut d'une seule traite jusqu'au Cadenheigh's, où elle arriva quelques minutes plus tard, hors d'haleine et le front en sueur malgré le froid polaire. En poussant la porte, elle faillit trébucher sur Bobby, lequel fixait son alter ego d'un œil hargneux alors que celui-ci dormait tranquillement dans son panier, et ne demandait rien à personne.

– Du calme, Bobby ! commanda-t-elle à son chien en lui caressant le crâne au passage.

Les deux hommes n'étaient pas dans le magasin.

– Ohé, vous êtes là ? lança-t-elle à la cantonade.

Pas de réponse. Elle souffla dans ses mains pour les réchauffer et passa dans l'arrière-boutique. Son père était affalé sur un vieux tonneau à whisky. Adam lui tapotait gentiment l'épaule.

– C'est pas ta faute, Tom ! tentait-il de le consoler. T'as pas de reproches à te faire...

Lucy se figea.

– Qu'est-ce qu'il a ?

Le négociant se tourna vers elle.

– Ils ferment le cimetière.

– Pardon ?

Lucy tombait des nues. À aucun moment cette éventualité ne lui avait effleuré l'esprit.

– Ordre du conseil municipal, expliqua Adam. Une commission d'enquête s'est rendue sur place à la mi-journée ; et, suite à cette inspection, le maire a décidé de boucler la zone considérée comme sensible. Pour « sécuriser le périmètre », à ce qu'il paraît.

– La prison des Covenantaires ? laissa échapper Lucy.

Son père se redressa en sursaut.

– Comment tu sais ça ?

– Juste une supposition, éluda-t-elle.

S'asseyant sur un tabouret, elle ôta sa doudoune et son écharpe. Elle n'en revenait pas que les autorités aient franchi ce pas. Car cela revenait à reconnaître qu'il se passait des choses à Greyfriars Graveyard. En d'autres termes, l'administration admettait l'hypothèse d'un poltergeist, ce qui était en soi une révolution.

– Ils veulent à tout prix éviter de nouvelles victimes, expliqua Tom MacKay en levant la tête. Trois agressions en si peu de temps, c'est trop.

Serrant les poings avec colère, il ajouta :

– Et la photo publiée par cet abruti de journaliste n'a rien arrangé...

– Une adolescente à moitié évanouie dans les bras de son père, ça a fait du bruit dans les chaumières, forcément ! intervint Adam. Beaucoup de mes clients m'ont avoué avoir changé d'avis après avoir vu l'article. Avant, ils ne croyaient pas à l'existence des fantômes, mais maintenant ils en sont convaincus. N'oublie pas qu'à Édimbourg, tu es connu comme le loup blanc, Tom ! Les gens savent que jamais tu ne simulerais une attaque de revenants, et que tu n'exposerais ta fille pour rien au monde.

– Ces ronds-de-cuir n'ont qu'une trouille, c'est qu'on les accuse de ne rien faire, gronda Tom en serrant les poings. Alors ils ferment, c'est plus simple !

Voilà qui expliquait le côté expéditif de cette décision, prise de façon unilatérale et au mépris de toutes les procédures. Cependant, Lucy ne comprenait pas pourquoi son père se mettait dans un tel état.

– Tu as peur pour ton job, Dad ? lui demanda-t-elle.

– Le problème n'est pas là, répondit-il d'une voix sourde.

Perplexe, Lucy interrogea Adam du regard. Celui-ci desserra son col de chemise d'un air affreusement mal à l'aise, puis il lâcha :

– C'est à cause de ta mère, Lucy...

– Adam ! protesta Tom.

– ... tu comprends, ton père la trouvait superstitieuse et il le lui a beaucoup reproché. Mais, depuis quelque temps, il n'est plus aussi certain que les esprits n'existent pas. Du coup il se dit que c'est lui qui avait tort, et qu'Anne ne serait pas partie s'il n'avait pas été aussi intolérant.

À ces mots, Tom MacKay se tassa un peu plus sur lui-même. Le pauvre faisait peine à voir.

– C'est ma faute, gémit-il. Si même le conseil municipal admet l'existence d'un poltergeist, c'est qu'il y a une part de vrai, forcément ! Si je n'avais pas été si obtus, Anne serait encore là aujourd'hui...

– Ne dis pas ça, Dad !

Lucy lui en avait voulu à mort. Mais cela lui fendait le cœur de le voir se torturer ainsi. D'autant que c'était inutile : si Anne MacKay avait souffert de l'attitude de son mari, Mrs Forbes le lui aurait dit. Or à aucun moment celle-ci n'avait fait état de tensions à l'intérieur du couple.

Elle hésita à lui révéler ce qu'elle savait. Dans la mesure où la vieille médium ne le lui avait pas demandé, elle ne se sentait pas tenue au silence. Et elle estimait que son père, tout comme elle, avait droit à la vérité. Au moins pour la partie qui le concernait...

– Mom n'est pas partie à cause de toi, hasarda-t-elle. Mais parce que c'était la seule solution pour nous protéger tous les trois.

Son père la regarda d'un air ahuri.

– Qu'est-ce que tu racontes ?

Lucy décocha un coup d'œil à Adam. Celui-ci comprit le message et, feignant d'avoir entendu du bruit, s'éloigna en prétextant :

– Voilà quelqu'un ! Sans doute encore un touriste qui va vouloir goûter mes grands crus classés et ne m'achètera qu'une bouteille premier prix !

Restée seule avec son père, Lucy respira un grand coup, puis elle se jeta à l'eau.

– Mom n'était pas dans la croyance et encore moins dans la superstition. Cela va beaucoup plus loin... Sa conviction s'appuie sur l'expérience. Les esprits, elle les voit. Tout comme moi aussi je les vois...

À présent qu'elle était lancée, elle déballa pêle-mêle tout ce qu'elle avait sur le cœur : son don, les mornes, le vexator et sa sinistre prophétie, et la peur qui lui nouait l'estomac depuis des années. Ses explications étaient confuses, et elle évitait de regarder son père par crainte de se faire rabrouer.

Cependant, lorsqu'elle lui avoua combien elle s'était sentie seule et abandonnée, il s'assit à côté d'elle et la prit dans ses bras. Malgré sa gaucherie, ce geste de tendresse inhabituel la troubla à tel point qu'elle s'emmêla encore plus les pinceaux.

Pour une fois, son père fit preuve de patience, et il l'écouta jusqu'au bout sans l'interrompre, même lorsqu'elle évoqua Mrs Forbes, l'Ordre des médiums, et la menace que représentait George MacKenzie.

De fil en aiguille, elle en arriva à la transgression qui avait attiré sur Anne les foudres de ses supérieures.

– D'après Mrs Forbes, Mom a fait quelque chose de totalement interdit, et maintenant elle doit se cacher. Par chance, elle a le soutien de certaines médiums qui auraient agi pareil à sa place, paraît-il.

Elle observa son père à la dérobée. Il réfléchissait, les yeux perdus dans le vide, comme s'il tentait de mettre de l'ordre dans ses idées.

Brusquement, il bondit de sa chaise.

– Damned !

Saisissant Lucy par le poignet, il l'entraîna à fond de train vers la sortie, lui laissant à peine le temps d'attraper ses affaires au vol, et traversa la boutique au pas de charge.

– Merci, Adam ! lança-t-il à son ami qui, faute d'un client à servir, époussetait des bouteilles. Je te revaudrai ça. On s'appelle plus tard, OK ?

– Qu'est-ce que..., bégaya le négociant, interloqué. Attendez ! Vous ne pouvez p...

Quittant son comptoir, il se précipita dans la rue. Trop tard. Le père et la fille étaient déjà loin.

– Aïe, on a oublié Bobby ! s'avisa soudain Lucy.

– Tant pis, on le récupérera la prochaine fois. De toute manière, il est en de bonnes mains.

Lucy n'y comprenait rien. Pourquoi son père était-il si pressé, d'un seul coup ?

Il rentra droit à la maison et, sitôt arrivé, se rua tête baissée dans l'escalier. Alerté par le bruit de sa cavalcade, Stevie sortit de la cuisine.

– Qu'est-ce qu'il a ?

– Si je le savais ! haleta Lucy avec un haussement d'épaules.

Ce retour à marche forcée l'avait épuisée.

Après avoir ôté ses souliers, elle monta au premier. L'échelle escamotable du grenier était dépliée. Elle y grimpa avec précaution, et découvrit son père à quatre pattes à l'autre bout de la soupente, en train de fouiller dans des cartons. Elle allait lui demander s'il avait besoin d'aide lorsqu'il s'écria en brandissant une boîte à chaussures :

– Je savais bien que je l'avais gardée !

Serrant précieusement son trésor contre son cœur, il revint vers la trappe en courbant le dos pour ne pas se cogner à la charpente, et redescendit derrière elle sur le palier.

– Allons dans ma chambre, décréta-t-il. Je ne tiens pas à ce que Stevie nous entende.

– Tu vas m'expliquer ce qui se passe, à la fin ? piaffa Lucy, dévorée par la curiosité.

Que pouvait-il y avoir dans cette boîte ?

Depuis le départ de sa mère, elle n'avait presque jamais remis les pieds dans la chambre de ses parents, dont le seul ornement notable était l'arbre généalogique des MacKay trônant au-dessus du lit. D'une taille impressionnante, il avait demandé des années de travail à Tom, qui l'avait réalisé de sa main.

S'asseyant sur la banquette au pied du lit, celui-ci posa le carton à chaussures à côté de lui, et déclara :

– En fait, j'ai juré à ta mère de ne jamais te montrer ce qu'il y a là-dedans. Elle estimait que ça risquait de te traumatiser. Mais tu n'es plus un bébé ; et, compte tenu de la situation, je pense préférable que tu saches.

Lucy retint son souffle. Il reprit en cherchant ses mots :

– Tu dis qu'il y a quelques années, tu as rencontré un de ces esprits malfaisants et que tu en fais encore des cauchemars aujourd'hui. Et il semble que ce... ce...

– Vexator ?

– C'est ça.

Tom MacKay pianota sur sa cuisse d'un air gêné.

– Pardon, s'excusa-t-il. Tout ça est si nouveau pour moi, tu comprends ? Des morts-vivants... des esprits maléfiques... un Ordre des médiums, ce don que ta mère et toi avez en commun... Et pourtant, je te crois, Lucy. Car c'est la seule explication possible à ce qui se passe en ce moment. Comment ai-je pu être aveugle si longtemps ?

Il passa la main dans ses cheveux d'un geste las.

– Mais bon, je peux peut-être te fournir quelques réponses aux questions que tu te poses...

Prenant la boîte, il la lui tendit.

– Tiens, ouvre !

S'asseyant à côté de lui, elle obéit, le cœur battant... et faillit pleurer de déception : la boîte ne contenait que des vieilles photos. Et c'était pour ça qu'il l'avait obligée à rentrer tambour battant ?

Elle prit la pile et passa les photos en revue. Toutes la montraient elle, Lucy, depuis sa naissance jusqu'à l'âge de quatre ans. Et toutes étaient de bonne qualité, contrairement à celles qu'Anne MacKay avait réunies dans l'album correspondant à cette période, et qui se trouvait dans le salon, sur l'étagère du bas de la bibliothèque, et ne comportait que des clichés flous, ratés ou mal cadrés. C'était étrange... Cependant, cette bizarrerie mise à part, Lucy ne voyait pas ce que ces portraits avaient d'extraordinaire : Lucy bébé faisant ses premiers pas, Lucy bébé dans le bac à sable, sur son tricycle, devant un énorme gâteau rose avec trois bougies...

– Regarde mieux ! dit son père.

Cela n'avait pas de sens ! Poussant un soupir, Lucy reprit les photos une par une sans rien remarquer d'anormal. Cependant, parvenue à la dernière, celle du gâteau d'anniversaire, elle se rendit compte que quelque chose la chiffonnait. Mais quoi ? Elle l'examina avec attention. Qu'y avait-il de troublant chez cette petite bonne femme au visage joufflu qui fixait ses bougies avec un sourire radieux ?

D'un seul coup, l'évidence s'imposa à elle.

– Mes yeux ! s'exclama-t-elle, aussi ébranlée que si elle avait reçu une décharge électrique. Ils n'ont pas la même couleur !

Son père hocha la tête.

– À ta naissance, ils étaient bleus, comme chez la plupart des bébés. Ensuite, ils sont devenus verts. Aussi verts que les miens.

Lucy parcourut le paquet d'une main fébrile. Son père ne mentait pas. Elle avait bien eu les yeux verts.

– Comment est-ce possible ? s'étonna-t-elle. Des yeux qui changent de couleur à trois ans... c'est la première fois que j'entends parler d'un truc pareil !

– Un cas unique, apparemment, confirma son père. Ça s'est produit peu après le grave accident que tu as eu à cette époque-là. Il y a probablement un lien.

– Comment ça : un accident ?

– Tu ne te rappelles pas ? Quand tu étais petite, je t'emmenais souvent à Princes Street Gardens. Contre l'avis de ta mère. Elle devait avoir pressenti que ce parc était hanté par des esprits et que c'était un endroit dangereux pour toi. Mais tu adorais la grande fontaine avec ses sirènes...

Lucy n'avait pas le moindre souvenir de ces promenades. Tout ce qu'elle savait, c'était qu'aujourd'hui encore, elle ne pouvait pas passer devant la pièce d'eau sans avoir la chair de poule. Elle n'avait jamais compris pourquoi.

– La dernière fois que nous y sommes allés, c'était un soir d'été. La nuit venait de tomber, mais la fontaine était illuminée, c'était féerique. Comme il faisait une chaleur étouffante, je t'ai permis de barboter dans l'eau. À un moment, j'ai vu Adam passer avec sa femme et...

Sa voix se brisa. Visiblement, il lui en coûtait de continuer. Mais il enchaîna d'une voix rauque :

– J'ai eu un instant de distraction. Quelques secondes, pas plus, Lucy, je te promets ! Mais ça a suffi. D'un seul coup, tu t'es mise à hurler. Je me suis retourné, tu étais de l'autre côté du bassin, les yeux exorbités comme si tu voyais le diable en personne. Je t'ai appelée mais tu n'entendais rien. Le temps que je me précipite, tu étais tombée à l'eau... Quand je t'ai repêchée, avec l'aide d'Adam, tu avais perdu connaissance...

Lucy avait beau fouiller dans sa mémoire, cette scène ne lui évoquait aucun souvenir. Quoique... dans le cauchemar qui la hantait sans cesse, certains flashs semblaient faire écho à ce récit.

– À l'hôpital, on nous a dit que tu ne passerais pas la nuit. Par ma faute, notre vie avait basculé. Ta mère était dévastée. Nous étions là, à ton chevet, totalement impuissants, et de savoir que nous assistions à tes dernières heures nous lacérait le cœur. Tes mains étaient de plus en plus froides et tes forces t'abandonnaient. Lorsque ta vie n'a plus été suspendue qu'à un fil, Anne m'a supplié de la laisser seule avec toi...

Il se tut comme s'il ne savait pas comment poursuivre.

– Qu'est-ce qu'elle m'a fait ? le pressa-t-elle, suspendue à ses lèvres.

– Je l'ignore. Tout ce que je sais, c'est qu'à mon retour dans la chambre, quelques minutes plus tard, ton état s'était stabilisé. Tandis que ta mère, elle, était pâle comme la mort. Au petit matin, les médecins nous ont assuré que tu étais hors de danger.

Parvenu à ce stade de son récit, il sembla comme libéré d'un grand poids, et expliqua d'une voix redevenue normale :

– D'après eux, c'était un miracle que tu aies survécu. Tu es restée quelques jours en observation, puis nous t'avons ramenée à la maison. Et là, je me suis rendu compte que tes yeux avaient changé de couleur. Sur le moment, dans ma joie, je ne l'avais pas remarqué.

Le doute n'était plus permis.

– Mom a usé de ses pouvoirs pour me faire revenir, articula Lucy dans un souffle. C'est ça ?

– Je ne me l'étais jamais avoué dans ces termes-là... mais oui, depuis tout à l'heure, c'est ce que je crois, acquiesça-t-il du bout des lèvres. En tout cas, cela expliquerait un certain nombre de choses, dont le fait que certaines médiums aient pris son parti. Il n'y a rien de pire que de perdre un enfant, tous les parents te le diront. D'un autre côté, je conçois qu'on ne puisse pas arracher une âme à l'au-delà sans en payer le prix, et qu'un tel geste ait nécessairement des conséquences.

Lucy se mit à arpenter la pièce.

Ce qui la perturbait le plus, ce n'était pas de savoir qu'elle avait échappé de peu à la mort, mais que ses yeux avaient changé de couleur du jour au lendemain. D'après Mrs Forbes, les médiums avaient le pouvoir de rééquilibrer les situations, mais ils ne devaient jamais intervenir sur le cours naturel des évènements. Anne MacKay avait agi totalement à l'opposé de ces principes. En contraignant l'âme de sa fille à réintégrer son corps, elle avait clairement abusé de ses pouvoirs.

Marquant un temps d'arrêt, Lucy colla le front à la fenêtre. Qu'était-elle, à présent ? Une sorte de zombie ? Une morne qui s'ignorait ? D'un seul coup, les paroles de Kevin Corbett, le chasseur de fantômes de l'autre jour, lui revinrent en mémoire.

Il avait tiqué sur la couleur de ses yeux et évoqué un indigène de la forêt amazonienne surnommé « le coursier du ciel ». « Le dieu des Morts l'avait déjà reconnu sien et marqué de son sceau, et donc ses yeux n'avaient plus les couleurs de la vie », avait-il dit.

Elle l'avait pris pour un farfelu et lui avait assuré en toute bonne foi que la couleur de ses yeux n'était due qu'à un simple défaut de pigmentation.

Erreur...

Fermant les yeux, elle se demanda comment sa mère avait fait pour la ramener. Mrs Forbes avait raison : Anne MacKay devait avoir des pouvoirs extraordinaires. Car elle n'avait certainement pas agi à la légère. Si elle avait pris le risque d'enfreindre les règles les plus sacrées, avec toutes les conséquences que cela impliquait, c'était en parfaite connaissance de cause, parce qu'elle n'aurait jamais supporté de perdre sa fille. Y avait-il plus belle preuve d'amour ?

Lucy sentit les larmes lui monter aux yeux.

– Quand Mom est partie, murmura-t-elle d'une voix étranglée, je lui en ai voulu à mort. J'étais furieuse qu'elle nous ait abandonnés...

Par peur de peiner son père, elle acheva mentalement :

... et qu'elle ne m'ait pas emmenée avec elle.

– Je suis passé par là, moi aussi, dit-il pour la réconforter. Mais elle t'aime, Lucy. Plus que n'importe qui au monde.

Elle lui sourit avec gratitude. Et, soudain, l'émotion la submergea. Au fond, il lui avait servi de bouc émissaire : faute de pouvoir décharger sa colère sur sa mère, elle l'avait reportée sur lui. Elle l'avait tenu pour responsable de tous ses maux, avait été infecte avec lui et lui avait rendu la vie impossible... Elle s'était repliée dans ses retranchements, de telle sorte qu'il avait perdu non seulement sa femme mais aussi sa fille. Comme elle avait été injuste avec lui ! Et comme il avait dû se sentir seul !

Elle aurait voulu se jeter à son cou et lui demander pardon mais il y avait trop longtemps qu'elle était sur la défensive. Tout ce qu'elle trouva à dire fut :

– Je suis désolée, Dad...

– Tu n'as rien à te reprocher, dit-il en venant se placer à côté d'elle.

Posant une main sur son épaule, il ajouta d'une voix rauque :

– Si elle apprend qu'on a des ennuis avec le poltergeist, peut-être qu'elle reviendra. Qui sait ?

– Ce serait merveilleux...

Anne MacKay n'aurait aucun mal à vaincre George MacKenzie. Elle le mettrait définitivement hors d'état de nuire, et la vie reprendrait son cours. Mais ce n'était qu'un rêve. Dans la réalité des faits, Lucy devait défendre le cimetière, seule, avec ses faibles pouvoirs de médium débutante, et tout ce qu'elle pouvait espérer, c'était que Mrs Forbes revienne avec du renfort avant que le vexator refasse surface.

Lucy se pelotonna sous sa couette et tenta de mettre de l'ordre dans ses idées. Elle voulait tenter une nouvelle fois de s'entretenir avec Miss Poppins et, pour que ça marche, il fallait qu'elle se concentre.

Sa mystérieuse gouvernante ne se manifestait en général qu'au moment où elle glissait vers le sommeil. Or elle était beaucoup trop excitée pour pouvoir s'endormir. Les évènements de la journée lui trottaient dans la tête, et elle n'arrêtait pas de penser à sa mère : où était-elle ? Que faisait-elle ? Lucy aurait donné n'importe quoi pour lui parler, ne fût-ce qu'un court instant.

La chandelle qui brûlait sur la table de chevet jetait des ombres sur le mur. Tom MacKay avait interdit à sa fille d'allumer des bougies dans sa chambre, mais elle avait passé outre. Car cela faisait partie des conseils donnés par le Manuel à l'usage des médiums pour faciliter la communication avec les esprits.

D'après ce qu'elle avait lu, la lumière électrique interférait de façon négative sur les relations avec l'au-delà, tandis que la flamme d'une bougie créait un climat favorable en purifiant l'air et en aidant les ondes des deux mondes à entrer en résonance. La musique était recommandée aussi, à condition d'être douce et mélodieuse. De ce point de vue, le mieux était la musique classique. Lucy avait mis un moment à trouver le morceau idéal. En définitive, elle avait opté pour une aria de Jean-Sébastien Bach, qu'elle avait téléchargée sur son smartphone. La basse continue assurée par les violoncelles soutenait les envolées plus légères des violons. Elle s'aperçut à sa grande surprise que cette musique la touchait au cœur.

– Faut dire qu'il n'y a pas d'accordéon ! ironisa-t-elle à mi-voix.

Mais, surtout, le Manuel préconisait de recourir à une rune figurant sur un vieux parchemin fourni en annexe. Ce symbole magique, censé faciliter le contact, semblait jouer un rôle essentiel dans la vie de médium. Lucy le prit religieusement entre ses doigts et s'efforça de ne plus penser à rien. Du rez-de-chaussée lui parvenait l'écho étouffé d'une conversation. Depuis que Stevie habitait chez eux, Tom MacKay avait quelqu'un à qui parler, ce qui était une excellente chose, et Lucy en était heureuse pour lui.

Elle se concentra sur la mélodie, les yeux fermés. Peu à peu, les battements de son cœur ralentirent ; alors, comme l'autre jour au mausolée, elle descendit en elle-même, et une onde de chaleur se répandit dans son corps. Lorsqu'elle rouvrit les paupières, Miss Poppins était au pied de son lit.

Le dos raide, le visage fermé, la fantomatique gouvernante regardait fixement dans la direction du cimetière. Était-ce l'effet de la rune ou des autres moyens mis en œuvre ? Il sembla à Lucy que ses traits étaient plus nets que d'habitude.

Ce n'était pas qu'une impression : il y avait d'autres détails qu'elle n'avait jamais remarqués, comme le grain de l'étoffe dans laquelle était taillée sa longue robe, les rides au contour des yeux, le petit chignon rabougri dont s'échappaient des mèches rebelles...

Désireuse d'attirer son attention, Lucy se racla la gorge. Miss Poppins haussa un sourcil.

– J'aimerais te parler, déclara l'adolescente en levant le précieux parchemin. Tu comprends ce que je te dis ?

– Bonté sans nom ! s'exclama l'apparition d'une voix étonnamment chaude et féminine. Je commençais à croire que tu préférerais mourir plutôt que d'apprendre à te servir de tes pouvoirs !

– Désolée, mais je n'ai personne pour m'initier, se défendit Lucy, piquée au vif. Comme vous le savez, ma mère m'a abandonnée, alors je me débrouille comme je peux.

– Tu n'as personne pour t'initier ? répéta Miss Poppins d'un ton atterré. C'est très ennuyeux. Car cela risque de rendre ta mission encore plus dangereuse. Voire la compromettre tout à fait.

– Ma mission ?

– Éliminer ce terrible, terrible poltergeist, l'esprit de l'abominable MacKenzie, confirma Miss Poppins en fixant la fenêtre comme si elle craignait de s'attirer les foudres de l'enfer rien qu'à l'évocation de ce nom. Il compte sur la magie des Nuits rudes pour se relever.

– Sans doute la nuit d'Hogmanay, je sais.

– Si tu es au courant, qu'attends-tu pour agir ? s'irrita le spectre. Nous avons toujours fait tout ce que nous pouvions pour t'aider, et t'avons protégée chaque fois que c'était nécessaire. Et toi ? Malgré nos supplications, tu ne lèves pas le petit doigt !

– Vous m'avez protégée ?

À peine eut-elle prononcé ces mots que Lucy se sentit honteuse. L'autre jour, les mornes l'avaient défendue contre MacKenzie en lui faisant un rempart de leurs corps. Elle avait une dette envers eux, en effet.

– Comment ma mère s'est-elle assuré tes services ? Est-ce qu'elle a fait pression sur toi d'une manière ou d'une autre ?

– Non. Mais elle m'a promis de m'aider, répondit Miss Poppins avec un sourire triste. Les grands voyants comme elle ont le pouvoir de nous donner la paix nécessaire pour que notre âme puisse quitter ce monde et passer dans l'au-delà.

Voilà qui confirmait l'intuition de Lucy. Serait-elle un jour assez douée pour aider les morts-vivants à trouver le repos, elle aussi ? En tout cas, la fidélité de Miss Poppins à ses engagements, même au plus fort du danger, prouvait assez combien elle aspirait à sa délivrance.

– Que dois-je faire ? demanda Lucy.

– Je ne suis qu'une âme prisonnière du monde intermédiaire, et n'ai ni les connaissances, ni les pouvoirs requis pour t'expliquer comment procéder. Cependant, je suis chargée de te dire une chose : nous ignorons pourquoi George MacKenzie sème la terreur à Greyfriars Graveyard. Mais sache qu'il ne s'en prend pas qu'à vous, les humains. Il s'empare des plus faibles d'entre nous et s'approprie leur énergie. Les malheureux n'ont aucun moyen de lui résister et leur âme est anéantie à jamais. Tu comprends maintenant pourquoi nous tremblons si fort devant lui ? Ne le sous-estime surtout pas, ce serait une erreur fatale.

Lucy sentit la sueur perler à son front. La dernière fois que les mornes lui étaient apparus, ils lui avaient semblé moins nombreux qu'auparavant, en effet. Quelle horreur de songer que même les esprits n'étaient pas à l'abri de ce prédateur, et qu'il les traquait jusque dans ce cimetière, le lieu par excellence où ils auraient dû pouvoir reposer en paix !

– Pourvu que Mrs Forbes revienne vite, murmura-t-elle, ébranlée.

– Tu ne peux compter que sur toi-même, Lucy, objecta Miss Poppins. La puissance de MacKenzie se renforce d'heure en heure. Tu ne dois surtout pas attendre Hogmanay pour agir.

Lucy plissa le front.

– Je croyais que le meilleur moment pour le combattre était la nuit du 31 décembre !

– Pour des médiums aussi expérimentées que ta mère, peut-être. Mais tes pouvoirs sont limités, Lucy. Plus tôt tu passeras à l'offensive, plus tu auras de chances de l'emporter.

S’approchant de Lucy, elle la transperça du regard.

– N’attends pas qu’il soit trop tard ! Tu dois...

Soudain, un effroi sans nom se peignit sur son visage.

– Pitié, non...

Alarmée, Lucy promena le regard autour d’elle.

– Il... il essaie d’entrer dans la maison, murmura Miss Poppins, qui tremblait de tous ses membres.

Lucy aurait pu se gifler. Avec tout ce qui s’était passé, elle avait complètement oublié de vérifier les runes placées par sa mère autour de la maison.

– Qu’est-ce qu’on va faire ? chuchota-t-elle.

La morne eut un instant d’hésitation. Elle semblait aussi inquiète et désemparée que Lucy. Cependant, elle se ressaisit et ordonna :

– Cache-toi ! Moi, je vais faire ce que j’ai à faire. Ainsi que je l’ai promis à ta mère.

Malgré sa peur du vexator, Lucy ouvrit la bouche pour protester, mais les mots lui restèrent dans la gorge. Car déjà des pas martelaient le plancher du grenier. Avec une lenteur insoutenable, ils se rapprochèrent inexorablement, et s’arrêtèrent pile au-dessus de sa tête.

L’adolescente osait à peine respirer. Son cœur tambourinait si fort dans sa poitrine qu’elle en avait des bourdonnements dans les oreilles. Elle s'aperçut alors que la température avait chuté de plusieurs degrés. Un froid polaire avait envahi la pièce. Des larmes de glace se figèrent sur ses cils. Elle pensa à s'emmitoufler dans sa couette mais elle était trop paralysée pour faire un mouvement.

– Il est encore plus fort que je ne le craignais, souffla Miss Poppins. Sauve-toi ! Vite ! Il ne faut pas que tu restes ici !

Lucy faillit protester, mais elle pouvait à peine respirer tant l'air glacé lui brûlait les poumons. Elle ne serait d'aucune aide à Miss Poppins dans l'état où elle était. Au prix d'un effort surhumain, elle se traîna jusqu'à la porte avec l'impression qu'elle n'y arriverait jamais, posa ses doigts gourds sur la poignée, et l'abaissa. Rien ! La porte était verrouillée.

Lucy crut mourir de peur.

– Dad ! hurla-t-elle en tapant de toutes ses forces contre la porte. Stevie ! Au secours !

Les deux hommes étaient toujours en bas, elle entendait très distinctement leurs voix. Mais ils ne réagirent pas.

– MacKenzie nous a isolées, constata Miss Poppins d'un ton neutre. Rien ne peut entrer ni sortir de cette pièce.

Au même instant, la flamme de la bougie vacilla. À l'idée qu'elle pourrait s'éteindre, Lucy paniqua encore un peu plus. Elle ne voulait à aucun prix se retrouver dans le noir complet. Le froid était déjà bien assez affreux.

Grelottant, elle serra frileusement les bras autour d'elle lorsqu'un courant d'air glacé la gifla au visage.

– Je t'avais prévenue ! Tu aurais mieux fait de m'écouter !

Lucy tourbillonna sur elle-même. Le poltergeist était invisible, mais sa présence était palpable.

– Je... je n'ai rien fait, hoqueta-t-elle pour gagner du temps.

– Tu mens ! tonna la voix avec une violence qui fit trembler les murs. Tu as commencé à user de tes pouvoirs ! Tu as réactivé les runes du Mausolée noir pour m'empêcher d'en sortir !

– Alors comment se fait-il que tu sois là ? le défia Lucy avec une audace dont elle ne se serait pas crue capable. D'ailleurs, il y a un truc que je ne m'explique pas : c'est pourquoi un esprit aussi puissant que toi s'intéresse à une ado comme moi...

Miss Poppins émit un hoquet. Pas grave... De toute façon, les choses pouvaient difficilement être pires : MacKenzie les avait coupées du monde. Lucy pouvait toujours crier, personne ne viendrait à son secours. Au point où elle en était, elle n'avait plus rien à perdre...

– Petite impertinente ! vociféra-t-il d'une voix vibrante de haine. Tu vas mourir !

Du coin de l'œil, Lucy vit que Miss Poppins lui signifiait quelque chose par gestes. Elle comprit le message : George MacKenzie s'apprêtait à se montrer, et il ne fallait pas qu'elle le voie.

Elle voulut se jeter sous le lit, mais avant qu'elle ait eu le temps de dire ouf, elle fut soulevée de terre, catapultée à l'autre bout de la pièce et plaquée contre le mur avec une violence inouïe. George MacKenzie la serrait à l'étouffer entre ses doigts osseux.

– Stop ! coassa-t-elle. Arrêtez, par pitié !

Pour toute réponse, son agresseur émit un rire sardonique.

De toute évidence, il se délectait de la peur qu'il lui inspirait.

La voix de Miss Poppins lui parvint comme de très loin.

– Lucy !

Rassemblant ce qui lui restait de lucidité, elle réfléchit à toute allure. Se recroqueviller sous le lit – comme semblait le vouloir son ange gardien – ne servirait à rien. En outre, elle disposait des mêmes pouvoirs que sa mère. Si George MacKenzie s'acharnait à essayer de la détruire, c'était la preuve par excellence qu'elle était une menace pour lui.

Elle se força à reprendre ses esprits.

Puis elle contre-attaqua :

– Si tu es si puissant, pourquoi est-ce que tu n'as même pas le courage de te montrer ? Ou ne serais-tu qu'un lâche ?

Par chance, le démon avait vécu bien avant l'époque du cinéma, sinon il aurait su que c'était un piège, et il n'aurait pas foncé dedans tête baissée comme la plupart des méchants.

– Tu me traites de lâche ? rugit-il dans un grondement de tonnerre. Moi ? Un chevalier ? Alors que j'ai été adoubé par le roi en personne ?

Dans sa fureur, il fit ce que Lucy avait espéré : il relâcha son étreinte.

Elle en profita pour se redresser. Au même instant, l'air dansa devant ses yeux, et les contours d'une silhouette se dessinèrent devant elle. Un homme... plutôt corpulent... pas très musclé. Ses vêtements étaient encore plus démodés que ceux de Miss Poppins. Il portait une longue perruque frisée, un jabot en dentelles sur la poitrine, une culotte bouffante, et des bottes montant jusqu'aux genoux.

C'était donc lui, le tortionnaire sadique ? Le bourreau sanguinaire connu sous le nom de

Bloody MacKenzie ? Le poltergeist que même les mornes redoutaient ? Sous son apparence d'autrefois, il était beaucoup moins impressionnant qu'elle ne l'avait craint. Cependant, Miss Poppins avait été claire et Lucy savait qu'elle ne devait pas se fier aux apparences.

George MacKenzie plissa les lèvres, réduites à deux fentes, ce qui lui donna l'air encore plus antipathique. Déjà qu'avec son nez bourgeonnant, ses yeux globuleux et son double menton naissant, il était plutôt du genre repoussant...

– Regarde-moi bien, jeune voyante, si tu l'oses. Car c'est ta mort que tu verras !

– Cache-toi, Lucy ! ordonna Miss Poppins en se dressant, altière, devant sa protégée. Vous ne porterez pas la main sur cette jeune fille, M. MacKenzie. Ou alors vous devrez me passer sur le corps.

S'avisant de sa présence pour la première fois, le poltergeist la toisa avec hauteur. Lucy profita de ce bref instant de répit pour s'échapper, et elle rampa sous son lit. Dans son mouvement, elle fit tomber le Manuel à l'usage des médiums, qui atterrit sur le plancher avec un bruit mat.

Le cœur battant, elle retint son souffle.

– Ôte-toi de mon chemin, femme ! tempêta-t-il. Tu n'as aucun moyen de t'opposer à moi.

Je réglerai ton compte dès que j'en aurai fini avec cette gamine, tu peux en être sûre.

Sans doute ne s'attendait-il pas à ce que Miss Poppins lui tînt tête.

– J'ai juré de veiller sur Lucy MacKay, et je tiendrai parole !

Elle était peut-être pleine de bonnes intentions, mais le tremblement de sa voix trahissait combien elle était en mauvaise posture. En lui confiant la tâche de veiller sur sa fille, Anne MacKay n'avait certainement pas imaginé qu'elle serait amenée à affronter un esprit aussi redoutable que George MacKenzie.

L'adolescente avait mauvaise conscience. Elle ne pouvait pas se terrer sous son lit pendant que sa fantomatique gouvernante risquait son âme pour elle ! D'ailleurs, elle ne pouvait pas rester sans bouger sous peine de mourir de froid.

Brusquement, l'aspect de l'odieux personnage commença à se modifier sous ses yeux. Les traits humains disparurent de son visage pour laisser place à une physionomie hideuse. Plus de bouche, mais une énorme gueule à double rangée de dents acérées comme des rasoirs.

Tétanisée, Lucy résista à l'envie de fuir. Miss Poppins tomba à genoux devant le monstre, baisa la petite croix pendue à son cou et se mit à prier dans une langue inconnue. Curieusement, cette mystérieuse litanie fit jaillir une image dans l'esprit de Lucy, qui se revit soudain avec sa mère devant le Mausolée noir. Cette mélopée... elle la reconnaissait. Sa mère la récitait toujours lorsqu'elle se promenait avec elle au cimetière. Un jour, elle lui avait demandé ce que c'était, et Anne avait prétendu que c'était une vieille chanson druidique tombée dans l'oubli. Avait-elle fait en sorte de la lui faire apprendre à son insu ?

– Tu te prends pour une Lumène ? railla MacKenzie, secoué par un rire qui n'avait plus grand-chose d'humain. Si tu crois que tu peux m'impressionner avec ça !

Imperturbable, Miss Poppins continua à réciter les formules magiques des médiums. Lucy comprit enfin où elle voulait en venir. Se jetant sur le manuel, elle l'ouvrit à une page marquée par un signet. C'était la première d'un chapitre intitulé : « Procédures d'urgence et exorcismes ». Vite, elle parcourut le paragraphe « Esprits de catégories III et IV ».

Un grondement titanesque lui déchira les tympans.

Levant les yeux, elle vit MacKenzie se ruer sur Miss Poppins pour la dévorer. Poussant un petit cri, elle dut se faire violence pour ne pas intervenir. Pourquoi son ange gardien n'essayait-elle pas de se défendre ? Toujours agenouillée, celle-ci continuait à réciter ses incantations druidiques. MacKenzie n'était plus qu'à quelques centimètres d'elle quand le halo doré qui l'entourait se mit à briller avec plus d'intensité. L'instant d'après, MacKenzie s'y heurta de plein fouet, et il tituba en arrière comme s'il avait reçu une décharge électrique. Il ne s'était pas attendu à ça.

Ivre de rage, le vexator revint à la charge, mais sans réussir à abattre le bouclier surnaturel qui protégeait son adversaire. Alors qu'il se préparait une nouvelle fois à cogner, un rayon fulgurant lui saisit les deux poings et mit le feu à ses mains. Poussant un hurlement de douleur, il considéra ses extrémités avec stupeur et tenta d'éteindre l'incendie, qui se propageait déjà à ses avant-bras.

– Mom, tu es géniale ! laissa échapper Lucy, persuadée que seule sa mère pouvait avoir appris cette technique d'autodéfense à Miss Poppins, et qu'elle avait dû lui transmettre quelques-uns de ses pouvoirs.

Plus MacKenzie était la proie des flammes, plus la température de la pièce redevenait supportable. Lucy sentit son sang circuler de nouveau dans ses veines.

– Espèce de charogne ! gronda le vexator au comble de la fureur. Tu me le paieras !

Qu'une simple morne comme Miss Poppins ose lui résister le mettait visiblement hors de lui. Lucy se demanda combien de temps la malheureuse tiendrait encore le coup.

À peine s'était-elle posé la question que celle-ci donna des signes de faiblesse. Sa silhouette commençait à s'estomper. Elle avait besoin d'aide !

MacKenzie était à ce point aveuglé par la haine qu'il en avait oublié Lucy. Vite, elle s'empara du manuel et s'y plongea. Il faisait si sombre qu'elle avait du mal à lire et mit un certain temps à déchiffrer les instructions. Il lui fallait une feuille et un stylo. Pour une fois, le désordre qui régnait dans sa chambre s'avéra un avantage. : elle n'eut qu'à tendre la main pour attraper un crayon et un bout de papier tout chiffonné. D'une main fébrile, elle le défroissa – c'était une partition d'accordéon ! – et recopia au dos la rune prescrite dans les cas d'exorcismes difficiles.

Ne restait plus qu'à convoquer son don, à réciter une formule magique, et à brûler la feuille.

Levant les yeux, elle vit que Miss Poppins était à bout de forces. Haletante, elle s'appuyait sur ses mains, et son halo protecteur vacillait dangereusement. Il était urgent de lui venir en aide. Sans parler du fait qu'elles ne seraient pas trop de deux pour chasser le vexator.

Lucy respira plusieurs fois à fond, descendit en elle-même et se focalisa sur ses pouvoirs. Contrairement aux fois précédentes, cela lui parut tout naturel. Peut-être était-ce plus facile lorsqu'elle était sous pression ?

S'extirpant de sa cachette, elle se remit sur pied… et se figea en plein mouvement. George MacKenzie avait repris l'apparence du monstre terrifiant qu'elle redoutait. Il n'avait plus rien d'humain, son faciès hideux était distordu par la haine, et son corps en lévitation exsudait une substance immonde semblable à celle que Lucy avait remarquée sur les murs du Mausolée noir, et qui dégoulinait sur le tapis. Chaque fois qu'une goutte touchait le sol, elle s'évaporait aussitôt avec un chuintement désagréable en y laissant une marque noire.

À ce moment-là, Miss Poppins sembla s'évanouir. Fermant les yeux, elle roula sur le côté et son aura protectrice disparut.

Poussant un cri triomphant, George MacKenzie fondit sur la morne sans défense pour la dévorer.

Lucy n'eut que le temps de s'interposer.

– Arrière !

D'une main, elle saisit la chandelle sur sa table de chevet et la plaça entre les deux esprits. Levant les yeux, elle vit l'horrible trogne de MacKenzie à deux doigts de son visage, et elle fut tentée de reculer. Cependant, puisant au fond d'elle-même toute l'énergie et l'assurance que pouvait lui donner son don, elle récita :

– De par mes pouvoirs et la force de mon esprit
Je te bannis de ce logis.
Au nom de ce qui est bon et bien,
Je te l'ordonne : retourne d'où tu viens !

Comme elle l'avait craint, la formule demeura sans effet. Pour bien faire, il aurait fallu la prononcer en lunaeschâr, ou langue de la lune, dans laquelle elle avait été composée. Faute de maîtriser cette langue, Lucy s'en était tenue à la traduction. Et maintenant, c'était trop tard.

En désespoir de cause, elle leva le papier sur lequel elle avait retranscrit la rune, et le présenta au-dessus de la bougie.

– Je te l'interdis ! s'écria MacKenzie en tendant une main décharnée dont les doigts crochus se terminaient par des griffes. Qui es-tu pour me donner des ordres ? À moi, l'avocat du roi !

La flamme menaçait de s'éteindre. Mais le papier finit quand même par prendre feu.

Tremblante, Lucy répéta son couplet :

– De par mes pouvoirs et par la force de mon esprit

Je te bannis de ce logis.

Au nom de ce qui est bon et bien,

Je te l'ordonne : retourne d'où tu viens !

À peine la flamme eut-elle atteint la première rune que la fumée devint rouge sang et la feuille se mit à briller. D'après le manuel, c'était le moment de la lancer sur le vexator.

Elle n'en eut pas le loisir. Elle sentit les griffes de MacKenzie se planter dans son bras. La douleur lui arracha un cri. Bien qu'il fût un esprit, et donc que sa main n'eût pas de consistance, il lui avait déchiré son pyjama et elle saignait ! Mais, surtout, une crampe dans tout le bras l'empêchait de faire un geste. Or le papier était déjà à moitié consumé. Il n'y avait pas une seconde à perdre.

La sensation de brûlure était insoutenable et le besoin de baisser les bras la rendait folle. Des larmes amères lui montèrent aux yeux.

– Ce n'est qu'un début ! annonça MacKenzie en se penchant vers elle avec un sourire narquois. Quand j'en aurai fini avec toi, tu regretteras de toutes les fibres de ton être d'avoir osé me défier !

L'expression de triomphe qu'elle lut dans ses yeux excita sa fierté. Elle était Lucy MacKay, fille de Lumène ! Il n'était pas né celui qui la ferait renoncer !

La dernière rune finissait de se calciner. Du papier, il ne restait presque plus rien. Lucy vit que la frange incandescente se rapprochait dangereusement de ses doigts.

– Disparais, sale enflure ! cria-t-elle en jetant à la face de l'esprit les dernières miettes du papier.

L'une d'elles atteignit le vexator à l'épaule. Renversant la tête en arrière, il se mit à hurler – de rage ou de douleur, Lucy n'aurait su le dire. D'un seul coup, un halo doré auréola sa silhouette, puis il se compacta, formant comme un soleil, et s'enfonça dans sa poitrine.

Ivre de fureur, MacKenzie fondit sur Lucy.

– Tu me...

Il n'alla pas plus loin.

Sans un bruit, le soleil explosa dans sa cage thoracique et une vive clarté envahit la pièce.

Aveuglée, Lucy ferma les yeux.

Lorsqu'elle les rouvrit, MacKenzie avait disparu. À l'endroit où il s'était tenu ne restait qu'un petit tas de cendres.

9

« Cette pensée me laisse dans un calme parfait, car j'ai la ferme conviction que notre esprit est d'une nature absolument indestructible ; il continue à agir d'éternité en éternité. Il est comme le soleil qui ne disparaît que pour notre œil mortel ; en réalité, il ne disparaît jamais ; dans sa course, il éclaire sans cesse. »

Johann Wolfgang Goethe (1749-1832)

– Ça... ça a marché ! balbutia Lucy, stupéfaite.

Elle avait réussi ! Elle avait chassé le vexator avec ses pouvoirs !

Épuisée et sous le choc, elle s'assit par terre. La prochaine fois, se dit-elle en s'épongeant le front, je prévoirai un extincteur ou un seau d'eau pour que la maison ne risque pas de partir en fumée !

Tandis qu'elle se remettait de ses émotions, elle se demanda si sa mère avait déjà eu à pratiquer un exorcisme d'urgence. Peut-être les voyants expérimentés ne laissaient-ils pas les esprits maléfiques entrer chez eux, et donc ils n'en arrivaient jamais à de telles extrémités ?

Une chose était sûre : lorsqu'elle lui raconterait l'exploit qu'elle venait d'accomplir, Amelia n'en pourrait plus de joie. Car elle avait toujours été convaincue que le don de Lucy allait bien au-delà de sa capacité à voir les fantômes de Greyfriars Graveyard. D'ailleurs, pour être honnête, Lucy devait reconnaître qu'elle avait éprouvé un certain plaisir à mobiliser ses pouvoirs et à vaincre le vexator.

Un gémissement l'arracha à ses réflexions.

– Miss Poppins !

Bondissant sur ses pieds, elle actionna l'interrupteur. C'était une double erreur. D'abord, parce qu'elle crut s'évanouir de douleur. Certes, son bras ne saignait plus, mais le moindre mouvement était un supplice. Et puis – et surtout – la lumière électrique avait éclipsé sa gouvernante fantôme.

Elle éteignit tout de suite et scruta l'obscurité à peine distraite par la chandelle. Mais elle ne vit Miss Poppins nulle part. Avait-elle forcé la dose lors de l'exorcisme, et envoyé promener non pas un, mais deux esprits ? Pourtant, elle avait clairement entendu une plainte, le spectre devait être encore dans la pièce...

Levant sa bougie, Lucy s'empara du parchemin de sa main libre, et les contours d'une forme sombre étendue sur le sol se détachèrent aussitôt de la pénombre. Miss Poppins ! L'espace d'un instant, Lucy crut qu'elle était morte.

– Qu'est-ce qui t'arrive ? s'affola-t-elle en s'agenouillant à côté d'elle. Ne me dis pas que tu t'éteins !

– Pire, lâcha le spectre dans un souffle. Plus d'énergie. Mon âme... me quitte... à jamais...

Le combat contre MacKenzie l'avait achevée. Pour sauver Lucy, elle s'était sacrifiée.

Lucy aurait voulu lui prendre les mains, au moins de façon symbolique. Mais, pour ça, il aurait fallu savoir où elles étaient. Or elles n'étaient déjà plus visibles.

– Je peux t'aider ?

– Dé... li... vre-moi. Par pitié.

– Comment ?

Au prix d'un effort surhumain, Miss Poppins articula d'une voix sans timbre :

– Essaie ! Je t'en prie... Ta mère... m'avait donné... sa parole. Si je veillais sur toi, elle me délivrerait de mes tourments... afin que je puisse enfin passer dans l'au-delà. Je voudrais tellement... rejoindre ma fille. Elle a été tuée le même jour que moi. Mais elle, son âme a pu partir...

Lucy déglutit. Serait-elle à la hauteur de la tâche ? D'un autre côté, si elle ne tentait rien, ce serait comme si l'âme de Miss Poppins n'avait jamais existé.

– Mon mari était ivre..., gémit la malheureuse. Il était... désespéré... Plus de travail... Mais je n'ai jamais pu... lui pardonner... Notre fille était si jeune... si innocente...

À chaque mot qu'elle prononçait, elle se vidait de sa substance et s'estompait davantage. Il n'y avait plus un instant à perdre.

– Chut ! fit Lucy. N'en dis pas plus.

Vite, elle prit le Manuel à l'usage des médiums et parcourut la table des matières. Elle n'eut pas à chercher longtemps. Dans le chapitre intitulé : « Techniques de base », il y avait une rubrique : « Délivrer une âme ». Elle s'y reporta, fébrile, et se força à tout lire attentivement. Elle ne devait négliger aucun détail. Car elle n'aurait pas de seconde chance.

Il fallait un environnement serein, la lueur d'une bougie, une certaine disposition intérieure du voyant... et un désir sincère de l'esprit, auquel on ne pouvait pas imposer son départ vers l'au-delà. Comme pour les exorcismes de catégorie IV, le rituel nécessitait aussi une rune retranscrite sur un papier qu'il fallait brûler au moment fatidique. Jusque-là, tout allait bien. Par contre, il était question d'un mélange d'herbes – composition donnée en annexe sous le numéro 324 –, censé se consumer dans une coupelle pendant toute la durée du cérémonial. Enfin, là aussi, il y avait une formule en lunaeschår avec une traduction de secours au cas où.

– Facile ! s'exclama Lucy comme pour s'en persuader elle-même.

Elle n'avait pas le mélange d'herbes, ne parlait pas le lunaeschår et manquait cruellement d'expérience. Contrairement à sa mère, qui s'était sans doute exercée pendant des années avant de devenir une experte, Lucy apprenait sur le tas.

– Je n'ai pas le droit à l'erreur, murmura-t-elle, les lèvres pincées, en recopiant la rune sur une feuille.

Elle avait une dette envers Miss Poppins : celle-ci n'avait pas ménagé sa peine. Pendant deux ans, elle avait monté la garde au pied de son lit. Et l'avait défendue contre le vexator au péril de son âme. Oui, elle méritait de trouver le repos.

Lucy tourna la tête. C'était tout juste si elle devinait encore les contours de sa protectrice.

– Allons-y ! annonça-t-elle. Je vais essayer. Mais je ne te promets rien.

– J'ai... confiance.

Sensible à cet encouragement, Lucy se força à respirer calmement et relâcha tous ses muscles. Lorsqu'elle se sentit complètement détendue, l'esprit et le corps en parfaite harmonie, elle convoqua ses pouvoirs et déclama en tenant son papier au-dessus de la chandelle :

– Cesse d'errer dans le néant :
Que tes remords et tes tourments
Refluent dans le lointain passé,
Et que tous les liens soient brisés
Qui te retiennent prisonnière.
Ne regarde pas en arrière !
Sèche tes larmes et tes pleurs
Car je prends sur moi ta douleur.

À cet instant, la feuille s'enflamma et fut tout entière irradiée par une lumière bleue argentée. Lucy tendit la main au-dessus de la corbeille métallique qu'elle avait pris soin de placer à côté d'elle, attendit le dernier moment, et lança les dernières bribes de rune chargées de magie en proclamant solennellement :

– Que ton être régénéré
Aille en paix pour l'éternité !

Tandis qu'elle prononçait ces mots, les restes de rune demeurèrent quelques instants en suspension avant de retomber en pluie de cendres sur la morne.

Lucy ferma les yeux, inquiète de ce qui allait suivre. Elle sentait la présence du spectre, sentait que ses forces déclinaient, mais rien ne se passait.

C'était raté. Faute d'avoir eu les fameuses herbes, peut-être ?

Ouvrant les paupières, elle s'aperçut à sa grande surprise que les contours de Miss Poppins étaient de nouveau nets. L'esprit était auréolé d'un halo de lumière bleue argentée. Un doux sourire éclaira son visage.

Le temps qu'elle réalise ce qui se passait, Lucy se sentit soudain submergée par une détresse sans nom, mélange de colère noire et de tristesse abyssale. Cela faisait si mal qu'elle en eut le souffle coupé.

– Qu... qu'est-ce qui m'arrive ? hoqueta-t-elle.

Dans un éclair de lucidité, elle réalisa que la phrase : « Je prends sur moi ta douleur » n'était pas des paroles en l'air. Ce mélange d'émotions qui lui broyaient le cœur, c'était le supplice que Miss Poppins avait enduré pendant des années, et qui l'avait empêchée de passer dans l'au-delà.

Lucy s'abandonna à son instinct. Au lieu de lutter contre la souffrance, elle l'accueillit et se laissa traverser par elle. Au bout d'un moment, la vague dévastatrice retomba ; puis elle se retira et Lucy respira plus librement.

Il lui restait une ultime tâche à accomplir : en tant que passerelle entre les deux mondes, il lui fallait encore montrer la voie à l'âme du mort-vivant.

Seul un vague reflet argenté témoignait encore d'une présence. Tendant la main, Lucy tenta une dernière fois d'entrer en contact avec le spectre. En vain.

– Ça ne marche pas ! gémit-elle, au désespoir.

– Ne t'inquiète pas, je sais où je vais, répondit Miss Poppins d'une voix apaisée. Tu m'as sauvée, Lucy. Ta mère serait fière de toi.

– Alors, c'est vrai, tout est bien qui finit bien ?

– Adieu, Lucy ! Et merci.

Lucy en aurait pleuré de soulagement. Alors que ces mots lui parvenaient comme de très loin, une gerbe d'étincelles jaillit du halo argenté, et elle vit, médusée, des myriades de minuscules étoiles danser quelques instants dans la pièce. C'était un ballet d'une beauté féerique. L'instant d'après, il n'en restait plus rien.

– Miss Poppins ?

Pas de réponse. Lucy se frotta les yeux, et leva sa bougie. Pas de doute, le spectre avait disparu. Lucy lui avait ouvert la voie.

C'était donc à ça que servaient les médiums : ils aidaient les morts-vivants à trouver le repos et la paix en guidant leur âme vers l'au-delà.

Pour un coup d'essai, elle ne s'était pas trop mal débrouillée, estimait-elle avec une certaine satisfaction. Même s'il y avait eu quelques ratés, évidemment...

Elle aurait besoin de temps pour digérer les évènements de la soirée, c'était certain. En attendant, elle devait se soigner. Les quatre vilaines marques rouges sur son bras demandaient à être désinfectées.

Elle alluma la lumière et promena un regard circulaire sur sa chambre. Ce qu'elle vit lui fit dresser les cheveux sur la tête. D'habitude, le bazar organisé qui y régnait en permanence ne la dérangeait pas ; mais, là, on aurait dit qu'une bombe avait explosé. Sans parler des taches immondes sur la moquette. Comment expliquerait-elle ce carnage à son père ? Elle préférait ne pas y penser !

Elle passa dans la salle de bains, lava son bras à grande eau, le sécha et tamponna ses blessures avec de l'alcool. Puis elle s'installa confortablement sur son lit et appela Amelia.

– C'est moi ! Oui, il est tard, je sais. Mais j'ai un truc à te raconter. Tu ne vas pas me croire...

La nuit avait été courte : après être restée des heures au téléphone avec Amelia, Lucy avait entrepris de ranger sa chambre, de sorte qu'elle s'était couchée très tard.

C'était étrange : alors qu'elle pouvait lire une bonne partie de la nuit et se réveiller fraîche et dispose le lendemain, elle se sentait fourbue. Comme si le fait d'avoir utilisé ses pouvoirs l'avaient vidée de toute son énergie.

Malgré le froid mordant, elle s'assit sur le banc à côté de la porte de derrière, et bâilla à s'en décrocher la mâchoire.

Le pire était qu'elle n'avait pas réussi à localiser les runes censées protéger la maison. Où donc sa mère avait-elle pu les cacher ? Maintenant que Miss Poppins n'était plus là pour veiller sur elle, Lucy devait à tout prix empêcher que MacKenzie ne s'introduise de nouveau chez elle.

– Tu n'as pas l'air dans ton assiette, observa Stevie en s'avançant clopin-clopant dans l'allée, un sac à provisions dans une main, sa canne dans l'autre.

Pour remercier les MacKay de leur hospitalité, il les aidait pour le ménage et les repas. Et comme c'était un excellent cuisinier, le père et la fille n'étaient pas pressés de le voir partir.

– Un souci ? s'inquiéta-t-il.

Lucy secoua la tête.

– Je suis fatiguée.

– Pourquoi tu ne retournes pas te coucher ? suggéra-t-il. C'est les vacances, profites-en !

– Bonne idée, acquiesça Lucy en se levant pour lui ouvrir la porte. D'ailleurs, c'est ce que je vais faire.

Il racla ses godillots pleins de boue sur la grille métallique, et pénétra à l'intérieur. Elle s'y engouffra derrière lui.

Elle n'avait pas fait trois pas qu'il grognassa :

– Et moi qui venais de laver par terre...

Baissant les yeux, Lucy vit que ses chaussures laissaient des marques dégoûtantes sur le carrelage.

– Oh, je suis désolée ! s'excusa-t-elle en se baissant précipitamment pour essuyer la crasse avec son mouchoir. Et voilà. Ni vu ni connu !

– Si tu crois que ça m'amuse de récurer toute la journée, bougonna Stevie en l'écartant, armé d'un balai et d'une serpillière. Au moins, quand on habite un caveau, on n'a pas ce genre de problème !

Lucy sortit sur le pas de la porte, histoire de décrotter ses souliers. Tout en se frottant consciencieusement les pieds, elle se demanda une fois de plus où pouvaient être les fameuses runes. Soudain, elle eut une illumination. Mais oui, c'était évident ! Comment n'y avait-elle pas pensé plus tôt ?

Se jetant à genoux, elle souleva à deux mains la plaque métallique. Dessous, il y avait un regard en béton avec, gravée sur l'un des côtés, toute une série de signes cabalistiques.

– Enfin ! s'exclama-t-elle avec un soulagement indicible.

Cependant, sa joie fut de courte durée. Comme au Mausolée noir, la dernière rune avait été saccagée. En se reportant au Manuel, Lucy pourrait certes la restaurer, ce qui réactiverait la barrière de protection invisible autour de chez elle. Mais il fallait se rendre à l'évidence : le vexator avait un allié. Sachant que cette dégradation volontaire était nécessairement antérieure à sa première intrusion dans la maison.

Voilà qui était plus qu'inquiétant.

Levant les yeux, Lucy aperçut Stevie par la fenêtre, et un vilain soupçon s'insinua en elle. Ghosty-Stevie était son ami, et elle était persuadée qu'il ne lui voulait aucun mal. Pourtant, il s'était introduit dans le Mausolée noir dans des conditions pour le moins obscures, et les explications qu'il avait fournies pour se justifier n'avaient convaincu personne. Se pouvait-il qu'il ait été sous l'emprise de MacKenzie et qu'il ait agi sur ses ordres ? Dans la mesure où il vivait au cimetière, il était bien placé pour détruire les runes...

Un SMS arracha Lucy à ses réflexions. « RDV dans une demi-heure sur le parking du château. Te présenterai notre nouvelle recrue. »

Une nouvelle recrue ? À qui Amelia faisait-elle allusion ? Quelle idée loufoque lui était encore passée par la tête ?

Pendant leur coup de fil de cette nuit, elles avaient longuement réfléchi à ce qu'elles pourraient faire. Miss Poppins avait été claire : Lucy ne devait surtout pas attendre Hogmanay pour se dresser contre le vexator. Avec Amelia, elle avait donc envisagé un exorcisme en bonne et due forme, mais toutes deux avaient conscience qu'une initiative comme celle-là dépassait largement leurs compétences. Lucy était assez fine pour savoir que sa rencontre avec le poltergeist aurait pu très mal se terminer, et qu'elle avait eu une chance folle de s'en tirer à si bon compte.

Elle répondit à son amie qu'elle se mettait en route immédiatement et prévint Stevie qu'elle sortait. Elle réussit difficilement à cacher sa méfiance.

En arrivant au parking, elle se demanda pourquoi diable Amelia lui avait donné rendez-vous là.

Certes, la vénérable forteresse se trouvait au cœur de la vieille ville, et donc à portée de pieds ; mais, en cette saison, l'endroit était battu par les vents, et à peu près aussi hospitalier qu'un iceberg en plein blizzard. Les habitants d'Édimbourg s'y comptaient sur les doigts d'une main, et seuls quelques rares touristes assez téméraires pour braver les intempéries prenaient le temps d'admirer la vue du haut des remparts et de prendre quelques photos avant de s'engouffrer dans le château.

Lucy reconnut son amie de loin. Vêtue d'un manteau en peluche vert pomme avec un bonnet de laine rose sur la tête, celle-ci faisait les cent pas devant le portail principal.

– J'y crois pas ! s'exclama Lucy la rejoignant à grandes enjambées. Tu es là avant moi ? Ça doit être la première fois depuis que je te connais !

– Je suis capable d'être à l'heure quand il le faut, bougonna Amelia, vexée.

– Tu es de mauvais poil ?

– C'est le cas de le dire ! Je sors à l'instant de la succursale de la SPA, où j'ai été sauvagement attaquée par les chats dont tu as promis de t'occuper...

Elle espérait sans doute que Lucy culpabiliserait. Mais celle-ci resta de marbre, si bien qu'elle poursuivit avec véhémence :

– Cinq litières à nettoyer, ce n'est pas de la tarte, je te jure ! En plus ces sales bestioles sont furieuses que leur maîtresse les ait abandonnées, et elles m'ont sauté dessus.

– Désolée, s'excusa Lucy en réprimant une furieuse envie de rire. Les chats m'étaient sortis de la tête... Tu ne t'es pas dit que c'était ton manteau criard qui les rendait si agressifs ? Si tu l'avais enlevé, ils se seraient peut...

Amelia ne la laissa pas achever.

– Ce manteau m'a été offert à Noël par ma grand-mère ! se récria-t-elle. Et ce démon de Lucifer...

Elle fit une pause théâtrale avant de lâcher, le menton tremblant de colère :

– ... a essayé de pisser dessus ! Mais je crois que je l'en ai empêché à temps...

Comme pour s'en convaincre, elle renifla sa manche.

– Tu m'as fait peur, fit Lucy. J'ai cru qu'il s'était produit une catastrophe.

Le visage de sa copine s'assombrit.

– Et c'est le cas, malheureusement. Pendant que j'étais là-bas, le répondeur n'a pas arrêté de biper. Du coup, j'ai cru bon d'écouter les messages.

– Tu n'as pas fait ça, j'espère ! s'indigna Lucy. C'est terriblement indiscret !

– Erreur, ma chère. C'était une preuve d'intelligence, au contraire. Car ils étaient tous pour nous ! Mrs Forbes a cherché à nous joindre. Elle n'a pas voulu appeler sur ton fixe pour ne pas risquer de tomber sur ton père, et elle n'a pas nos numéros de portable. Comme elle savait qu'on devait nourrir les chats, elle s'est dit que le meilleur moyen de nous faire passer une info était de la laisser sur son répondeur.

– Une info ? Laquelle ?

Pour toute réponse, Amelia sortit un immense mouchoir à carreaux de sa poche et se moucha bruyamment.

Lucy était sur des charbons ardents.

– Alors ?

Amelia prolongea encore un peu son supplice avant de répondre :

– Mrs Forbes a eu l'accord de l'Ordre pour qu'une des meilleures Lumènes vienne à Édimbourg. Le problème, c'est que la voyante en question finit une mission à Glasgow. Mrs Forbes est partie la chercher. Elle espère la ramener très vite, seulement...

– ... seulement ?

– Elle a peur de ne pas pouvoir arriver à temps.

À ces mots, Lucy renversa la tête en arrière et, en levant ses deux mains jointes, s'écria avec désespoir :

– Je le savais ! Je savais que ça finirait comme ça !

Amelia la regarda en coin.

– Normal, tu es une voyante… La divination, c'est un aspect de ton don.

– Rien à voir ! Mais à l'instant où Mrs Forbes a parlé de ce voyage, j'ai tout de suite su qu'on allait se retrouver avec un méga problème sur les bras.

– Pas « on » : tu ! corrigea Amelia.

Lucy fronça les sourcils.

– Comment ça ? La grande experte PES, c'est toi. Je ne suis que ton assistante, je te rappelle !

Amelia sembla hésiter. Puis elle se jeta à l'eau.

– Écoute, j'ai beaucoup réfléchi depuis l'autre jour. Et je crois que Mrs Forbes avait raison : après la mort de mon père, je me suis jetée à corps perdu dans ces histoires de paranormal… Mais, au fond, ça ne m'intéresse pas tant que ça.

Et elle conclut avec un petit rire :

– Et je suis une piètre chasseuse de fantômes !

– Qu'est-ce que tu racontes ? s'insurgea Lucy. D'accord, il t'arrive parfois de flipper au point de perdre tous tes moyens, mais dans l'ensemble…

– Tu veux dire qu'il n'y a plus personne tellement je meurs de trouille ? ricana Amelia. Arrête ! Une chef de brigade PES qui a peur des esprits et se fait pipi dessus dès que la situation est un peu tendue, c'est ridicule !

– Mais... tu ne peux pas me lâcher ! bredouilla Lucy. Pas maintenant ! Sans toi, je ne serai jamais capable d'affronter MacKenzie...

– Il n'a jamais été question de te laisser tomber, répliqua Amelia sur un ton pincé. Ce n'est pas mon genre, tu devrais le savoir.

Lucy ne comprenait plus rien.

– Alors, pourquoi tu veux que je me débrouille toute seule ?

Amelia baissa les yeux.

– Parce que je ne peux rien pour toi, voilà tout. Je ne suis pas assez courageuse, Lucy. Et, contrairement à toi, je n'ai pas une mère médium, et je n'ai pas non plus de pouvoirs magiques. Je ne suis qu'une gamine avec des barrettes de toutes les couleurs dans les cheveux et un stupide journal de bord PES. Une fille quelconque, en somme.

Lucy était tellement interloquée qu'elle ne trouva rien à répondre. Jamais elle n'aurait imaginé qu'Amelia pouvait se comparer à elle et encore moins qu'elle pensait lui être inférieure. Elle s'en voulut de ne pas s'en être aperçue avant.

– Tu te trompes, Amelia Burnett ! assena-t-elle en secouant la tête avec véhémence. Tu es quelqu'un d'extraordinaire qui compte énormément pour moi. Je te trouve formidable telle que tu es. Bon, d'accord, dans ce manteau tu ressembles à un yéti qui se serait roulé dans l'herbe ; mais à part ça, ne change pas !

Amelia haussa les épaules.

– Bah, tu dis ça pour me consoler...

– Pas du tout ! Je le pense vraiment, assura Lucy. D'ailleurs, moi aussi, il m'arrive de manquer de courage. Jamais je n'oserais sortir de chez moi habillée comme tu l'es. Toi, tu te fiches pas mal de ce que pensent les autres. Tu as un culot que je t'envie.

Un éclair brilla dans les yeux d'Amelia.

– Véridique ?

– Je le jure ! Et hier, quand le vexator est apparu dans ma chambre, j'ai eu tellement peur que je me suis cachée sous mon lit. J'ai même failli faire dans mon pyjama. Tu sais, le jaune de Winnie l'ourson, avec les pots de miel et les petites abeilles, pas vraiment la tenue qui vous donne de l'assurance face à un redoutable spectre !

Amelia pouffa derrière sa main. Lucy fronça les sourcils.

– Tu te moques de moi ?

Amelia secoua la tête.

– Non. J'essaie juste d'imaginer la scène. Ça devait payer, en effet...

– Tu es une super-détective, poursuivit Lucy sur sa lancée. Et ton enthousiasme pour les sujets qui te passionnent est communicatif. J'aimerais avoir ta force de persuasion.

– Je ne vois pas de quoi tu me parles.

– Prends tes recherches PES. En soi, la question ne m'intéresse qu'à moitié. N'empêche que tu m'as donné envie de m'y intéresser. Ou le ceilidh : quand tu danses, tu te donnes à fond ; alors que moi, je me demande si je ne devrais pas percer le soufflet de mon accordéon...

– Remarque, ce ne serait pas une mauvaise idée, observa Amelia. La dernière fois que je t'ai entendue jouer, j'ai songé à coller un chewing-gum dans la soupape. Au fait...

Claquant des doigts, elle s'exclama :

– Pourquoi est-ce qu'on n'y a pas pensé plus tôt ? Tu devrais jouer devant le Mausolée noir. Ça découragerait MacKenzie de revenir.

– Ha ha, fit Lucy, vexée.

Dévidant le fil de son idée, elle reprit :

– Et mon don ? Je m'obstinais à le nier. Mais toi, tu avais raison sur toute la ligne ! Si je t'avais écoutée, on n'en serait pas là aujourd'hui.

– Ce n'est pas faux, murmura Amelia, songeuse. Tu es plutôt pessimiste, dans ton genre. Ça ne m'avait jamais frappée auparavant, mais maintenant...

Lucy lui jeta un regard en coin.

– Alors ? Amies ?

– À la vie à la mort ! De nous deux, c'est moi la plus créative, la plus positive. Je suis la tête pensante, et toi, le cœur. Ou l'inverse. Toi la tête et moi le cœur ?

– On s'en fiche ! L'important, c'est qu'on soit toutes les deux. Sans toi, je n'ai aucune chance de tenir le coup dans les jours qui viennent.

Amelia se jeta à son cou.

– On y arrivera. Tu peux compter sur moi.

– Génial, grommela Lucy, à moitié étouffée par le manteau qui lui chatouillait les joues et puait l'antimite à plein nez.

Reculant d'un pas, Amelia déclara d'un air gêné :

– J'espère que tu ne m'en voudras pas quand tu verras à qui j'ai donné rendez-vous.

Au même instant, une sourde détonation les fit sursauter. Tous les jours, à une heure exactement, le château d'Édimbourg tirait le canon. Cette tradition séculaire était indissociable de l'antique forteresse qui dominait la ville, telle une reine altière veillant sur ses loyaux sujets.

– Ce type exagère ! s'emporta Amelia. Il a déjà une demi-heure de retard.

– C'est qui ? voulut savoir Lucy.

– Après ton coup de fil d'hier, biaisa Amelia, je me suis dit que pour anéantir MacKenzie, on aurait besoin de toute l'aide qu'on pourrait trouver. Même si celui auquel je pense ne nous a pas paru très professionnel a priori.

L'espace d'un instant, Lucy crut qu'elle faisait allusion au constable Lewis.

Elle rejeta cette idée aussitôt : le policier ne les aurait pas convoquées sur un parking. Et la chasse aux fantômes n'était pas sa spécialité. La seule personne possible était donc...

– Quand on parle du loup, le voici qui sort du bois ! s'exclama Amelia en regardant par-dessus son épaule.

Lucy se retourna... et les yeux lui sortirent de la tête.

– Ce charlatan ? C'est lui ?

– Tu as dit toi-même qu'à nous deux, nous ne pouvions rien faire à part attendre le retour de Mrs Forbes, expliqua Amelia pour se justifier. J'ai trouvé que c'était trop peu, et en surfant sur le Net, j'ai découvert que Kevin Corbett a effectivement une certaine expertise. Il semble qu'il ait expulsé un poltergeist chez le fils du cousin du grand-oncle de la reine. Je l'ai contacté via son site Internet, et voilà. Tu aurais préféré rester à te tourner les pouces jusqu'au dernier moment ?

Lucy se mordit les lèvres. Posée dans ces termes, la question ne souffrait pas de contradiction. Même si l'idée de collaborer avec ce m'as-tu-vu lui répugnait. Néanmoins, son attitude et son équipement coûteux laissaient à penser qu'il n'en était pas à son coup d'essai. Peut-être avait-il mis au point une méthode innovante basée sur les dernières technologies... Si cela pouvait aider à éliminer le vexator, pourquoi pas ?

Lucy le toisa sans mot dire. Comme lors de leur première rencontre, il portait un manteau de cuir long jusqu'aux chevilles, ouvert sur ses vêtements noirs, et ses cheveux filasse étaient toujours aussi gras.

– Vous êtes en retard ! observa-t-elle sèchement.

Amelia lui décocha un regard furibond. Puis elle accrocha son plus charmant sourire, et babilla pour rattraper le coup :

– Merci d'être venu, M. Corbett. Et merci d'avoir choisi ce lieu chargé d'histoire pour notre rendez-vous. Le château d'Édimbourg a un passé mouvementé. Vous n'êtes sûrement pas sans savoir que trois-cents sorcières y ont été brûlées vives à l'époque de l'Inquisition. Aujourd'hui, une plaque indique l'emplacement du bûcher...

– Venons-en au sujet qui nous intéresse ! abrégea le chasseur de fantômes avec un geste agacé. Si la situation est aussi tendue que vous me l'avez expliqué, il faut intervenir au plus vite. Je me présenterai au cimetière à vingt-trois heures trente précises, et nous procéderons à l'exorcisme à minuit pile. Vous m'attendrez au portail. J'espère que vous serez ponctuelles.

– Si tard ? s'exclama Lucy, soucieuse.

Elle avait promis à son père de ne plus se promener dans Greyfriars Graveyard après le coucher du soleil.

– Les douze coups de minuit, il n'y a pas de meilleure heure pour exorciser les démons. On dit en général que c'est celle où ils sont plus forts, c'est vrai. Mais ce que les gens savent moins, c'est qu'ils sont paradoxalement plus vulnérables. Dès lors que l'énergie d'un mort-vivant prend une forme humaine et se manifeste sous une apparence visible, on peut établir un point d'interférence, et en manipulant des ondes matérielles...

Voyant que les deux filles échangeaient des regards soucieux, il sourcilla.

– Quel est le problème ? Cet horaire ne vous convient pas ?

– Ce n'est pas ça, murmura Lucy, qui n'avait rien compris aux explications de Kevin Corbett. Seulement, l'administration du cimetière a fermé la « prison des Covenantaires », où ont eu lieu les attaques du poltergeist.

Amelia lui toucha le bras.

– Pour qu'il puisse y entrer, il suffirait que tu empruntes la clef...

– Autrement dit, que je la pique à mon père ! s'offusqua Lucy en croisant les bras sur sa poitrine.

Tout ça lui plaisait de moins en moins.

– Une alternative serait de le mettre dans la confidence, suggéra Amelia. Peut-être même qu'il nous aiderait !

Ce n'était pas exclu, réfléchit Lucy. Car il avait semblé très préoccupé par la menace que représentait le poltergeist. Mais non, se ravisa-t-elle.

Ce n'était pas raisonnable. Jamais il ne laisserait les deux filles approcher du Mausolée noir en compagnie de Kevin Corbett. Alors autant ne pas s'exposer à un refus.

Et puis, elle se méfiait trop de ce soi-disant expert pour le laisser remplir sa mission à sa place.

– C'est bon, grogna-t-elle. Je me débrouillerai.

Kevin Corbett parut satisfait.

– Très bien ! Donc, vous pensez que le spectre va tenter de réintégrer le monde des vivants ? A-t-il déjà le réceptacle adéquat ?

– Comment ça : un réceptacle ? demanda Amelia avec irritation.

Le chasseur de fantômes leva les yeux au ciel, l'air de trouver la question stupide.

– Même si le spectre est aussi puissant que vous le dites, il a besoin d'un vivant pour lui fournir une enveloppe charnelle. Qu'est-ce que vous croyiez ? De MacKenzie, il ne reste plus qu'un squelette. Pas très glamour quand on prétend reprendre du service en ce bas monde !

– Si je comprends bien, il cherche à s'approprier le corps de quelqu'un ? demanda Lucy.

À la pensée que l'esprit du sinistre bourreau pourrait jeter son dévolu sur elle, Lucy fut prise de nausée.

– De préférence quelqu'un de sa descendance, confirma Kevin Corbett. Apparemment, les chances de réussite sont plus grandes lorsque le prétendant au retour trouve à se faire accueillir par un individu qui a encore un peu de son sang dans les veines, même en infime quantité. Surtout lorsque ledit individu est consentant, un cas qui semble s'être déjà produit.

– Qui peut être assez dingue pour s'offrir volontairement ? s'exclama Amelia avec une moue horrifiée.

– Dès lors que le vexator susurre des paroles doucereuses à l'oreille de quelqu'un, celui-ci est comme envoûté. Il abdique toute volonté et tombe entièrement sous sa coupe. Le sujet est aliéné, au sens propre. Et oui, il y a des malades qui se mettent de leur plein gré à la disposition des revenants.

– J'ai beau chercher, je ne vois personne qui paraisse suspect, réfléchit Lucy tout haut.

Et elle ajouta après un temps d'hésitation :

– Par contre, je suis quasi certaine que MacKenzie a un complice. Je ne sais pas qui, malheureusement.

– Si c'est le cas, il ne faut surtout pas qu'il s'approche du Mausolée noir, avertit Kevin Corbett. Par mesure de sécurité.

S'interrompant, il se racla la gorge et ajouta :

– Reste un dernier point à éclaircir : pour un exorcisme ordinaire, le montant de mes honoraires s'élève en général à 300 livres.

– Hein ? s'écria Amelia, qui tombait des nues.

Incapable de se contenir plus longtemps, Lucy explosa :

– Vous êtes cinglé ? On a affaire à un revenant de la pire espèce qui a déjà fait plusieurs victimes alors qu'il est encore prisonnier de son état, et vous voudriez en tirer profit ?

– C'est la vie, jeune fille ! Je ne suis pas l'Armée du salut ; moi, j'ai un loyer à payer. Donc : voulez-vous que je vous aide ? Ou préférez-vous affronter le monstre vous-mêmes ?

Lucy serra les poings, outrée. Amelia était tout aussi choquée, mais plus pragmatique. Après quelques instants d'hésitation, elle répondit :

– Vous nous aidez ! Mais vous vous doutez qu'à notre âge, on n'a pas trois-cents livres à vous offrir. Donc : que proposez-vous ?

Pour la première fois, un semblant de sourire se dessina sur les lèvres du jeune homme, et il répondit d'une voix où perçait l'admiration :

– Bien joué, petite ! Eh bien... si vous n'avez pas de quoi payer, il va falloir que quelqu'un s'en charge, pas vrai ? Je connais un cameraman qui travaille à la télé et qui donnerait cher pour pouvoir filmer un exorcisme en direct...

Lucy sentit ses genoux flageoler.

– Et en plus vous voulez vous faire de la pub ? s'insurgea-t-elle.

Kevin Corbett ignora superbement l'objection.

– Je vous promets que vous n'apparaîtrez pas à l'image.

Ben tiens ! fulmina Lucy à part soi. Tu te vois déjà en star de téléréalité ! Et dans Chasse aux fantômes à Édimbourg, tu ne voudrais surtout pas qu'on te vole la vedette.

– Si ça passe à l'écran, mon père risque de perdre son job. Il ne me le pardonnerait jamais.

Il demeura inflexible.

– C'est à prendre ou à laisser. Ou vous laissez entrer le cameraman, ou vous vous passez de moi.

Amelia tira son amie par la manche.

– Écoute, ça ne me plaît pas plus qu'à toi, lui dit-elle en aparté. Mais on n'a pas vraiment le choix. Si on refuse, cet enfoiré ne nous aidera pas.

– Mais mon père..., se cabra Lucy.

– Si on n'est pas sur la vidéo, la coupa Amelia, personne ne pourra prouver que tu y es pour quelque chose. Or, sans preuve tangible et incontestable, l'administration n'a aucun moyen de le licencier.

Ébranlée, Lucy ne dit plus rien. En s'opposant, elle perdait peut-être une occasion en or d'arrêter MacKenzie avant qu'il parvienne au maximum de sa puissance, la nuit de la Saint-Sylvestre. Or elle n'était pas près d'oublier sa sinistre prédiction : si le tyran se relevait, un MacKay mourrait. Dans l'hypothèse où il s'agirait de son père, elle devait tout mettre en œuvre pour empêcher le vexator de passer à l'acte.

– OK, céda-t-elle. Mais à une condition : je ne veux pas voir la caméra une seule fois sur nous.

– Merci, chuchota Amelia avec soulagement. Je n'en attendais pas moins de toi.

Se tournant vers le chasseur de fantômes, Lucy mit fin à la discussion.

– Entendu. Ce soir, vingt-trois heures trente précises. À l'entrée du cimetière.

Un sourire ravi se dessina sur les lèvres du jeune homme.

– Nous y serons.

Les deux filles marchaient à distance respectueuse derrière Kevin Corbett. La neige qui avait commencé à tomber en début de soirée recouvrait les tombes d'un matelas blanc immaculé, et les arbres gainés de glace avaient un aspect féerique. Amelia éclairait le chemin avec sa torche, mais c'était à peine si elle ouvrait une trouée dans les ténèbres. Lucy était oppressée. Elle connaissait le cimetière comme sa poche, il n'y avait pas un recoin qu'elle n'ait exploré, et pourtant, la nuit était si opaque que même elle aurait pu se perdre.

– Ils vont continuer à filmer longtemps ? gronda-t-elle avec humeur.

Contrairement à ce qu'elle avait cru, au lieu de se précipiter au Mausolée noir, Toby, le cameraman, avait absolument tenu à effectuer quelques prises de vues en extérieur. Selon lui, la combinaison des « vieilles pierres » et du ciel noir comme de l'encre était « trop géniale », exactement le genre d'ambiance qui plaisait aux téléspectateurs. C'était la quatrième fois qu'il filmait Kevin Corbett une torche à la main, se hâtant crinière au vent et la mine guerrière en direction du caveau.

– Super ! lança-t-il, ravi. J'ajouterai le cri du hibou, suivi de battements de cœur qui s'accélèrent, et ce sera parfait !

– Le cœur qui bat, ce n'est pas la peine de le rajouter ! chuchota Amelia tout bas. Le mien doit s'entendre à trois kilomètres. Pas toi ?

– Je croyais qu'il fallait être prêts à minuit pile, parce que c'est soi-disant la meilleure heure, gronda Lucy avec une moue dédaigneuse. Mais il semble que monsieur l'exorciseur se préoccupe davantage de son passage à la télé que de sa mission...

– Si tu permets, observa sa copine, tu devrais te concentrer sur ce qui t'attend plutôt que de t'énerver sur Corbett.

Lucy ne répondit rien. Elle devait admettre que sa copine avait raison.

Son père s'était couché tôt, si bien qu'elle avait pu s'échapper sans problème. Mais elle n'était pas tranquille et jetait sans cesse des regards anxieux autour d'elle, craignant à tout instant d'être prise sur le fait.

– Vivement que tout ça soit terminé, murmura-t-elle avec un soupir.

– Moi, je ne suis pas pressée de me retrouver dans cette horrible crypte, objecta Amelia d'une voix mal assurée.

Au coup d'œil qu'elle lui lança, Lucy vit qu'elle était pâle comme la mort. Elle tenta de l'encourager :

– C'est un mauvais moment à passer ! Et puis, tu l'as dit toi-même, on n'a pas le choix : demain, ce sera Hogmanay et, à partir de ce moment-là, nous n'aurons quasiment plus aucune chance d'arrêter MacKenzie.

– Je sais ! reconnut son amie d'un ton navré en prenant son smartphone dans sa poche pour consulter ses messages.

– Alors ? s'enquit Lucy. Elle a appelé ?

Amelia secoua la tête. La déception se lisait sur son visage.

– Toujours rien.

Dans l'après-midi, toutes deux s'étaient rendues chez Mrs Forbes pour vérifier s'il n'y avait rien pour elles sur le répondeur. Bien leur en avait pris. Car la vieille médium leur avait effectivement laissé un message disant qu'elle était bien arrivée à Glasgow. Mieux, elle leur avait donné un numéro de portable. Elles avaient essayé de la joindre en vain, et ne comprenaient pas ce qui se passait.

– La Lumène n'a pas été envoyée à Glasgow sans raison, réfléchit Lucy tout haut tandis que son amie rangeait son téléphone dans sa poche. On lui a sans doute demandé d'exorciser un esprit particulièrement retors, et elle ne peut pas s'en aller tant qu'elle n'a pas rempli sa mission...

Comme Amelia ne paraissait pas convaincue, elle assura sur un ton résolument optimiste :

– Ça va aller ! J'aurais préféré avoir l'avis de Mrs Forbes avant de commencer, c'est sûr. Mais, tant pis ; c'est trop tard, maintenant. On ne peut plus reculer.

Amelia poussa un soupir. Son haleine se cristallisa dans l'air froid de la nuit, et un nuage blanc cacha furtivement son visage.

– C'est moi qui ai eu l'idée de faire appel à ce type, grommela-t-elle en shootant dans un caillou. Hélas, à le voir, je me demande s'il a vraiment réalisé à qui on avait affaire. Regarde-moi ça : quelle comédie !

Il y avait de quoi s'interroger, en effet : agenouillé sur une pierre tombale en piteux état, Kevin Corbett déclamait un passage de la Bible sous le feu des projecteurs.

Et ça, à quelques minutes de descendre dans la fosse aux lions ! Si le chasseur de fantômes avait menti, s'il n'était pas capable d'anéantir le vexator, alors Amelia et Lucy s'exposaient à un grand danger en lui faisant confiance.

– J'ai sur moi le Manuel et une rune magique, et j'ai mémorisé un rituel de secours au cas où, dit Lucy pour conjurer l'angoisse qu'elle sentait monter en elle.

Elle le savait, lorsqu'elle serait dans la crypte, ses pouvoirs ne pèseraient pas lourd dans la balance, car le vexator y était chez lui, ce qui décuplait encore son énergie.

– Si ça tourne mal, je saurai nous protéger, mais pas longtemps. Dans ce cas-là, le mieux sera de prendre nos jambes à notre cou.

– Courir, je sais faire, acquiesça Amelia en enfournant un Nessie Poo dans sa bouche.

Tendant la main, elle proposa :

– Tu en veux un ?

– Non merci, déclina Lucy, l'estomac noué.

Soudain, elle sembla se rappeler quelque chose.

– Tu en as racheté ? Je croyais que tu te serrais la ceinture !

– Pour quoi faire ? Je n'ai plus besoin de compteur Geiger, à présent.

– Les filles, ça va être à vous ! leur lança alors le cameraman en les rejoignant à grands pas. Je vais faire un gros plan sur vous. Vous prenez un air complètement terrifié et vous suppliez Kevin de vous aider, OK ?

– Hors de question ! s'énerva Lucy. On a été très claires sur ce point : vous n'avez pas intérêt à nous filmer. Sinon...

– Quoi ? la coupa-t-il, interloqué. Vous ne voulez pas passer à la télé ?

– T'occupe pas, Toby, intervint son ami. On n'a pas besoin de figurantes dans le reportage. Viens, on va continuer à l'intérieur. Dans trois minutes, il sera minuit.

Lucy était tellement inquiète à l'idée que son père pourrait avoir des ennuis par sa faute qu'elle jugea bon d'insister :

– Je vous préviens ! Si je vois la caméra sur nous, ne serait-ce qu'une seule fois, je jouerai de l'accordéon sous vos fenêtres tous les soirs et je vous casserai les oreilles jusqu'à ce que vous soyez sourd !

Toby leva la main.

– C'est bon, c'est bon, pas la peine de vous énerver ! D'habitude les filles de votre âge pleurent pour apparaître à l'image.

Lucy ne se donna pas la peine de répondre. Passant devant lui, elle gravit les marches du Mausolée noir et ouvrit le cadenas tout neuf avec la clef subtilisée à son père.

– À vous l'honneur, Gentlemen. Avec votre permission, nous formerons l'arrière-garde.

– Excellent, souffla Amelia. Ça sera plus facile de nous enfuir si on est plus près de la sortie.

Le chasseur de fantômes sourit avec suffisance.

– N'aie pas peur ! Je vais mettre le poltergeist définitivement hors d'état de nuire, et il ne vous importunera plus.

– Voilà qui me rassure, M. Corbett ! ironisa Lucy.

Elle commençait à en avoir sérieusement assez de ce m'as-tu-vu. Pendant qu'ils restaient dehors à échanger des balivernes, le pouvoir de MacKenzie se renforçait.

Au même instant, la cloche de la Kirk sonna douze coups. Il était minuit.

Comme si elle n'avait attendu que ce signal, l'armée des mornes surgit entre les tombes. Depuis le temps, Lucy aurait dû être habituée à cette vision. Pourtant, un frisson glacé lui parcourut l'échine. Ils étaient encore moins nombreux que la fois d'avant, ce qui ne pouvait être que l'œuvre de MacKenzie.

Silencieux, tous pointèrent un index osseux vers Lucy et ses compagnons. Était-ce un bon ou un mauvais présage ?

Dissimulant son trouble, elle s'effaça pour laisser passer les deux hommes.

– Allez-y !

La caméra avait au moins un avantage : son projecteur intégré leur facilita la descente.

– J'ai la bouche sèche ! chuchota Amelia alors qu'elles étaient déjà presque en bas. Et, en même temps, mes mains sont toutes moites. Tu ne trouves pas ça bizarre ?

Lucy jeta un coup d'œil furtif par-dessus son épaule. Jusqu'à présent, le spectre ne s'était pas manifesté. Ignorait-il qu'il avait de la visite ?

– Non, moi, c'est pareil, avoua-t-elle en franchissant les dernières marches. Je stresse comme une malade et j'ai les jambes en coton.

Le cœur battant, elle s'avança dans la crypte. Elle constata avec soulagement que la fosse pleine d'ossements avait été obstruée par des planches, et y vit le signe que son père était intervenu. Le connaissant, il avait dû trouver inconvenant de laisser les squelettes à l'air libre, et il avait fait le nécessaire pour que les victimes de MacKenzie aient une sépulture décente. Cependant, à part ça, rien n'avait changé depuis la dernière fois ; les étais métalliques étaient toujours en place.

Kevin Corbett se plaça face à l'objectif, rabattit ses cheveux derrière ses oreilles, et annonça d'une voix caverneuse :

– Nous voici à présent dans l'antre du redoutable poltergeist qui sème la terreur dans notre ville depuis quelque temps ! Une âme vile, ivre de sang et de vengeance, qui hante le monde des vivants et y déverse son trop-plein de haine et de fureur.

Brandissant le poing, les yeux hagards, il poursuivit avec emphase :

– Mais l'heure est venue de riposter et de mettre fin à ses agissements insupportables !

– Si c'était un épisode de Voix d'outre-tombe, souffla Amelia à l'oreille de Lucy, ils supprimeraient cette réplique à tous les coups.

Lucy fit une moue dédaigneuse en murmurant :

– Si c'était un épisode de Voix d'outre-tombe, c'est le personnage de Kevin Corbett qu'il faudrait supprimer !

– Dites, les filles ! leur lança le cameraman avec irritation. Si vous ne voulez pas qu'on vous filme, au moins, arrêtez de jacasser ! Vous gênez le tournage...

– Désolées, s'excusèrent-elles, penaudes.

Kevin Corbett leva ostensiblement les mains pour bien montrer la Bible et le crucifix qu'il venait de prendre dans son sac, et annonça solennellement :

– Je vais à présent procéder à l'exorcisme. La puissance du Très-Haut va s'abattre sur MacKenzie et l'expédier dans le feu de l'enfer pour qu'il s'y morfonde jusqu'à la fin des temps...

Se positionnant ensuite avec une nonchalance étudiée à la tête du cercueil, il poursuivit en regardant droit dans l'objectif :

– Mais, avant de commencer, chers téléspectateurs, permettez-moi de vous expliquer ce qui va suivre. Sachant que vous ne devez jamais, au grand jamais, vous livrer de votre propre chef à un exorcisme ! C'est un rituel qui peut avoir des conséquences mortelles pour les non-initiés, et que seuls des médiums professionnels peuvent pratiquer. Il se déroule en six étapes : deux pour les préparatifs, puis les quatre injonctions principales par lesquelles l'être maléfique est expulsé et chassé, et enfin la bénédiction du lieu pour empêcher que l'entité démoniaque n'y revienne.

Lucy l'écoutait avec attention. Dans le Manuel à l'usage des médiums, le chapitre consacré à l'exorcisme des esprits maléfiques de catégorie IV était de loin le plus long de tous. Il lui avait suffi d'en parcourir quelques pages pour se rendre compte qu'elle n'avait pas l'expérience voulue pour s'y risquer. Or Kevin Corbett avait une tout autre manière de procéder.

Levant la main, il fit un signe de croix et baisa son chapelet.

– Au nom du Père, et du Fils et du Saint-Esprit, Amen ! Récitons le Notre-Père tous ensemble.

D'un seul coup, il faisait montre d'une gravité qui étonna Lucy. Il semblait quand même savoir ce qu'il faisait, après tout... Tandis qu'elle récitait le Pater avec les autres, elle sentit renaître un peu d'espoir. Peut-être y avait-il une petite chance qu'il réussisse...

Fermant les yeux, il se livra d'abord à une série d'intercessions. Puis il s'attaqua à la litanie des saints qu'il débita in extenso.

Eh bien, ne put s'empêcher de penser Lucy, excédée. La nuit promet d'être longue !

Amelia consulta sa montre. Elle aussi s'impatientait. Or l'exorcisme proprement dit n'avait pas encore débuté... Poussant un soupir, elle jeta à Lucy un regard désespéré.

Au même instant, alertée par son don, Lucy sentit de toutes les fibres de son être qu'une menace approchait. Elle regarda fébrilement autour d'elle, par pur réflexe, car il y avait peu de chances que MacKenzie commette une nouvelle fois l'erreur de se montrer sous une forme visible, qui le rendait plus vulnérable parce que plus exposé.

Le chasseur de fantômes n'avait évidemment rien remarqué.

– Dieu, viens à mon aide, Seigneur, à notre secours ! ânonnait-il, imperturbable. Le Seigneur garde mon âme... Il détruira mon adversaire...

Lucy n'écoutait plus. Se trompait-elle, ou la température de la crypte avait-elle chuté brutalement ?

Pas de doute. C'était le même froid surnaturel qui avait envahi sa chambre à l'arrivée du vexator l'autre jour.

– On gèle, ici ! gémit Amelia en pressant frileusement ses bras contre son corps.

Que faire ? se demanda Lucy, paniquée.

Kevin Corbett n'en était qu'au début de l'exorcisme, et elle le soupçonnait d'avoir gravement sous-estimé la puissance du spectre auquel il s'était attaqué.

– Tu me délivres de toutes mes souffrances, ô Dieu...

Poussant un juron, Toby essuya fébrilement la lentille de sa caméra avec un chiffon. Le froid n'était pas bon pour ses appareils.

Soudain, Lucy sentit la nausée l'envahir. Elle eut toutes les peines du monde à ne pas se retourner en hurlant.

Le poltergeist était derrière elle.

– Tu oses venir ici ? chuchota-t-il si bas que c'en était terrifiant.

Inspirer, expirer... Inspirer, expirer..., s'exhorta mentalement Lucy, luttant contre l'évanouissement.

Quoique invisible, MacKenzie avait encore plus de présence que la dernière fois.

Amelia se rendit compte qu'il se passait quelque chose.

– Ça va ?

Pour toute réponse, Lucy secoua la tête. Kevin Corbett récitait toujours un psaume après l'autre.

– Tu crois que c'est très avisé ? gronda le revenant à l'oreille de Lucy. Venir troubler mon repos, profaner ma tombe, et à cette heure-ci, de surcroît ?

– Il le fallait, s'entendit répondre Lucy avec une témérité qui l'étonna elle-même. J'ai le devoir de t'arrêter.

Amelia sursauta.

– Tu m'as parlé ?

Elle n'avait pas fini sa phrase que toute couleur avait disparu de son visage. Les yeux agrandis par l'horreur, elle balbutia :

– Oh, mon Dieu, le fantôme de MacKenzie ! Il... il est ici, n'est-ce pas ?

– Chut, taisez-vous ! siffla Toby entre ses dents.

Amelia regarda autour d'elle avec anxiété.

– Où... où ça ?

– Derrière moi.

Poussant un petit cri, Amelia alla se plaquer d'un bond contre le mur de l'autre côté de la pièce.

Son mouvement n'échappa pas à Kevin Corbett, qui fit celui qui n'avait rien remarqué et continua à se pavaner devant ses auditeurs imaginaires :

– Avant de procéder à l'exorcisme proprement dit, Ladies and Gentlemen, il me reste à accomplir le rite le plus important de la phase préparatoire : je vais asperger les restes du défunt avec de l'eau bénite. Un geste qui vise à affaiblir l'entité démoniaque le temps de la cérémonie, de façon à prévenir toute attaque ou agression sur les personnes présentes.

Il se pencha sur le sarcophage de pierre, à l'intérieur duquel se trouvait un simple cercueil de bois vermoulu et poussiéreux.

– Allez, dépêche-toi ! implora Amelia tout bas.

Lucy palpa la rune dont elle avait pris soin de se munir. Elle avait dit à Amelia qu'au pire, elle pourrait user de ses pouvoirs pour les sauver toutes les deux, mais ce n'était pas tout à fait vrai. En réalité, elle ne pourrait protéger que l'une d'entre elles.

Et son choix était fait. Contrairement à elle, Amelia n'avait pas de pouvoirs magiques, et elle ne s'était fourvoyée dans cette aventure insensée que par amitié, pour la soutenir au moment où elle en avait le plus besoin.

– Je t'avais prévenue ! souffla le spectre, si près qu'elle sentit son haleine fétide sur sa nuque. Le temps des menaces est révolu. Désormais, je te combattrai de toutes mes forces, jeune voyante !

– Tu ne pourrais pas te laisser exorciser gentiment et disparaître à tout jamais ? répliqua Lucy avec une audace inouïe.

Comment réussissait-elle à ne pas trembler alors qu'elle mourait de peur ?

– Il faut te rendre à l'évidence, MacKenzie : personne ne veut de toi i...

Sa voix s'étrangla dans sa gorge. Une main invisible serrait son cou à l'étouffer. Elle tenta de se libérer, mais, sans voir l'adversaire, il était difficile de le contrer.

– Hey, Lucy, ça ne va pas ? s'affola Amelia en la voyant se débattre désespérément.

Vite, elle se précipita près d'elle.

– Je peux t'aider ?

Roulant les yeux, Lucy attira son attention sur la rune qu'elle venait de laisser tomber exprès. Mais, au même instant, le vexator la souleva comme une poupée de son.

C'en était trop pour Amelia. Elle poussa un cri perçant.

– Vous allez la fermer, oui ? gronda Toby sans se retourner.

S'il avait su quel drame se jouait dans son dos, il se serait désintéressé du chasseur de fantômes, lequel racontait, une carafe en cristal dans les mains, qu'il était essentiel que l'eau soit pure, et qu'elle ait été bénite peu de temps auparavant.

Lucy ne pouvait plus respirer tant les doigts du vexator lui broyaient la nuque. Des points noirs dansaient devant ses yeux, et ses poumons étaient près d'éclater.

Le spectre éclata d'un rire sardonique.

– Alors ? Tu as perdu ta langue ?

Voyant que Lucy était au bord de l'asphyxie, Amelia eut la bonne idée de la prendre dans ses bras de façon à la soulager au moins de son poids. Mais cela ne suffirait pas...

– Bon sang, qu'est-ce que vous attendez, abruti ? cria-t-elle à Corbett. Dépêchez-vous !

S'interrompant, l'exorciseur tourna la tête.

– Quoi ? bougonna-t-il en mettant une main en visière car la lumière aveuglante du projecteur l'éblouissait. Il y a un problème ?

Excédé, le cameraman tourbillonna sur lui-même.

– C'est bientôt fini, oui ? Jusqu'ici j'ai été patient mais...

Les yeux lui sortirent de la tête.

– JésusMarieJoseph !

– Qu'est-ce que vous attendez, lui hurla Amelia, hystérique ! Vite ! Vous voyez bien qu'elle a besoin d'aide !

Lucy ferma les yeux. Les cris d'Amelia lui parvenaient comme de très loin. Elle n'avait plus la force de lutter ; ses membres alanguis ne lui obéissaient plus et une douce torpeur se répandait dans son corps. Elle n'aspirait plus qu'à s'abandonner à cette séduisante quiétude.

– Tu vas mourir, petite voyante, ricana le poltergeist à son oreille. Ton âme va bientôt quitter ton corps...

– Que... que dois-je faire ? s'affola Kevin Corbett.

– L'eau bénite ! cria Amelia. Vous avez dit que l'eau bénite diminuerait ses forces !

Le chasseur de fantômes se rembrunit. D'un seul coup, sa superbe avait disparu.

– C'est vrai. Enfin, je le crois...

Lucy s'était dédoublée. Une part d'elle-même flottait en apesanteur, légère comme une bulle de savon ; elle se sentait libérée de toute contingence terrestre, et voyait l'intérieur de la crypte aussi distinctement que si le soleil y entrait à flots. Voyait son corps inerte étendu par terre...

D'une main tremblante, Kevin Corbett souleva le couvercle du cercueil.

– Ça alors ! s'exclama-t-il, au comble de la stupeur. Il n'y a plus rien !

– Comment ça, plus rien ? s'affola Amelia en se précipitant à côté de lui. Il doit bien y avoir des ossements !

Kevin Corbett ne se préoccupait plus du tout de la caméra. S'arrachant les cheveux, il fixait le cercueil d'un air égaré.

L'esprit de Lucy vagabondait. Elle se demandait si l'esprit de MacKenzie se contenterait de sa mort ; ou si, non content de l'avoir tuée, il irait jusqu'à lui ravir l'immortalité de son âme, quand un appel envoûtant éclipsa soudain tout le reste. L'appel de l'autre monde ! Brusquement, elle éprouvait le besoin irrésistible de se laisser emporter, même si cela impliquait de renoncer pour toujours à ceux qu'elle aimait. Mais bah, elle les reverrait le jour où leur heure viendrait... Et surtout, elle ne voulait pas devenir une morne... Oui, il valait beaucoup mieux s'en aller.

Sauf que...

Malgré tous ses efforts, Lucy n'arrivait pas à partir, à croire que son âme était enchaînée à son corps. C'était désespérant !

Dans sa consternation, elle remarqua à peine que MacKenzie s'était rendu visible. Les bras levés au ciel, il tonna d'une voix qui fit trembler les murs :

– Hors d'ici, imbéciles ! Ou vous subirez le même sort que cette voyante impudente. Cet endroit m'appartient !

Plus Lucy tentait de s'extraire de son enveloppe charnelle, plus une force impérieuse lui imposait le mouvement inverse. Quel était ce mystère ? Depuis le temps qu'elle fréquentait les esprits et les morts-vivants, elle en savait assez sur le passage dans l'au-delà pour se rendre compte qu'il y avait un problème. À moins que... peut-être n'était-elle pas morte, après tout ?

Mais oui, c'était forcément l'explication. Elle était entre la vie et la mort. Voilà pourquoi elle ne pouvait pas quitter ce monde.

Enfin, Kevin Corbett s'avança résolument vers George MacKenzie, et leva bien haut son flacon d'eau bénite en criant d'une voix forte :

– Arrière ! Je t'adjure par le Dieu Tout-Puissant, va-t'en !

Avait-il attendu exprès que le vexator soit plus vulnérable, ou était-ce le fait du hasard ? Toujours est-il que cette contre-attaque prit le vexator au dépourvu. Trop stupéfait pour réagir, il le regarda s'approcher avec son manteau qui lui battait les flancs et ses cheveux épars. Pour la première fois de la soirée, l'exorciseur avait davantage l'air d'un héros que d'un acteur de mauvaise série.

– Allez ! le pressa Amelia. Liquidez-le !

Surmontant son appréhension, il fit un pas en avant et renversa son flacon à la figure du spectre. Il n'eut pas le temps d'achever son geste que celui-ci le saisit à la gorge et le serra à l'étouffer entre ses griffes translucides. L'eau bénite n'avait pas été aussi efficace qu'espéré mais, comme la veille lors du duel avec Miss Poppins, une surbrillance dorée était apparue là où MacKenzie en avait reçu. Hélas, la tache de lumière ne se propageait que très lentement. Pendant ce temps, le chasseur de fantômes agitait bras et jambes en roulant des yeux exorbités. Son visage avait déjà commencé à prendre une inquiétante teinte violacée.

Amelia fut la première à réagir. Arrachant la caméra des mains de Toby, elle s'écria :

– Ne restez pas là à regarder, bon sang ! Aidez-le !

– Moi ? fit-il sans bouger d'un pouce. Mais je ne connais rien aux esprits !

Le halo doré gagnait en intensité et il éclipsait de plus en plus la macabre silhouette du vexator. Ce dernier continuait à broyer la nuque de Kevin Corbett qui n'était guère plus qu'une chiffe molle et émettait d'abominables gargouillis. Le triomphe se lisait dans ses yeux.

De son côté, Lucy était toujours attirée par l'au-delà. Son âme aspirait de toutes ses forces à suivre ce mouvement, et elle n'avait plus qu'une envie : quitter cet endroit de malheur à tout jamais. Une fois de plus, elle tenta désespérément de s'arracher à son enveloppe charnelle. Or ce fut le contraire qui se produisit : une secousse la traversa et elle fut littéralement catapultée dans son corps. Au même instant, elle fut assaillie par une foule de perceptions désagréables : le sol, qui meurtrissait ses omoplates ; le froid, qui pénétrait sous sa peau ; la sensation que ses membres étaient en plomb, et cette douleur cuisante au niveau du cou...

Elle voulut appeler Amelia, mais elle était trop faible pour produire un son, et son cri mourut sur ses lèvres. Au prix d'un effort surhumain, elle réussit à ouvrir les paupières. Tout était flou devant ses yeux. Cependant, à travers le voile de brouillard qui l'entourait, elle vit que le fantôme de MacKenzie était à présent entouré de flammes dévorantes, signe qu'il ne tarderait pas à être anéanti, au moins pour un temps. Elle espéra que Kevin Corbett tiendrait le coup jusque-là et, incapable de résister plus longtemps, elle sombra dans un sommeil comateux.

10

« Il est aussi vain de s'attaquer à certaines choses par les mots qu'utiliser des armes face aux esprits. »

Wilhelm Busch[1]

Assise sur le marchepied de l'ambulance, une couverture sur les épaules, Lucy prit le verre que lui tendait l'infirmier et y trempa les lèvres avec précaution. Elle mourait de soif, mais chaque gorgée était un supplice ; elle avait l'impression d'avaler des bouts de verre.

À ses pieds, son chien gémissait et se frottait le museau contre sa jambe avec des transports d'affection inhabituels. Le petit Skye terrier n'aimait le tumulte et l'agitation que dans la mesure où il en était l'auteur.

– Tout va bien, Bobby ! murmura-t-elle en lui caressant distraitement la tête.

---

1. Humoriste allemand, Wilhelm Busch (1832-1908) peut être considéré comme l'un des inventeurs de la bande dessinée.

Près du portail se trouvaient une autre ambulance et plusieurs véhicules de police. Des agents couraient dans tous les sens. Tom MacKay, le constable Lewis et le pasteur Graham discutaient entre eux, et tout ce petit monde piétinait allègrement la pelouse. Lorsqu'il verrait l'état de son gazon le lendemain, le gardien du cimetière risquait fort d'avoir une attaque.

Lucy ne quittait pas des yeux la voiture où Kevin Corbett recevait les premiers soins derrière les portes fermées. Même si elle ne le trouvait pas particulièrement sympathique, elle espérait de tout son cœur qu'il s'en sortirait. Or, vu la façon dont la poigne de fer du vexator lui avait broyé le cou, c'était loin d'être gagné.

Elle s'en voulait à mort. En donnant son accord pour l'exorcisme, quelques heures plus tôt, elle s'était dit qu'au pire, le chasseur de fantômes échouerait, et qu'il leur suffirait alors de se sauver en courant. Elle avait commis l'erreur de sous-estimer MacKenzie, une fois de plus.

Voyant arriver Amelia, elle se poussa pour lui faire de la place.

– Je viens de faire ma déposition, annonça celle-ci en s'asseyant à côté d'elle.

Les cernes qu'elle avait sous les yeux en disaient long sur les frayeurs de cette nuit de cauchemar.

– Les flics se sont moqués de moi, dit-elle, dépitée. Ils ne croient pas à un exorcisme raté. Pourtant, si l'administration a fermé une partie du cimetière, c'est bien à cause du poltergeist !

Lucy avait déjà été entendue, mais par le constable Lewis, qui avait eu la délicatesse de ne pas mettre sa parole en doute. Cependant, à la façon dont il avait haussé les sourcils, elle avait bien vu qu'il était sceptique.

Elle poussa un soupir. Il lui semblait qu'une éternité s'était écoulée depuis le jour où elles étaient allées le trouver pour qu'il recherche Ghosty-Stevie.

– Dommage que les dernières images du film aient été effacées ! déclara alors Amelia sur un ton faussement contrit. Et c'est ma faute en plus : j'ai dû appuyer sur des touches de la caméra sans le faire exprès pendant que Toby appelait les secours. Le pauvre ! Sa vidéo aurait pu lui rapporter une fortune !

Elles échangèrent un regard complice, et Lucy respira plus librement. Son amie lui avait évité de gros ennuis.

Redevenue sérieuse, celle-ci la fixa d'un air inquiet.

– Comment te sens-tu ?

– Mieux, répondit Lucy d'une voix complètement éraillée. D'après le médecin, mes cordes vocales pourraient mettre un certain temps à récupérer ; mais, à part ça, je ne devrais pas avoir de séquelles.

Se forçant à sourire, elle croassa :

– J'échappe même à l'hôpital.

– Quelle chance ! Quand j'y repense... À un moment, j'ai cru que tu étais morte.

Lucy n'osa pas lui avouer combien elle était près de la vérité. À moins qu'elle n'ait déliré et que son expérience de mort imminente n'ait été le fruit de son imagination ? En manque d'oxygène, elle avait perdu connaissance. Et avec tout le stress accumulé les jours précédents, il n'y avait rien de très étonnant à ce qu'elle fasse ce genre de cauchemars bizarres. Néanmoins, il y avait quelque chose de curieux dans cette histoire. Car, aux dires d'Amelia, ce qui s'était passé pendant la durée de son évanouissement correspondait point par point au souvenir qu'elle en avait.

– J'ai vraiment cru qu'on pouvait faire confiance à Corbett, murmura celle-ci, la mine sombre. J'espérais qu'avec lui, on aurait une chance d'éliminer le poltergeist.

– MacKenzie est un trop gros poisson pour nous, voilà tout, articula péniblement Lucy.

– À t'entendre, on dirait que tu baisses les bras.

– Pas toi ?

– Jamais de la vie ! se récria Amelia. Si toi tu renonces, il n'y aura plus personne pour faire barrage à ce démon !

Dans l'état où elle était, Lucy voyait mal comment elle pourrait s'opposer à qui que ce soit, a fortiori à un revenant du calibre de MacKenzie.

– Si Mrs Forbes arrive à temps, tout ira bien.

Amelia secoua la tête.

– On ne peut pas compter là-dessus, et tu le sais. Il faut qu'on réfléchisse à un plan B.

Lucy n'en crut pas ses oreilles.

– Après une nuit pareille, tu as encore envie de te battre ? Tu n'as pas eu la peur de ta vie ?

– Oh si ! Quand MacKenzie t'a étranglée, j'ai eu si peur que j'en ai... enfin... tu devines.

– Sérieux ?

– Raison de plus pour mettre un terme à cette folie, éluda Amelia dont les joues s'étaient empourprées. Pour une fois qu'on a l'occasion de faire quelque chose d'utile et de vraiment important. Ce n'est pas si souvent que ça arrive...

Elle n'eut pas le succès espéré. Lucy n'était pas prête à jouer les Superwoman.

– On en reparle demain, OK ? Je suis tellement à plat que je n'ai plus les idées claires...

Amelia la poussa du coude.

– Aïe. Des ennuis en perspective...

Suivant son regard, Lucy vit son père prendre congé du pasteur et s'approcher avec le constable Lewis. En arrivant sur les lieux, Tom MacKay s'était d'abord assuré que sa fille allait bien, puis il avait été accaparé par les formalités et ils ne s'étaient pas reparlé depuis. Pensant qu'il allait lui passer un savon, elle tendit le dos.

À son grand soulagement, le constable prit les devants.

– Vous serez sûrement contentes d'apprendre que M. Corbett est hors de danger, annonça-t-il en désignant du menton l'ambulance en train de partir. On l'emmène à l'hôpital.

– Ouf ! laissèrent échapper les deux filles en même temps.

C'était une excellente nouvelle, en effet. La première de la soirée.

Le policier fixa Lucy d'un air sévère.

– Qu'est-ce qui vous a pris d'ouvrir à ces types-là ?

– C’est à cause du chasseur de fantômes, expliqua Amelia. Il nous a promis qu’il pourrait exorciser...

– Ah, ça suffit ! explosa l’officier avec colère. J’en ai assez de ces conneries ! Pourquoi croyez-vous que l’administration a fermé le cimetière ? Précisément pour éviter que ce genre d’illuminé ne vienne y faire n’importe quoi ! Cette histoire de poltergeist vire à l’hystérie collective, il est grand temps que ça s’arrête.

Lucy baissa les yeux. Inutile de le contredire, elle ne le convaincrait pas.

– Je suis désolée, s’excusa-t-elle, penaude.

– On n’aurait jamais fait ça si on avait pensé que ça finirait comme ça, enchérit Amelia.

– Bon, j’espère que ça vous servira de leçon, gronda-t-il en les toisant avec hauteur. Et qu’il n’y aura pas de prochaine fois.

Elles acquiescèrent d’un signe muet, et se levèrent pour laisser les infirmiers remonter dans l’ambulance. Moins d’une minute plus tard, le véhicule avait disparu. Il y eut encore quelques claquements de portière, puis le calme et le silence reprirent possession du cimetière. Au grand soulagement de Bobby qui alla en frétillant de la queue lever la patte au pied d’un tombeau.

Le constable prit congé :

– M. MacKay, je vais être obligé de signaler dans mon rapport que deux individus se sont introduits dans la prison des Covenantaires, et que la grille a été ouverte avec votre clef. Je préciserai certes que vous n'y êtes pour rien, mais je ne peux pas vous promettre que cela suffira à vous éviter des poursuites, malheureusement.

– Je comprends, assura le gardien du cimetière en lui serrant la main. Vous ne faites que votre devoir, je sais. J'avais une confiance aveugle en ma fille, j'ai eu tort ; à moi d'en assumer les conséquences.

Lucy crut mourir de honte. Ces mots lui déchiraient le cœur, et elle se demandait si elle pourrait jamais se racheter. Amelia n'en menait pas large non plus. Au fond, c'était elle qui avait poussé Lucy à dérober la clef, et le poids de la culpabilité pesait lourd sur ses épaules.

Le constable parti, tous trois restèrent longtemps en silence. Jusqu'au moment où, n'y tenant plus, Lucy fondit en larmes.

– Oh Dad, je regrette tellement ! Je ne voulais surtout pas t'attirer d'ennuis. S'il te plaît, pardonne-moi !

– Écoutez-moi bien, toutes les deux, déclara-t-il. Je vous défends de vous approcher du Mausolée noir. Plus question que vous y mettiez les pieds, vous m'entendez ? Interdiction absolue !

– Mais..., balbutia Lucy. Quand Mrs Forbes reviendra, il faudra qu'on l'aide à...

– La ferme ! cingla son père avec une violence qui les fit sursauter.

Ses yeux brillaient d'un éclat inquiétant. Jamais Lucy ne l'avait vu dans un tel état. Pas même le jour où elle avait mis par mégarde le feu à la cuisine...

– Je ne veux plus entendre parler de fantômes ni d'exorcismes ! vociféra-t-il, hors de lui. Jamais ! Vous auriez pu y laisser votre peau, vous ne comprenez donc pas ça ?

Levant l'index, il poursuivit :

– À partir de maintenant, vous restez en dehors de ces histoires. C'est un ordre ! Depuis le temps qu'on vit dans ce cimetière, on s'est très bien passés des médiums et exorcistes de tout poil. La chasse aux fantômes, c'est terminé ! Est-ce que je suis assez clair ?

– Oui, Dad, chuchota Lucy consternée en regardant Amelia à la dérobée.

Celle-ci était dans ses petits souliers. Mais Tom MacKay n'en avait pas encore fini avec elles.

– Le problème, c'est que je ne crois plus à tes promesses, Lucy. Voilà pourquoi vous passerez la Saint-Sylvestre à la maison. Sous bonne garde. Et que je ne vous surprenne pas à faire le mur, sans quoi George MacKenzie deviendrait rapidement le cadet de vos soucis, c'est moi qui vous le dis !

À la stupéfaction de Lucy, Amelia trouva le courage d'ouvrir la bouche.

– Mais... avec Lucy, on avait prévu de se retrouver chez moi !

Ce n'était qu'un demi-mensonge. Elles avaient convenu d'attendre Mrs Forbes ensemble quelque part, mais n'avaient pas encore décidé où.

Il demeura inflexible.

– C'est non. J'ai téléphoné à ta mère tout à l'heure. Je lui ai dit qu'il fallait vous surveiller pour vous empêcher de faire des bêtises, et que j'étais prêt à m'en charger. Elle m'en a chaleureusement remercié, tu penses bien.

Il avait vraiment paré à tout ! Lucy était furieuse contre lui. D'un autre côté, elle éprouvait presque un certain soulagement.

Lorsque Amelia se présenta chez les MacKay, en fin d'après-midi, Lucy venait de se faire un thé au miel pour adoucir sa gorge.

En ouvrant la porte, elle faillit éclater de rire : son amie soufflait comme un phoque et elle avait autant de bagages que si elle avait prévu de rester deux semaines.

– C'est pour moi ? s'exclama Amelia en lui arrachant sa tasse des mains. Un thé de bienvenue, comme c'est gentil !

Trop stupéfaite pour réagir, Lucy la regarda siroter son thé avec envie. Soudain, la lumière se fit dans son esprit. Un sourire se dessina sur ses lèvres.

– Tu as tout ? articula-t-elle d'une voix à peine audible.

– Mmh.

Désignant ses paquets, Amelia chuchota :

– Tu ne crois tout de même pas que j'ai besoin de deux énormes sacs pour une soirée-pyjama ? Ta liste était interminable, j'ai dû fouiller partout chez Mrs Forbes pour tout trouver, ça m'a pris une éternité.

Et elle ajouta sur le ton du reproche :

– Sans parler du temps qu'il m'a fallu pour nourrir les chats.

– Désolée, s'excusa Lucy. J'aurais aimé pouvoir t'aider, vraiment.

Un journal sous le bras, son père apparut dans l'entrée.

– Tu entres, Amelia ? Ou vous comptez rester dehors encore longtemps à comploter dans mon dos ?

Lucy leva les yeux au ciel.

– Oh, Dad, tu ne peux pas nous lâcher les baskets ? D'ailleurs, ça m'étonne que tu m'aies laissée aller aux toilettes...

– De ce côté-là, je suis tranquille, répliqua-t-il sèchement. Il y a des barreaux à la fenêtre.

Lucy changea de tactique.

– Si ça peut te rassurer, j'ai compris que je ne suis pas de taille à m'attaquer à MacKenzie. Je n'ai pas l'intention de te désobéir.

C'était la stricte vérité. Le foulard à fleurs ayant appartenu à sa mère qu'elle portait autour du cou pour cacher ses vilaines marques rouges était là pour lui rappeler combien elle avait eu de la chance. Et elle n'arrêtait pas de repenser à son expérience de mort imminente. Pour autant, elle ne voyait pas d'explication cohérente à ce qui lui était arrivé. Si elle n'avait pas rêvé, alors cela voulait dire que quelque chose ne tournait pas rond chez elle.

– Je me préoccupe de ma fille, c'est normal, non ? se défendit Tom MacKay. Et de toi aussi, Amelia. Car tu fais partie de la famille, n'est-ce pas ?

L'adolescente rosit de plaisir. Et le suivit comme un toutou à l'intérieur.

Dans le salon, Stevie réfléchissait la tête dans les mains devant un jeu d'échecs. Bobby dormait, affalé près de la cheminée, et le sapin de Noël illuminé donnait un petit air festif à la pièce.

– Tu n'as pas dégagé ta dame en profitant de ce que j'avais le dos tourné, j'espère ? lança Tom à son hôte.

– J'y ai pensé, avoua Stevie à regret. Mais j'ai résisté à la tentation.

Amelia tordit le nez.

– Je rêve ou ça sent le haggis ?

La panse de brebis farcie, où entraient oignons, avoine et graisse de rognons, n'était certes pas son plat favori, mais c'était Hogmanay et, en bon Écossais, le chef avait tenu à respecter la tradition.

– Oui, il mijote au bain-marie depuis un moment, répondit Stevie. Et j'ai aussi fait de la purée de pommes de terre et de rutabagas. Vous ne mourrez pas de faim !

À ces mots, Amelia courut dans l'entrée et en revint quelques instants plus tard avec un pudding aux fruits, enveloppé dans du papier alu.

– De la part de ma mère ! dit-elle en le tendant à Tom MacKay du bout des doigts.

Elle lui aurait offert un rat crevé qu'elle n'aurait pas eu l'air plus écœurée.

– Un black bun pour vous remercier de l'avoir débarrassée de moi ! enchaîna-t-elle. Elle adore les réveillons du 31 ; et, grâce à vous, elle n'aura même pas à prétendre qu'elle est désolée de me laisser seule !

– Elle travaille dur pour arriver à joindre les deux bouts, plaida le père de Lucy. Elle a bien le droit de s'amuser un peu, non ?

Lui décochant un clin d'œil, il prit un morceau de gâteau et grogna, la bouche pleine :

– Mmh, délichieux. Au fait, vous avez des nouvelles de votre Mrs Forbes ? Vous savez si elle et l'autre voyante arriveront à temps ?

Dans l'après-midi, il s'était enquis à plusieurs reprises « des forces d'intervention magiques ». Était-ce le signe qu'il s'inquiétait ? Que, sans vouloir l'avouer, il craignait que MacKenzie ne se relève et mette ses menaces à exécution ?

– Mrs Forbes m'a appelée pendant que j'étais chez elle en train de nourrir les chats, expliqua Amelia. Malheureusement, elles étaient toujours à Glasgow. Sa collègue a été appelée là-bas pour un exorcisme qui a mal tourné. L'esprit du pont Dalmarnock n'a pas apprécié qu'on le dérange, et il a encore sévi.

– Ah oui, j'ai entendu parler de cet incident à la radio, confirma Stevie. Quelqu'un s'est plaint que deux femmes avaient essayé de le pousser à l'eau. C'est ça ?

– Disons plutôt qu'elles lui ont sauvé la vie, rectifia Amelia. Le pont Dalmarnock est connu pour les nombreux suicides qui s'y produisent. Ce que les gens ignorent, c'est qu'en réalité, les accidents sont dus à la présence d'un vexator. Faute de pouvoir expliquer ce qui lui a pris, le type a accusé les deux seules personnes qui se trouvaient à proximité. Par chance, la police n'est pas convaincue, car il était passablement éméché.

Lucy médita ces paroles en silence. Elle mesurait à présent combien le travail des médiums était essentiel à la vie des gens. Et elle se demanda si l'Ordre l'enverrait un jour accomplir des missions importantes à travers tout le pays.

– Mrs Forbes sait que, face à MacKenzie, nous ne faisons pas le poids, poursuivit Amelia. Quand elle a appelé, elles étaient toujours au poste. Mais dès qu'elles en auront fini avec les formalités, elles sauteront dans le premier train pour Édimbourg. Le dernier part à vingt-trois heures vingt.

Le père de Lucy jeta un coup d'œil à l'horloge.

– Sans vouloir jouer les oiseaux de mauvais augure, ça me paraît compromis.

– Elles viendront directement, lui confia Lucy par souci de transparence. J'ai dressé une liste des objets dont la voyante aura besoin pour l'exorcisme. Amelia est allée les chercher chez Mrs Forbes et les a apportés ici.

Tom MacKay se renfrogna.

– Ah, c'est donc ça, les énormes sacs...

Lucy se mordit les lèvres. Pourquoi ce regain de mauvaise humeur alors qu'elles se pliaient à toutes ses exigences et faisaient preuve d'un maximum de bonne volonté ?

Il ouvrit son journal d'un geste sec et disparut derrière en maugréant :

– Tu me préviendras quand tu auras fini, Stevie !

La partie promettait de durer un moment.

– On peut monter dans ma chambre, Dad ? Je jure qu'on ne s'échappera pas par la fenêtre.

– Si vous voulez, fit-il sans lever la tête. Mais je vous préviens : je me réserve le droit d'entrer sans crier gare.

– Entendu, répondit Lucy sur le ton de la plaisanterie. Nous ferons disparaître nos grigris et nos accessoires de sorcières dès qu'on entendra ton pas dans l'escalier.

Il la traita d'impertinente, mais elle était déjà dans le couloir. Amelia vida sa tasse d'un trait et la suivit en courant dans sa chambre.

– Alors ? attaqua-t-elle sitôt la porte refermée derrière elles. C'est quoi le plan B ?

– Amelia, je suis sérieuse, déclara Lucy en se laissant choir sur son lit. Je n'ai pas l'intention de trahir mon père, ni de tenter quoi que ce soit contre MacKenzie. J'ai lu le chapitre du Manuel avec attention. Et j'ai compris une chose : je n'ai aucune chance. Ce que mon don m'a permis d'accomplir jusqu'à présent n'est rien en comparaison de ce qu'il faudrait que j'arrive à faire.

Amelia secoua la tête.

– Alors, c'est vrai, tu renonces ? Alors que tu es si près du but ? Je ne te comprends pas : moi, je stresse tellement que je suis incapable de dormir, alors que je n'ai pas fermé l'œil la nuit dernière. Et toi, tu restes là les bras croisés à attendre tranquillement. Tu m'étonneras toujours.

– Je suis tout sauf tranquille, détrompe-toi, répliqua Lucy. Tu ne m'as pas vue tout à l'heure quand je tournais en rond comme un ours en cage. Regarde : je me suis rongé les ongles jusqu'au sang. Mais ça suffit, maintenant. Je suis crevée, j'en ai marre, j'ai mal partout et l'angoisse me tord l'estomac.

S'interrompant, elle respira un grand coup avant de lâcher :

– Ça ne veut pas dire que je compte rester les bras ballants sans rien faire. Je me suis repassé tout le film dans ma tête et... toi aussi, tu penses que quelqu'un de notre entourage est sous l'emprise du vexator, n'est-ce pas ?

– Celui qui a effacé les runes du Mausolée noir et devant chez vous a probablement agi sur son ordre, confirma Amelia avec un signe de tête approbateur. Et comme les ossements de MacKenzie auraient été indispensables en cas d'exorcisme, il y a fort à parier que son acolyte les a retirés du tombeau et cachés quelque part. Pour prévenir tout risque que quelqu'un lui mette des bâtons dans les roues.

– Dans le Manuel, il est explicitement précisé que l'exorcisme ne peut réussir qu'à deux conditions, reprit Lucy. La première : opérer sur la tombe du défunt. Et la seconde : que ses restes s'y trouvent toujours. Dans le cas contraire, il est nécessaire de se procurer un objet lui ayant appartenu. Ce qui, en l'occurrence, est mission impossible puisque MacKenzie est mort il y a des siècles.

Une idée se fraya un chemin dans l'esprit d'Amelia.

– Même les Lumènes ont besoin des ossements ?

Lucy hocha la tête.

Livide, Amelia s'affala à côté d'elle.

– Si je comprends bien..., souffla-t-elle, catastrophée. Mrs Forbes et la voyante ne pourront rien, même si elles arrivent à temps ?

– Exact, reconnut Lucy. En théorie.

Levant l'index, elle ajouta :

– Toujours d'après le Manuel, un esprit qui veut réintégrer le monde des vivants a besoin de deux choses : d'abord, un corps à coloniser, de préférence celui d'un descendant, et ensuite...

– Ses restes ! devina Amelia, électrisée.

Bondissant sur ses pieds, elle enchaîna :

– Donc, les ossements reviendront au caveau d'ici ce soir. Et nous, nous devrons guetter le traître et l'intercepter.

Si sa copine ne l'avait pas retenue par le poignet, elle se serait précipitée dehors.

– J'ai peur que ce ne soit pas nécessaire, observa Lucy avec tristesse. Je crains d'avoir eu le suppôt de MacKenzie sous mon nez depuis le début...

Elle hésita. Il lui répugnait de dire du mal de Stevie. Hélas, Amelia se méprit complètement sur son silence, et elle s'écria, au comble de l'indignation :

– Ça va pas la tête ? Aider le vexator à revenir ? Moi ? Ma parole tu...

– Pas toi, s'empressa de corriger Lucy. Réfléchis : quelle est la première personne à avoir perçu une menace à Greyfriars Graveyard ? Et qui avons-nous découvert au Mausolée noir ?

– Ghosty-Stevie ! s'exclama Amelia, les yeux agrandis par l'horreur. C'est évident ! Il était le mieux placé pour effacer les runes ni vu ni connu... Vivant dans un caveau, il devait être particulièrement réceptif aux ondes maléfiques pendant son sommeil. D'ailleurs, pour avoir choisi cette planque... peut-être qu'il a aidé MacKenzie de son plein gré ?

– Non, nia catégoriquement Lucy. Stevie a un cœur d'or, et il n'est pas du genre à vouloir le retour d'un esprit démoniaque. Il n'a pas conscience de ce qu'il fait, j'en suis sûre. Rappelle-toi ce que nous a raconté Kevin Corbett : quand on est sous l'emprise du vexator, c'est comme si on était schizophrène.

Amelia réfléchit, les yeux dans le vide, et murmura :

– Le jour où on a découvert Stevie..., tu te souviens ? Il était blessé, déshydraté, et la seule chose qui lui importait, c'était qu'on prenne son sac.

– Tu as raison. À tous les coups, les ossements étaient dedans. Et nous, pauvres idiotes, on l'a aidé à les sortir du caveau.

Malgré la gravité de la situation, Lucy ne put s'empêcher de bâiller. La fatigue des derniers jours se faisait sentir, et elle avait terriblement envie de dormir. Hélas, pour ça, elle devrait attendre encore.

Amelia consulta sa montre. Minuit se rapprochait inexorablement.

– Qu'est-ce que tu proposes ?

Lucy haussa les épaules.

– Mon plan est assez simple : nous devons tout faire pour retenir Stevie à la maison. En tout cas jusqu'à l'arrivée de Mrs Forbes et de la Lumène. Ensuite, on le laissera courir au Mausolée, on le prendra la main dans le sac, au propre et au figuré, et la médium pourra procéder à l'exorcisme.

– Génial, approuva Amelia en serrant le poing. Et MacKenzie ne sera plus qu'un mauvais souvenir.

– Si on échoue, il nous resterait un dernier espoir. Comme il y a peu de chances que Ghosty-Stevie descende de MacKenzie, celui-ci pourrait avoir des difficultés à se mettre dans sa peau. Il n'est pas garanti qu'ils soient compatibles et que l'esprit de l'un puisse se loger dans le corps de l'autre.

– Croisons les doigts. Ne serait-ce que pour ce pauvre Stevie.

Du bruit se fit entendre sur le palier.

– On est là, Dad ! cria Lucy sans bouger de son lit.

– Mmh, très bien. On dîne dans cinq minutes.

– On arrive !

Décochant un clin d'œil à Amelia, Lucy demanda dans un souffle :

– Tu m'aides ?

– Carrément ! Ce serait quand même la mort qu'on n'arrive pas à coincer Ghosty-Stevie quelques heures.

Lucy ne partageait pas son optimisme. Si Stevie était sous la coupe d'un vexator de la trempe de MacKenzie, rien ni personne ne pourrait l'arrêter.

Le dîner tirait en longueur et l'ambiance n'était pas vraiment à la fête. Les adultes tentaient vaguement d'entretenir un semblant de conversation, et les filles avaient l'esprit ailleurs. Lucy regardait sa montre toutes les trois minutes et Amelia épiait le moindre des gestes de Stevie avec une insistance gênante.

Lucy s'étonna qu'il ne la remette pas à sa place. Peut-être estimait-il qu'il n'avait pas à faire son éducation ? Ou alors il se dominait pour ne pas gâcher le réveillon...

– Tu n'aimes pas le haggis ? lui demanda-t-il gentiment.

De fait, elle avait à peine touché à son assiette.

– Si, mais je n'ai pas faim, désolée. Pourtant, j'en ai rarement mangé d'aussi délicieux, tu es un fin cordon bleu, Ghosty-Stevie ! Je ne sais pas comment tu as pu te nourrir de raviolis en boîte pendant des mois !

Il éclata de rire.

– Je les améliorais ! Autrefois, c'était souvent moi qui préparais les repas. J'adorais mitonner de bons petits plats pour mon épouse et ma fille.

Au souvenir de sa vie d'avant, il eut un sourire nostalgique. Il était si touchant que Lucy se demanda comment elle pouvait le suspecter.

Se levant, il lança à la cantonade :

– Je propose qu'on attende encore un peu pour le dessert. On pourrait jouer au Monopoly, qu'en pensez-vous ? Ça vous distraira, tous les trois : à vous voir, on pourrait croire que c'est la fin du monde.

Chose étrange, il était le seul à ne pas tirer une tête d'enterrement.

– Pourquoi pas ? approuva le père de Lucy en se levant pour l'aider. Les filles, vous n'avez qu'à préparer le jeu pendant qu'on débarrasse.

Tandis qu'ils disparaissaient dans la cuisine, Lucy entendit Stevie qui disait :

– On ne va pas laisser un poltergeist nous gâcher notre réveillon ! Ça va bien se finir, j'en suis certain.

– Pour lui, peut-être, chuchota Amelia en se penchant à l'oreille de Lucy. Pas étonnant qu'il soit à la fête : quand on est de mèche avec un démon...

– On n'en est pas sûres, tempéra Lucy. Tant qu'on n'en a pas la preuve, il faut rester prudentes.

Si elle n'avait pas fait part de ses craintes à son père, c'était précisément pour cette raison. Il n'aurait pas toléré qu'elle soupçonne un ami de la famille.

Elle n'avait aucune envie de jouer au Monopoly, mais s'y résigna en pensant que ce serait mieux d'être occupée que d'égrener les secondes jusqu'à minuit. En espérant qu'elles tiendraient jusque-là et que Stevie ne leur échapperait pas avant pour se rendre au Mausolée noir ! Kevin Corbett avait eu l'air très sûr de lui quand il leur avait expliqué que le vexator choisirait très certainement cette heure-là pour se relever.

Les deux hommes rejoignirent les deux filles, et la partie de Monopoly la plus morose de tous les temps s'engagea alors. Tandis qu'à l'extérieur des langues de brouillard ondulaient entre les tombes dans la nuit noire, il régnait dans la pièce une tension à la limite du supportable. Lucy avait fait faillite en un temps record, et Amelia raflait un terrain après l'autre. À un moment, son dé tomba par terre pour la troisième fois et Bobby le prit dans sa gueule avant qu'elle ait eu le temps de le ramasser. Ce fut la goutte d'eau qui fit déborder le vase. Excédé, le père de Lucy bondit de sa chaise et déclara tout net que ça suffisait.

– Ce stupide cabot ne veut pas me rendre mon dé ! se plaignit Amelia de dessous la table.

– Pas grave, grogna Lucy. On arrête, de toute façon.

Au même instant, le portable d'Amelia se mit à sonner.

– Je prends ! cria Lucy en se jetant dessus. Allô, Mrs Forbes ? où êtes-vous ?

– Ne t'inquiète pas, ma chérie, nous sommes dans le train, lui répondit la vieille dame. Arrivée prévue dans moins d'une heure.

Lucy jeta un coup d'œil anxieux en direction de l'horloge.

– Mais..., s'affola-t-elle. C'est Hogmanay ! Avec le monde qu'il y a dans les rues, vous ne serez jamais ici avant minuit !

– Gina et moi, on a fait tout ce qu'on a pu. Et on n'aura que quelques minutes de retard, tout au plus. Rien qui vaille la peine de t'inquiéter.

Ainsi, la Lumène assez douée pour anéantir un esprit du calibre de MacKenzie s'appelait Gina... Mrs Forbes avait beau dire, Lucy n'était pas rassurée à l'idée qu'elles n'atteindraient pas Greyfriars Graveyard avant l'heure fatidique. Il allait devenir compliqué de retenir Stevie.

– On se dépêche, je te promets ! certifia la vieille dame. Au fait, Lucy ?

– Oui ?

– Surtout, ne tentez rien sans nous. C'est la pire des Nuits rudes, il serait beaucoup trop dangereux pour Amelia et toi de vous approcher du Mausolée noir. Contentez-vous de préparer les accessoires, c'est déjà beaucoup.

– D'accord ! acquiesça Lucy.

Poussant un soupir, elle raccrocha et résuma en deux mots la situation.

– C'est déjà cool qu'elles arrivent, commenta Amelia avec son optimisme habituel. J'ai eu peur qu'elles n'aient encore un empêchement.

– Excellente nouvelle, applaudit Stevie en frappant dans ses mains. Et donc, maintenant que la cavalerie est en marche, avec votre permission, je file. En ville, on fait la fête comme nulle part ailleurs en Europe, et j'aimerais rejoindre mes copains.

Le sang de Lucy ne fit qu'un tour. Ce n'était certainement pas un hasard si Stevie déclarait vouloir sortir alors qu'il venait d'apprendre que ses potentielles rivales approchaient.

Le père de Lucy parut surpris.

– Tu nous quittes ?

– Ce n'est pas que je n'apprécie pas ton hospitalité, Tom, s'excusa Stevie d'un air sincèrement embarrassé. Mais... mes copains sont une bande de joyeux fêtards, j'ai envie de rigoler un peu.

Il était vraiment bon acteur. Si elle n'avait pas su ce qu'il en était, Lucy aurait pu le croire sur parole.

– Pas question ! lança Amelia en cherchant désespérément l'inspiration. Tu ne peux pas... tu ne peux pas partir maintenant... On n'a pas encore pris le dessert !

– Vous le mangerez sans moi, éluda-t-il avec un petit geste de la main. Après le haggis, je n'ai plus très faim, moi non plus.

La panique s'empara de Lucy. Elle devait à tout prix convaincre Stevie de rester, mais comment ? Le cerveau en ébullition, elle réfléchit fébrilement sans trouver de solution.

Le secours lui vint de son père.

– D'accord, Stevie, déclara Tom. Mais, avant, j'aimerais que tu me rendes un petit service.

Pourrais-tu surveiller les deux filles pendant que je sors Bobby ? Je ne serai pas long, je te promets.

Stevie pouvait difficilement refuser.

– Bien sûr, pas de problème, s'inclina-t-il avec élégance. Tant que tu rentres avant minuit... J'aimerais être avec mes copains pour le compte à rebours.

– Ça marche !

Son père se dirigea vers la sortie, Bobby sur ses talons. Lucy l'entendit prendre la laisse à son crochet et la clipser au collier du petit Skye terrier. Quelques secondes plus tard, la porte retomba sur ses gonds.

Lucy n'en revenait pas. Quelle chance elles avaient eue que son père ait eu l'idée de sortir le chien pile à ce moment-là ! D'un autre côté, elle était surprise de la facilité avec laquelle Stevie avait accepté de jouer les baby-sitters.

Un silence gêné s'installa dans la pièce.

– Vous voulez du dessert ? proposa Stevie pour dissiper le malaise. De la glace à la vanille avec un coulis de framboise, ça vous va ? Ce n'est pas vraiment de saison, mais j'ai pensé qu'après le haggis, c'était encore ce qu'il y avait de mieux.

– Non merci, répondirent les deux filles en chœur.

Il fronça les sourcils.

– Il y a un souci ? J'ai dit quelque chose qu'il ne fallait pas ?

Lucy ouvrit la bouche pour prétendre que non, tout allait bien, mais Amelia la devança.

– On croyait que tu étais notre ami, Ghosty-Stevie ! Tu parles ! Un ami ne nous aurait jamais mises en danger comme tu l'as fait… Bon sang, on a failli y rester !

Stevie fronça les sourcils.

– Mais de quoi me parles-tu ?

– Ah, ça va ! cria-t-elle, les joues en feu. N'essaie pas de faire l'innocent ! On sait très bien que tu es du côté de MacKenzie et que tu t'apprêtes à l'aider pour qu'il revienne. Mais, Lucy et moi, on ne te laissera pas faire !

Les yeux de Stevie lui sortirent de la tête.

– Moi ? Je m'apprête à l'aider ?

Se tournant vers Lucy, il demanda :

– Toi aussi, tu es de cet avis ? Tu me soupçonnes d'avoir lâché un poltergeist à vos trousses ?

– Tu étais la personne la mieux placée pour lui donner un coup de main, répondit Lucy en reculant insensiblement en direction de la sortie. Et le jour où on t'a découvert dans la crypte, tu ne nous as pas vraiment fourni d'explications convaincantes.

– Tu me prends pour un traître, murmura-t-il, les lèvres pincées.

Des yeux, Lucy fit signe à Amelia de se rapprocher de la porte. Ce mouvement n'échappa pas à Stevie. Il accusa le coup.

– Vous avez peur de moi à ce point-là ?

Amelia n'y alla pas par quatre chemins.

– Oui. Après ce qu'on a subi ces derniers temps, s'il y a une chose dont on est certaines, c'est que MacKenzie a un complice, et que celui-ci se trouve dans notre entourage immédiat.

Lucy retint son souffle. Son cœur tambourinait dans sa poitrine. Comment Stevie réagirait-il à ça ? Elle pria le ciel que son père revienne vite.

L'homme leva les mains en l'air.

– Je vous jure que je ne suis pas au service de ce spectre. Je suis triste que vous m'ayez suspecté, mais comme je ne vous ai pas dit toute la vérité, je ne peux pas vous en vouloir...

Sur la défensive, les filles attendirent la suite. Lentement, pour leur montrer qu'elles n'avaient rien à craindre, il s'assit sur une chaise, posa ses paumes à plat sur ses genoux, et expliqua :

– Ce qui m'a amené dans ce caveau est une histoire tordue, voilà pourquoi je vous ai menti. Une nuit, alors que je venais de m'endormir, j'ai entendu des voix dans ma tête. Elles me susurraient que j'avais une mission à accomplir, que je devais prendre mon sac et me rendre au Mausolée noir. J'ai essayé de me boucher les oreilles, rien à faire. Plus je luttais, plus elles insistaient. Pour être honnête, j'ai cru que je devenais dingue, et j'ai pété un câble. D'où le chaos que vous avez découvert chez moi.

– Ce bazar, c'était toi ? s'étonna Amelia.

Il baissa piteusement la tête.

– Ça paraît fou, hein ? À un moment, à bout de résistance, j'ai couru là-bas. J'étais comme une marionnette attachée à un fil. En chemin, il m'a semblé apercevoir des ombres fantomatiques qui me suivaient dans l'obscurité. Quelque chose d'impossible à décrire, un peu comme des silhouettes humaines dessinées au fusain qu'une gomme magique aurait radiées de leur feuille de papier.

Sa description correspondait assez bien aux apparitions dont Lucy était coutumière. Mais elle estima le moment mal choisi pour apprendre à Stevie qu'il avait sans doute certaines prédispositions pour la voyance. Elle lui en parlerait plus tard.

– Et ensuite ? le pressa-t-elle. Que s'est-il passé ?

– Je me souviens avoir forcé le cadenas et être descendu dans la crypte. Après, c'est le brouillard.

Le regard fixe, il fouilla dans sa mémoire à la recherche des images enfouies dans les replis les plus secrets de son subconscient.

– Pour je ne sais quelle raison, il fallait que j'écarte la dalle, ce que j'ai fait. À partir de là, c'est le trou noir le plus total, jusqu'au moment où je suis revenu à moi, avec la jambe coincée.

– C'est la première fois que tu fais ce genre d'expérience ? voulut savoir Amelia, dont l'expression de colère avait laissé la place à un étonnement mêlé de curiosité.

Stevie secoua la tête.

– Je n'avais jamais entendu des voix me donner des ordres. Et tant mieux, car j'ai trouvé ça horrible. Je n'en ai parlé à personne de peur qu'on ne m'enferme dans un asile, et surtout pas à Tom : il se serait imaginé que j'avais recommencé à boire. Et il m'aurait chassé du cimetière.

Alertée par une sensation bizarre de picotement derrière la tête, Lucy regarda par la fenêtre. Il faisait nuit noire. On ne distinguait que les tombes les plus proches et des effilochures de brouillard.

Amelia reprit sa place à table, décidée, visiblement, à donner une chance à Stevie. Elle demanda, songeuse :

– Te paraît-il exclu que MacKenzie te manipule dans ton sommeil ? Tu as regardé ce qu'il y avait dans ton sac ?

– Pas la peine ! répliqua-t-il du tac au tac. Il n'y a rien d'intéressant dedans.

À peine cette réflexion lui avait-elle échappé qu'il se troubla.

– Pou… pourquoi est-ce que j'ai dit ça ? bredouilla-t-il. Ce n'est pas du tout… Je ne…

Lucy serra frileusement les bras autour de son corps. Elle grelottait. Et elle avait de plus en plus nettement l'impression qu'un drame était en train de se produire.

– On devrait vérifier tout de suite, suggéra Amelia. Où est-il, ce sac ?

– Avec mes affaires, dans le placard sous l'escalier, répondit-il.

Lucy les regarda sortir tous les deux. Son malaise ne faisait qu'augmenter. Soudain, un frisson glacé lui parcourut l'échine. Et elle eut la certitude absolue que le démon était sur le point de réussir son coup.

La voix de Stevie lui parvint comme de très loin.

– Je ne comprends pas ! Je suis pourtant certain de l'avoir mis là ! Quelqu'un l'a pris, forcément !

– Qui veux-tu que ce soit ? rétorqua Amelia, sceptique. Les MacKay ne reçoivent pas tant de visites que ça !

Alertée par un crissement sinistre, Lucy tourna la tête. Un morne collait le nez au carreau, la bouche déformée par un cri, un masque d'épouvante sur sa face décharnée. De nouveau, la fenêtre vibra, et d'autres apparurent derrière la vitre.

– Je ne peux pas vous aider, murmura Lucy d'une voix oppressée en reculant dans le fond de la pièce jusqu'à ce qu'elle se cogne durement à la commode. Je n'ai pas le droit de sortir, vous comprenez ?

La réponse lui fit dresser les cheveux sur la tête. Des mains blafardes traversèrent l'épaisseur des murs et se tendirent vers elle.

– Vite ! Dépêche-toi ! semblaient-elles lui dire avec l'intensité du désespoir. Au secours !

Sans les runes qu'elle avait restaurées, elles auraient sans nul doute pénétré dans la maison.

Le spectacle était insoutenable. Lucy détourna les yeux avec un cri d'effroi.

Alertée, Amelia passa la tête par la porte entrebâillée du salon.

– Lucy ?

D'un bond, elle se précipita pour la soutenir.

– Lucy ? Hey ! Qu'est-ce qui t'arrive ?

– On… je me suis complètement trompée sur Stevie, articula péniblement Lucy, qui tremblait des pieds à la tête.

Bien qu'elle leur tournât le dos, elle sentait les regards insistants des mornes dardés sur elle comme autant d'aiguilles.

– Il… il est en dehors du coup.

– C'est ce que je pense aussi. Mais je trouve bizarre que son sac ait disp…

– Tu ne comprends pas, la coupa Lucy. En ce moment même, quelqu'un aide MacKenzie. Je le sens. D'ailleurs, les mornes… ils sont malades de peur.

Elles furent interrompues par la sonnerie du téléphone. Dans l'état de tension extrême qui était le sien, ce banal bruit du quotidien parut si étrange à Lucy qu'elle mit quelques instants à l'identifier.

– Ça doit être Dad !

Les yeux agrandis par l'horreur, elle plaqua ses mains sur ses joues.

– Mon Dieu. Il est dehors ! Pourvu qu'il ne lui soit rien arrivé !

Se ruant dans l'entrée, elle s'empara du combiné d'une main tremblante.

– Dad ? C'est toi ?

11

« Seuls l'amour et la mort permettent à l'homme d'accéder à l'éternité. »

Anonyme

– Oh, Lucy, ma chérie ! s'exclama une voix féminine à l'autre bout du fil. Quel bonheur de t'entendre !

– Mom ?

La gorge nouée par l'émotion, Lucy ne répondit rien : ce n'était pas possible ! Anne MacKay n'avait pas le droit de contacter les siens ! Et puis, il y avait si longtemps qu'elles ne s'étaient plus parlé... elle se trompait, forcément.

– Tu m'as tellement manqué, ma chérie ! J'ai tellement hâte de vous retrouver, ton père et toi, que mon cœur est près d'éclater. Pour un peu je me réjouirais presque que vous soyez en danger tous les deux ; c'est affreux, n'est-ce pas ?

Pas de doute, c'était sa mère. Lucy en aurait pleuré. D'un seul coup, l'énorme poids qui l'écrasait depuis plusieurs jours tomba de ses épaules, et elle se sentit envahie par un soulagement indicible.

– Oh, Mom, il faut que tu viennes tout de suite ! Quelqu'un tente d'aider MacKenzie... Mrs Forbes est en route, mais elle ne sera pas là à temps. Et Dad est sorti...

– Je suis au courant, abrégea Anne. Les responsables de l'Ordre m'ont exposé la situation. Écoute-moi bien, Lucy. J'ai besoin que tu me rendes un service. Peux-tu monter dans ma chambre et regarder l'arbre généalogique de ton père ? Tu vois de quoi il s'agit ?

– Ou... oui, bredouilla Lucy, abasourdie.

C'était tout ce que sa mère trouvait à inventer ? Alors qu'en ce moment même, une tragédie menaçait de se produire au cimetière ?

– Fais ce que je te demande, Lucy, tu veux ? insista Anne avec une autorité qui balaya toutes les réticences de sa fille.

Téléphone en main, Lucy monta à l'étage et alla se poster devant l'arbre généalogique. Tout en haut du tableau, qui occupait près de la moitié du mur, figurait le premier des MacKay à être venu s'établir à Édimbourg. Plus on descendait, plus les ramifications étaient nombreuses.

– Lis-moi les dates et lieux de naissance de votre ligne directe ! commanda sa mère. Cherche les gens qui ont vécu au XVIIe siècle ! J'attends !

Un bruit de moteur à l'arrière-plan semblait indiquer qu'elle était en voiture.

Lucy plissa les yeux. Il y avait tant de noms que son père les avait écrits en tout petit pour avoir la place de les noter tous.

– Magdalena MacKay, 1877-1931...

– Plus haut !

S'aidant du doigt, Lucy remonta d'un cran.

– Timothy MacKay, 1835-1889... Adelheid MacKay. Bouh ! Comment peut-on appeler sa fille Adelheid ?

– Ce n'est vraiment pas le sujet. Concentre-toi, Lucy, s'il te plaît !

– Bon, d'accord.

Elle se mit sur la pointe des pieds mais, même ainsi, elle était trop petite. Elle se percha sur une chaise et poursuivit :

– James MacKenzie, 1677-1728, Georgina MacKenzie...

Soudain, elle tressaillit.

– MacKenzie ? Tiens, pourquoi ça passe à MacKenzie, brusquement ?

– C'est bien ce qui me semblait, murmura sa mère, ignorant la question. C'est une catastrophe.

Fébrile, Lucy parcourut les différents patronymes et dates correspondant à cette période. Soudain, son cœur cessa de battre.

– George MacKenzie, 1636-1691.

– C'est votre ascendant direct, confirma sa mère. Les générations suivantes ont estimé préférable de changer de nom. Vu les atrocités qu'il avait commises à Édimbourg, c'était le seul moyen d'échapper à la vindicte populaire, tu comprends. En tout cas, MacKenzie s'est changé en...

– MacKay, acheva Lucy dans un souffle.

– Ce qui signifie, poursuivit sa mère sur un ton délibérément neutre, que chacun de ceux dont le nom figure en bas de ce tableau constitue un réceptacle idéal pour le fantôme de George MacKenzie.

Peu à peu, Lucy commençait à entrevoir où elle voulait en venir. Si le vexator parvenait à phagocyter un de ses descendants, il avait toutes les chances de parvenir à ses fins. Autant, avec Stevie, il n'était pas assuré de réussir, autant Lucy et son père étaient des cibles rêvées.

– Dad est sorti promener Bobby ! s'exclama-t-elle avec horreur. Il faut vite que j'aille le prévenir !

Se ruant dans l'escalier, elle dégringola les marches à toute allure et passa en trombe devant Amelia et Stevie interloqués.

– Lucy, attends ! cria sa mère dans l'appareil. Au cas où tu tomberais sur le fantôme de George MacKenzie, il y a une chose qu'il faut que tu saches : quand tu étais petite, tu as failli te noyer. Tom et moi, nous avons bien cru te perdre. Alors...

Ne sachant pas comment poursuivre, elle laissa sa phrase en suspens.

Lucy marqua un temps d'arrêt.

– Dad m'a raconté, confessa-t-elle d'une voix sourde. Tu as usé de tes pouvoirs pour me sauver, n'est-ce pas ? C'est pour ça que tu as été obligée de partir ?

– Il m'avait juré de ne jamais te le dire ! laissa échapper Anne MacKay avec aigreur.

Elle ravala sa colère. L'heure n'était pas au règlement de comptes.

– J'ai fait quelque chose de totalement interdit, Lucy, se reprit-elle. Quelque chose qui a changé ton existence à jamais.

Lucy se sentit tirée par le coude. Se retournant, elle découvrit Amelia.

– Que se passe-t-il ?

Lucy fit non de la tête. Elle lui expliquerait plus tard. L'urgence était de trouver son père.

– En effectuant des recherches, peu de temps auparavant, poursuivit sa mère, j'étais tombé sur un vieil ouvrage dont l'auteur affirmait que les Lumènes – pour peu qu'elles soient prêtes à franchir les limites de l'humain et à se confronter aux puissances d'en haut – ont des pouvoirs infiniment supérieurs à ceux qu'elles imaginent...

La liaison était très mauvaise. Anne et Mrs Forbes devaient avoir très peu de réseau.

Soudain, Lucy sembla se rappeler un détail. Il lui fallait son Manuel, un briquet et les papiers sur lesquels elle avait noté les runes les plus importantes en attendant Amelia l'après-midi. Elle repartit dare-dare en sens inverse.

– Mom, je t'entends très mal ! cria-t-elle, le combiné collé à son oreille. Je dois filer. Et ne me dis pas que c'est trop dangereux. Je ne peux pas laisser Dad...

– ... n'as pas compris, Lucy... réceptacle... ton père... absolument le sauver...

Le bruit de friture était épouvantable.

– ... âme chevillée au corps... rien contre toi... ne peux plus mourir...

C'était fini, elles avaient été coupées.

Poussant un juron, Lucy rassembla en vitesse les quelques articles dont elle avait besoin, descendit l'escalier quatre à quatre et remit brutalement le téléphone sur son socle. Le temps qu'elle attrape son anorak, Amelia avait déjà décroché son horrible fourrure vert pomme.

– On va où ?

Lucy l'arrêta tout net.

– Toi, tu restes ici avec Ghosty-Stevie et vous attendez Mrs Forbes et Gina ! Dès qu'elles arrivent, vous rappliquez au tombeau avec les accessoires.

Au moment de sortir, elle nota que la clef du Mausolée noir n'était pas à son crochet. Or elle était sûre de l'y avoir vue quelques heures plus tôt, quand elle était venue ouvrir à Amelia.

Ce n'était pas normal !

– Je t'accompagne, annonça sa copine.

– Tu ne me serais d'aucune utilité, rétorqua Lucy, abrupte.

Elle ne voulait à aucun prix qu'Amelia vienne avec elle ; c'était beaucoup trop risqué. Cependant, elle lui devait quand même une explication.

– Je viens d'avoir ma mère au bout du fil. Les MacKay descendent en droite ligne des MacKenzie. D'où il ressort que mon père et moi sommes les personnes les mieux placées pour servir de réceptacle au vexator.

– Hein ?

– Si j'ai bien compris, Dad est en danger de mort. Mom m'a demandé de voler à son secours. Il semble que je sois moins exposée que lui.

– Attends une minute ! se récria Amelia, scandalisée. Ta propre mère t'envoie dans la fosse aux lions ? Elle est prête à te livrer en pâture à cet horrible vexator pour que tu protèges ton père ?

Elle se mit à tourner en rond dans la pièce, s'efforçant de digérer la nouvelle.

– Elle a essayé de me dire quelque chose. Malheureusement, la communication a été coupée. Je pense qu'elle m'a sans doute jeté un sort avec ses pouvoirs pour m'immuniser, car la dernière chose que j'ai entendue a été : « ne peux plus mourir ».

Amelia ouvrit des yeux grands comme des soucoupes.

– J'y crois pas ! Personne ne peut empêcher quelqu'un de mourir ! C'est complètement dingue...

– Tu sais, maintenant, je ne m'étonne plus de rien. Mais, surtout, je n'ai pas le choix : s'il arrivait quelque chose à mon père, je ne me le pardonnerais jamais.

Amelia hocha la tête, vaincue. Mais la voie n'était pas libre pour autant. Stevie lui barrait le passage.

– Tom a été très clair, dit-il. Je ne dois vous laisser sortir sous aucun prétexte.

– Arrête ! implora Lucy, au désespoir. C'est une question de vie ou de mort. Pourquoi Dad ne revient-il pas, d'après toi ?

Stevie hocha la tête, troublé.

– C'est vrai qu'il devrait déjà être là...

Se frottant la barbe d'un air inquiet, il ajouta :

– Raison de plus pour que tu restes ici.

Lucy serra les poings.

– Écoute, Ghosty-Stevie. Depuis le temps que tu vis avec nous, tu dois avoir compris que ma mère était une médium et que j'ai hérité de ses pouvoirs. Mon père est complètement sans défense, moi pas...

Brusquement, elle vit débouler un yéti vert qui se jeta sur Stevie et le poussa sur le côté. Tous deux tombèrent à la renverse.

– Fonce, Lucy ! cria Amelia.

Celle-ci ne se le fit pas dire deux fois. Ouvrant la porte, elle s'élança dans les ténèbres.

Le cœur battant, Lucy s'engouffra dans le mausolée. Jamais elle n'avait traversé le cimetière aussi vite. Cependant sa course effrénée n'expliquait pas à elle seule les gouttes de sueur qui perlaient sur son front. L'armée des mornes, qui l'avait escortée jusqu'à la grille, puis le cadenas ouvert l'avaient encore confortée dans l'idée que quelqu'un essayait en ce moment même de ramener l'âme de MacKenzie dans le monde des vivants.

– Pitié, faites que Dad soit en vie ! ne cessait-elle de se répéter, la peur au ventre.

En chemin, elle n'avait pas vu trace de lui et de Bobby, ce qui laissait craindre le pire.

Elle alluma sa lampe de poche et s'engagea avec précaution dans l'escalier. Ce n'était pas le moment de glisser et de donner l'alerte en faisant du bruit ! Si son père était dans la crypte, elle devait pouvoir compter sur l'effet de surprise.

Parvenue en bas des marches, elle éteignit sa torche. Peu à peu, ses yeux s'habituèrent à l'obscurité. Une lueur tremblotante semblait indiquer que des bougies brûlaient dans la chambre funéraire. Elle fit quelques pas à tâtons, l'oreille aux aguets. De légers bruits lui parvenaient, mais elle n'arrivait pas à les identifier : des grattements, des frôlements... puis elle entendit un cliquetis, comme si un objet métallique venait de tomber par terre, et quelqu'un laissa échapper un cri. Cette voix... c'était son père !

Tremblante, Lucy s'avança jusqu'au seuil et tendit le cou. Ce qu'elle vit lui glaça le sang.

Au milieu d'un cercle de lumignons et de runes dessinées à la craie sur les dalles de pierre se trouvait un squelette humain soigneusement reconstitué. Elle avait à présent assez de connaissances pour reconnaître un cercle d'envoûtement. Son père était debout à côté, le bras tendu pour que le sang qui coulait de son poignet ouvert tombe sur les ossements. Il n'y avait personne d'autre dans la pièce mais il y avait un couteau à ses pieds. Les yeux fermés, il devait être abîmé dans une méditation profonde car il murmurait des propos incompréhensibles.

– Dad ! Qu'est-ce... Dad, ça va ?

Oubliant toute prudence, Lucy se jeta en avant. Mais elle n'avait pas fait trois pas qu'elle fut catapultée en arrière. Entre son père et elle se dressait une barrière infranchissable. Paniquée, elle s'arcbouta de toutes ses forces contre l'obstacle invisible, en vain. Impossible de rejoindre son père.

Un courant d'air glacé envahit alors la crypte. Et le rire diabolique de MacKenzie lui vrilla les tympans.

– Tu croyais peut-être que je te laisserais le sortir de là ? Il est en mon pouvoir !

Lucy sentit ses cheveux se dresser sur sa tête. Celui qui aidait le vexator depuis le début, c'était... son propre père !

Tom MacKay semblait n'avoir même pas remarqué la présence de sa fille. Lui qui avait l'esprit cartésien et revendiquait haut et fort son attachement à la raison, il était en transe, totalement indifférent à ce qui se passait autour de lui.

De le voir dans cet état-là, Lucy sentit ses forces l'abandonner. C'était encore pire que tout le reste.

Cependant, puisant au plus profond d'elle-même le courage de se ressaisir, elle s'écria :

– Laisse-le tranquille, MacKenzie ! Sinon...

Elle n'alla pas plus loin. De quoi pouvait-elle le menacer ? À part quelques runes sur un bout de papier, elle n'avait rien pour faire pression sur lui. Un exorcisme ? Le spectre était ici chez lui, au maximum de sa puissance, et il lui avait déjà donné un aperçu de la violence dont il était capable dans ces conditions.

– Trop tard, petite Lumène ! Le rituel est déjà presque terminé. Mais comme tu t'es battue dignement, dans ma grande magnanimité, je t'accorde un sursis : avant de t'éliminer, je vais te permettre d'assister à ma résurrection. Un tel évènement exige des témoins.

Il s'était bien gardé de se montrer. Et pourtant, elle avait son sourire sardonique devant les yeux aussi clairement que s'il lui était apparu.

– Lorsque je me serai réincarné dans le corps de ton père, tu seras ma première victime. Et comme son âme sera morte au passage, j'estime généreux de ma part de mettre un terme à ton existence. Nous ne voudrions pas vivre avec le cœur brisé, n'est-ce pas ?

– Ou... oui, réussit-elle à articuler.

– Sais-tu que je garderai mes pouvoirs surnaturels, même sous ma nouvelle apparence, jeune Lumène ? Peut-être me verras-tu marcher au plafond avant de fondre sur toi ? Ou alors j'écroulerai le mausolée d'une pichenette pour qu'il t'ensevelisse ?

Il éclata d'un rire titanesque.

– Quelle bonne idée ! La Lumène enterrée vivante dans mon caveau ! Je pourrai enfin quitter ce satané cimetière, et la ville d'Édimbourg n'aura qu'à trembler.

Lucy déglutit péniblement. Elle ne devait pas se laisser intimider. Si elle parvenait à retarder l'issue de la cérémonie jusqu'à l'arrivée de Mrs Forbes, elle avait peut-être encore une chance de sauver son père.

Tom MacKay était d'une pâleur cadavérique, il avait les joues aussi blêmes que les grands malades. Le rituel le vidait lentement de son sang.

– Dad, tu m'entends ? cria-t-elle dans l'espoir qu'il réagirait. Ouvre les yeux, regarde-moi ! Tu dois lutter, t'arracher à sa domination ! Ne le laisse pas te manipuler !

Lentement, son père tourna la tête dans sa direction et battit des cils. Tout n'était pas perdu. Elle pouvait encore communiquer avec lui.

– Tu n'es pas encore en sa possession, Dad ! Tu peux encore lui résister ; il est encore temps de revenir en arrière !

– Non, Lucy, dit-il d'une voix mourante. L'autre jour... je suis venu ici poser des étais... pour soutenir le plafond... C'est là... que j'ai entendu sa voix pour la première fois.

Chaque mot qu'il prononçait lui coûtait un énorme effort. Il devait lui être extrêmement difficile de se soustraire à l'influence de MacKenzie.

Le vexator se délectait.

– Ceux qui ne croient pas au surnaturel et nient l'existence des esprits sont si incroyablement imprudents ! ricana-t-il. Contrairement aux initiés, ils n'ont aucun instinct. Et ils n'éprouvent pas la crainte naturelle qui devrait les pousser à se méfier.

Pauvre Tom, il s'est laissé prendre dans mes filets comme un benêt !

– Je... je l'ai laissé s'introduire dans mes pensées, avoua Tom MacKay avec un sanglot. Tout ce qu'il disait me paraissait si logique... si intelligent !

Lucy ne fut pas surprise. George MacKenzie avait été avocat. Il avait l'art de la plaidoirie, et savait user de son charme et de son élégance. Il avait dû abattre les défenses de son père une à une, et gagner sa confiance. À partir de là, il avait dû lui être très facile de le convaincre d'effacer les runes autour de chez lui et du mausolée.

– Mais... quelle raison t'a poussé à l'aider ?

– Il... il m'a promis de ramener ta mère. Il m'a parlé de son don... D'après lui, si elle apprenait qu'un esprit maléfique de Greyfriars Graveyard s'apprêtait à se relever, elle reviendrait.

Il avait agi par amour pour sa femme.

Lucy n'aurait jamais cru qu'elle lui manquait à ce point-là. Pendant toutes ces années, il avait fait comme si elle n'existait plus pour lui, se taisant chaque fois que Lucy abordait le sujet. Elle réalisa combien ses parents souffraient de leur séparation. Toute cette douleur... c'était tragique. Et tout ça à cause d'elle...

– C'était plus fort que moi, Lucy. Je ne peux pas vivre sans ta mère. Depuis qu'elle est partie, chaque jour qui passe est une torture. J'aurais donné n'importe quoi pour la retrouver. Mais je ne voulais mettre personne en danger. Hélas, la plupart du temps, quand je suis sous l'emprise de MacKenzie, je n'ai pas conscience de ce que je fais. Et, après, je ne m'en rappelle même plus.

Voilà pourquoi il alternait les phases de comportement normal et des crises de fureur inexplicable, songea Lucy.

– Les morts-vivants ont attiré le vagabond dans un guet-apens ! vociféra le vexator d'une voix qui fit trembler les murs. Ils l'ont poussé à venir voler mes ossements pour m'empêcher de ressusciter.

Les mornes ! Les voix que Stevie avait entendues, c'étaient eux ! Tout s'éclairait !

Comment les mornes auraient-ils pu deviner qu'il serait invité à séjourner chez les MacKay, et que les restes de leur ennemi tomberaient entre les mains de son descendant direct ?

– Il suffit ! tonna le spectre avec autorité. Fais ton office, Tom MacKay ! Du sang ! Je veux du sang !

À ces mots, les yeux de Tom MacKay se voilèrent. Il était de nouveau sous l'emprise du vexator. Horrifiée, Lucy le vit ramasser le couteau et le porter maladroitement à son poignet.

– Non, pas ça ! cria-t-elle.

Ce n'était pas possible, elle ne pouvait pas assister sans rien faire au spectacle macabre de son père se sectionnant les veines pour s'offrir en holocauste à un revenant !

Elle tenta une nouvelle fois de briser le cercle d'envoûtement. En vain. Du sang jaillit de la blessure, et son père commença à se pencher d'avant en arrière en murmurant des incantations :

– Je t'offre, ô mon aïeul, mon sang, mon corps et ma vie... Accepte-les, accepte mon sacrifice, que mon enveloppe charnelle soit pour ton âme le havre auquel elle aspire...

C'était affreux. Submergée par la nausée, Lucy se boucha les oreilles. Elle aurait voulu ne pas regarder, mais elle s'obligea à garder les yeux ouverts.

Le rituel touchait à sa fin. L'âme de son père, pâle reflet de lui-même, avait commencé à se détacher de son enveloppe charnelle. À l'inverse, la silhouette de MacKenzie gagnait en netteté. Frémissante d'impatience, elle semblait guetter le moment d'entrer enfin en possession de ce corps si ardemment convoité. L'esprit avait déjà tant de consistance qu'il en paraissait presque humain.

Il n'y avait plus une seconde à perdre. Si Lucy attendait l'arrivée de Mrs Forbes et de la Lumène, il serait trop tard.

– Prends-moi, MacKenzie ! supplia-t-elle. Prends-moi, mais par pitié, épargne la vie de mon père !

À l'instant même, le faciès grimaçant de MacKenzie surgit devant ses yeux.

– Tiens donc ! Et pourquoi devrais-je accepter ?

Le cerveau en ébullition, elle réfléchit à toute allure.

– Je suis plus jeune ! improvisa-t-elle. Lui, il est dans la force de l'âge, mais plus pour très longtemps. Tu aurais plus d'espérance de vie avec moi. Et puis... tu bénéficierais de mon don ! Je suis une Lumène : je possède des pouvoirs surnaturels incroyables ; d'après ce que j'ai appris récemment, je devrais même être capable de t'offrir l'immortalité. Par mon intermédiaire, tu régnerais en maître sur les morts et sur les vivants, tu commanderais aux esprits !

C'était un peu exagéré, bien sûr, mais il lui semblait nécessaire de forcer le trait si elle voulait que MacKenzie se plie à ses volontés. Une âme aussi dévorée par la haine et l'ambition pourrait difficilement résister à la tentation d'accroître son pouvoir.

Le cœur de Lucy battait à tout rompre. Encore quelques secondes, et l'âme de son père aurait quitté son corps à tout jamais. Et il n'y aurait pas de retour en arrière.

– J'accepte ! se décida le vexator alors qu'elle n'y croyait plus. Marché conclu ! Je t'autorise à entrer dans le cercle. Mais je t'avertis : n'essaie pas de m'abuser, sans quoi vous le regretterez, tous les deux !

– Tu as ma parole, promit Lucy dont le dos dégoulinait de sueur. Mais, d'abord, je veux que tu libères mon père. Lorsqu'il ne sera plus sous ton emprise et qu'il aura réintégré son corps, tu pourras t'en prendre à moi.

Le spectre fit entendre un grognement furieux. Puis il se tourna de mauvaise grâce vers son descendant, et ordonna :

– Je rejette ton sacrifice. Reviens à toi !

À l'instant même, l'âme se rétracta, comme aspirée de l'intérieur ; Tom MacKay battit des cils et s'affaissa lourdement sur le sol.

D'un bond, Lucy fut près de lui.

– Dad ! appela-t-elle d'une voix oppressée. Dad, tu m'entends ?

Il ne répondit pas. Cependant, il respirait.

– Il est évanoui, c'est tout, il est faible parce qu'il a perdu beaucoup de sang, déclara MacKenzie qui s'impatientait. Maintenant que j'ai fait ma part, à ton tour. Offre-moi ton sang, jeune Lumène !

Plongeant la main dans sa poche, Lucy en retira fébrilement les runes magiques et avant que le vexator ait pu faire un geste, elle y mit le feu avec son briquet.

– En tout lieu, à toute heure
Quelle qu'en soit la noirceur
Je te protégerai
De tout être mauvais !

– Qu'est-ce que tu fais ? rugit MacKenzie, ivre de rage.

Elle attendit que les runes aient presque fini de se consumer, puis les lança sur son père d'une main tremblante.

– Je m'assure que tu t'en tiendras à notre pacte, répondit-elle avec flegme tandis qu'un halo doré se formait autour de Tom MacKay, comme cela s'était produit avec Miss Poppins lors de sa confrontation avec le vexator. Mais ne t'inquiète pas. Maintenant, tu peux faire de moi ce que tu veux.

Elle embrassa son père sur le front, lui caressa tendrement la joue, et ramassa le couteau qui se trouvait par terre à côté de lui.

Brusquement, elle se sentit flancher. Heureusement qu'elle était à genoux car elle n'aurait pas eu la force de tenir debout. Les yeux exorbités, elle fixait la lame dont la couleur métallique contrastait avec celle de son avant-bras.

Voyant qu'elle hésitait, MacKenzie s'énerva :

– Allons ! Dépêche-toi !

La gorge nouée, Lucy exerça une légère pression sur la lame. Celle-ci était si tranchante qu'elle s'enfonça dans sa chair comme dans du beurre. Mais la douleur n'en fut pas moins cuisante.

Cherchant sa respiration, Lucy se retint de plaquer son autre main sur sa blessure pour stopper l'hémorragie. Au lieu de ça, elle tendit le bras au-dessus des ossements et les inonda de son sang.

– Je t'offre, ô mon aïeul, mon sang, mon corps et ma vie... Accepte-les, accepte mon sacrifice, que mon enveloppe charnelle soit pour ton âme le havre auquel elle aspire tandis que je me retire et disparais dans le néant...

Était-ce un effet de son don ? Le rituel agissait beaucoup plus rapidement sur elle que sur son père. Déjà son âme l'abandonnait.

Plus elle se dédoublait, plus les contours de MacKenzie se précisaient. Le vexator n'avait pas l'air de s'en inquiéter, signe que la cérémonie suivait son cours normal.

Trépignant d'impatience, le visage fiévreux, il brûlait de prendre possession de son réceptacle.

– Plus vite ! commanda-t-il en passant sa langue sur ses lèvres avec gourmandise. Laisse-moi la place !

À la pensée qu'un être aussi abject s'apprêtait à s'emparer d'elle, Lucy se sentit submergée par un dégoût insurmontable. Elle regrettait amèrement son geste. Trop tard, hélas. La puissance du cercle d'envoûtement, conjuguée à celle de son propre sang, interdisait tout retour en arrière.

Soudain, comme la veille, elle se retrouva en lévitation au plafond. Et, à nouveau, elle entendit l'appel de l'au-delà.

Elle décida de le suivre. Cependant, il y avait un problème.

Alors que la cérémonie s'était déroulée sans difficulté, Lucy avait l'impression d'être enchaînée à son corps. Plus elle cherchait à s'en abstraire, plus elle y était ramenée de force. Cette fois, elle ne pouvait plus se mentir : elle n'était pas simplement évanouie, à la frontière entre la vie et la mort.

Un cri de rage ébranla la voûte de la crypte. MacKenzie n'arrivait pas à prendre possession de son précieux réceptacle. Il avait beau se démener et tempêter, le corps exsangue de Lucy lui résistait.

Les yeux exorbités, il brandit le poing dans sa direction en grondant :

– Qu'as-tu fait ? Pourquoi me rejettes-tu ?

– Je n'arrive pas à quitter mon corps, ça ne marche pas...

Alors que la silhouette et la voix de MacKenzie paraissaient incroyablement réelles et humaines, Lucy se rendit compte que ses mots lui parvenaient comme de très loin.

– C'est comme hier. Quelque chose semble me retenir.

Elle reprit espoir. Si elle parvenait à mobiliser toute son énergie, elle pourrait revenir à elle avant que Mrs...

– Impossible ! feula le spectre. À moins que...

– À moins ?

– Tu es un coursier du ciel ! articula-t-il dans un souffle, sous le choc. Tu ne peux pas mourir, parce que ton âme est indéfectiblement liée à ton corps. C'est de la magie noire !

Comme si lui n'usait pas de la magie noire pour revenir coûte que coûte ! L'ironie de ses propos sembla lui échapper complètement.

Je ne peux pas mourir ?

Abasourdie, Lucy comprit enfin ce que sa mère avait essayé de lui dire. Elle n'en mesurait la portée que maintenant. Si elle l'avait appris dans d'autres circonstances, elle serait sans doute devenue folle.

– Mais alors... je suis immortelle ? murmura-t-elle sous l'effet de la stupeur.

– Non ! dit MacKenzie avec un rire méchant. Tu as sept vies. Ou plutôt, tu en avais sept. Grâce à moi, ça fait déjà deux de moins.

Plus la fois où sa mère l'avait ramenée à la vie après son accident, n'en restaient plus que quatre. Compte tenu de son âge et de sa fâcheuse tendance à se fourrer dans des situations impossibles, les perspectives n'étaient pas aussi merveilleuses qu'à première vue.

– Alors, le rituel ne peut pas aboutir ? demanda Lucy en louchant avec inquiétude vers son père.

L'aura protectrice qui auréolait Tom MacKay avait déjà commencé à diminuer. À défaut de pouvoir l'utiliser, elle, le fantôme allait se reporter sur lui.

– Non, fit soudain une voix féminine. Le transfert ne peut pas s'accomplir. Pas avec toi comme réceptacle, en tout cas, ma chérie. Tu es la dernière personne à pouvoir accueillir MacKenzie.

Lucy n'en crut pas ses oreilles.

– Mom ?

C'était sa mère, en effet. Elle était à peine plus grande que Lucy, mais son port de tête altier, et une détermination farouche dans ses yeux la faisaient paraître plus grande qu'elle ne l'était en réalité. Au lieu de la femme douce et tendre que Lucy avait en mémoire, c'était une guerrière parfaitement consciente de ses pouvoirs surnaturels qui se dressait près du cercle d'envoûtement, prête à affronter l'ennemi.

– Je te tiens, MacKenzie, déclara-t-elle avec une satisfaction non dissimulée. Tel que je te vois, sous ton apparence visible et aussi vulnérable qu'un esprit nouveau-né, tu ne peux pas m'échapper. Exactement ce que j'espérais. Bien joué, Lucy !

Quoi ? Sa mère avait tout calculé ?

D'un seul coup, les bribes morcelées de leur conversation téléphonique lui revinrent en mémoire. Anne MacKay devait avoir déjà pressenti à ce moment-là que le vexator tenait son père en son pouvoir, et que seule Lucy était en mesure de retarder l'issue fatale.

– Tu es revenue ?

Le vexator était sidéré.

Il avait promis à Tom MacKay que sa femme reviendrait si elle le savait en danger, mais, visiblement, il s'était préparé à tout sauf à ce que sa prédiction se réalise !

– Comme tu le vois. Je ne laisserai personne toucher à un cheveu de ceux que j'aime.

Elle prononça une incantation à voix basse et, levant l'index à hauteur de ses yeux, dessina une rune qui se matérialisa sous la forme d'un halo doré. Aussitôt en jaillirent des langues de feu qui tombèrent sur le cercle d'envoûtement et l'enflammèrent. On entendit un léger plop ! et le charme se rompit. Anne franchit le cercle d'un bond.

– Cool ! s'exclama Lucy, très tentée d'applaudir.

Mais, surtout, elle avait une envie folle de se jeter dans les bras de sa mère.

– Reste où tu es, Lucy ! ordonna la Lumène, comme si elle avait lu dans ses pensées. Si tu réintègres ton corps tout de suite, le rituel aura définitivement échoué, et MacKenzie va redevenir invisible. Or je ne peux l'éliminer que tant qu'il est vulnérable.

– Oh, fit Lucy, prise de panique, en se concentrant pour rester dédoublée.

Hélas, plus elle s'y efforçait, plus l'attraction exercée par sa dépouille sur son corps astral était impérieuse.

Soudain, MacKenzie prit conscience qu'il devait se défendre. Poussant un rugissement, il se jeta sur la Lumène.

– Attention ! cria Lucy.

Anne avait vu venir l'assaut. D'un bond, elle s'écarta sur le côté et claqua des doigts.

– Sachaïm chelim !

Sous les yeux de Lucy abasourdie, le poltergeist fut catapulté à l'autre bout de la pièce. Son horrible faciès était déformé par la douleur.

Une secousse arracha Lucy à son hébétude. En se laissant distraire par le spectacle incroyable qui se déroulait en dessous d'elle, elle en avait oublié sa mission, et elle avait perdu de la hauteur.

« Je ne sais pas ce que tu projettes, Mom, mais tu ferais bien de te dépêcher ! » lança-t-elle à sa mère par la pensée.

Le vexator paraissait sonné, mais plus pour longtemps. La Lumène répandit aussitôt une poudre blanchâtre sur les ossements couverts de sang.

– J'ai toujours su que ton âme damnée était une menace pour nous, MacKenzie. J'aurais dû te mettre hors d'état de nuire avant de m'en aller. Ne compte pas sur moi pour recommencer la même erreur. Cette fois, il n'y aura pas de pardon.

– N'essaie pas de m'approcher ! cria le vexator.

Au même moment, Tim MacKay battit des cils.

– Où... où suis-je ? ânonna-t-il.

Découvrant qui était devant lui, il crut halluciner.

– Anne ? C'est toi ?

– Ne la dérange pas, Dad ! implora Lucy. Vous vous parlerez plus tard. Pour l'instant, elle a besoin de sérénité.

Elle comprit à son absence de réaction que, contrairement à sa mère, il ne pouvait ni la voir, ni l'entendre. Elle était loin d'avoir l'expérience et les facultés qui lui auraient permis d'apparaître, et son corps astral était invisible au commun des mortels.

Prenant appui sur ses mains, Tom MacKay tenta de se relever. L'aura protectrice était presque effacée.

– Dad, ne fais pas de bêtises ! lui souffla Lucy.

Alertée par ces mots, sa mère se retourna.

– Reste où tu es, Tom, exigea-t-elle avec fermeté.

L'espace d'un instant, toute dureté disparut de son visage, et ses yeux s'emplirent de douceur.

– Je vais nous sortir de là. S'il te plaît, fais-moi confiance !

– Tout ce que tu voudras, promit-il, la gorge nouée par l'émotion. Si c'est ce que tu veux, je ne bouge pas.

Anne reprit ses incantations. MacKenzie la vit se pencher, et poser sur le crâne du squelette une amulette en forme de croissant, au centre de laquelle brillait un disque lunaire.

– Je te préviens, n'essaie pas de me détruire ! gronda-t-il. Sinon tu le regretteras jusqu'à la fin de tes jours.

– Tu te surestimes, mon cher, répondit-elle.

– Une dernière fois ! éructa-t-il avec une haine féroce. Si tu n'arrêtes pas ça tout de suite, je tue ton mari bien-aimé sous tes yeux.

Indifférente à ses menaces, la Lumène traça des runes incandescentes dans la pièce et se mit à fredonner de mystérieuses mélopées druidiques.

MacKenzie brandit le poing, et tenta désespérément de devenir invisible : les yeux exorbités, il donnait des coups de tête et se contorsionnait dans tous les sens. Cependant, tant que Lucy tenait bon, tant qu'elle réussissait à ne pas réintégrer son corps, il était prisonnier de sa silhouette et, par conséquent, faible et sans défense.

Hélas, en apercevant le corps inanimé de sa fille, Tom MacKay oublia toutes ses bonnes résolutions.

– Oh non ! gémit-il en tombant à genoux. Ma petite fille, non ! Par pitié, je ne veux pas que tu meures !

– Tu es le seul ici à pouvoir mourir, répondit Lucy.

Il ne l'entendait toujours pas. De même qu'il ne l'entendit pas lui dire de faire attention. Lucy devait à tout prix se concentrer. Elle ne pouvait pas s'occuper de lui et, dans le même temps, rester extérieure à elle-même. Sachant que tout dépendait de sa capacité à résister le temps qu'il fallait pour que sa mère puisse faire son office.

Tandis qu'Anne MacKay récitait des formules magiques, Lucy se rendit compte avec effroi que la silhouette de MacKenzie commençait à s'estomper. L'apparence humaine du vexator n'était déjà plus qu'un souvenir.

– Oh non ! gémit-elle, craignant que sa mère ne parvienne pas à l'éliminer assez tôt.

Inconscient du danger dans lequel il les précipitait, le père de Lucy se mit à sangloter :

– Lucy, je n'ai que toi ! Je n'ai pas su te le dire, mais si tu savais comme je t'aime...

En sentant des larmes ruisseler sur ses joues, Lucy comprit que c'était fichu. Elle était revenue à elle. Au même instant, un goût amer sur sa langue lui donna la nausée. Le goût de la peur, peut-être ? Battant des cils, elle ouvrit les paupières... et découvrit la face hideuse de MacKenzie dans le dos de son père.

Toutes griffes dehors, le vexator se jeta sur sa proie avec un hurlement qui fit trembler les murs. De la bave s'écoulait de sa bouche, et ses yeux étincelaient de fureur.

– Dad !

D'un seul coup l'étreinte de son père se desserra. Il laissa échapper un râle.

– Dad, qu'y a-t-il ? s'affola Lucy.

Encore tout engourdie, elle s'arracha à ses bras et vit avec horreur une main fantomatique fouailler à hauteur du cœur dans la poitrine de Tom. Des gouttes de sang perlaient à l'extrémité des doigts.

– Je vous avais prévenues, siffla MacKenzie entre ses dents. Vous avez eu tort de me défier.

Alors que son père s'effondrait, les yeux révulsés, Anne MacKay mit fin à l'exorcisme. Elle dessina une dernière rune en l'air, et aussitôt le squelette de MacKenzie fut cerné par des flammes magiques. Une chaleur torride envahit la crypte, accompagnée de l'odeur putride d'un corps en décomposition.

– Tu ne terroriseras plus personne ! déclara la Lumène. Ton âme est vouée au néant.

MacKenzie promena un regard éperdu autour de lui. Ses ossements s'étaient consumés à la vitesse de l'éclair. À présent, le feu était sur lui, et on aurait dit qu'il le dévorait de l'intérieur. Sa silhouette était de plus en plus transparente.

Levant au ciel ses mains en proie aux flammes, il balbutia :

– Ce... ce n’est pas possible. Je suis un esprit très puissant. Personne ne peut m’abattre, pas même une Lumène !

– Tu n’es que haine et rage de nuire, poursuivit Anne avec froideur. C’est de là que te viennent ta force et ta puissance, et ce sont elles qui alimentent ces flammes. Lorsqu’elles auront fini de te consumer, il ne restera rien de toi.

Et elle ajouta avec un mépris affiché :

– Tu as toujours été sans cœur. Tu n’as que ce que tu mérites.

L’armée des mornes apparut alors devant le cercle d’envoûtement. Ils formaient une masse si compacte qu’il était impossible de les distinguer les uns des autres. Pour la première fois, leurs orbites vides semblaient exprimer quelque chose de l’ordre de la satisfaction.

Envahi par une angoisse mortelle, MacKenzie ouvrit une bouche effrayante, comme s’il pouvait retarder l’échéance en s’appropriant leur énergie. Mais le feu magique eut raison de lui : Lucy fut éblouie par un soleil aveuglant, et la silhouette du spectre disparut à ses yeux.

L’âme de MacKenzie n’était plus.

De ses ossements ne restaient plus qu’un petit tas de cendres. Tandis qu’elles refroidissaient, l'armée des mornes se dissipa. Eux accédaient enfin à la paix à laquelle leur âme avait tant aspiré.

– Merci ! les entendit chuchoter Lucy.

Anne MacKay ne faisait déjà plus attention à eux. Elle se précipita vers son mari.

– Tom !

Lucy ne voulait pas regarder son père. Elle avait trop peur de ne plus trouver d'étincelle de vie dans ses yeux. Par quel prodige aurait-il pu survivre à l'attaque bestiale de MacKenzie ?

– Tom, tu m'entends ? répéta Anne en s'agenouillant près de lui pour lui prendre le pouls.

Le Mausolée noir était plongé dans un silence de mort. Lucy se tordit les mains de désespoir. Elle n'avait plus la force de lutter contre le trop-plein de souffrance et de douleur qui lui broyait le cœur. Tout le courage et la force derrière lesquelles elle s'était barricadée pendant deux ans se lézardèrent ; et, pour la première fois, de grosses larmes roulèrent sur ses joues.

Incapable de se retenir plus longtemps, elle enfouit la tête dans l'épaule de son père et sanglota amèrement.

– Je t'aime tellement, Dad !

Du passé ressurgirent des images qu'elle croyait enfouies, et elle se rappela toutes les fois où il l'avait serrée dans ses bras pour la consoler, ou les chansons écossaises qu'il lui chantait le soir pour l'endormir. Depuis le départ de sa mère, leur relation avait été exécrable. C'était affreux.

Elle serra convulsivement la main de son père. Et, ô surprise, elle sentit une légère pression en retour.

– Lucy ?

– Dad ?

Ouvrant les yeux, elle vit à travers ses larmes qu'il était livide. Mais il respirait.

– Ton pouls est très bas, Tom, dit Anne avec douceur. On va t'emmener à l'hôpital.

– Pas la peine, protesta-t-il. Ça ira mieux dans quelques minutes.

– Toujours aussi tête de mule, à ce que je vois ! plaisanta sa femme entre rire et larmes.

Tournant la tête vers Lucy, il soupira :

– J'ai eu si peur, ma chérie. Comment te sens-tu ?

Elle s'essuya la joue du dos de la main, et respira un grand coup avant de dire :

– Je te demande pardon, Dad. Je t'ai rendu la vie impossible. Mais c'est fini, maintenant. Je ne serai plus insolente. Je te promets de t'écouter et de toujours faire ce que tu me demandes.

Levant les yeux au ciel, il plaisanta :

– Donc, je suis mort, et je suis au paradis !

– Enfin, presque..., corrigea Lucy en riant.

Sa mère la prit alors dans ses bras et la serra à l'étouffer. Que c'était bon de respirer son odeur !

Si doux que fût ce moment, Anne relâcha son étreinte.

– Je monte appeler les pompiers, chuchota-t-elle à l'oreille de Lucy. Toi, reste avec lui.

Lucy se cramponna à elle.

– Ne t'inquiète pas ma chérie, je reviens tout de suite. Quant à ton père, il a du sang écossais dans les veines, il s'en remettra.

– Tu m'as tellement manqué !

Soudain, les yeux de Lucy tombèrent sur les cendres de MacKenzie.

– Au fait, comment l'exorcisme a-t-il pu réussir alors que moi-même je n'ai pas pu rester dédoublée jusqu'au bout ?

– Le rituel était déjà trop avancé, expliqua sa mère depuis le seuil. La seule chance qu'aurait pu avoir MacKenzie aurait été de m'attaquer de front. Mais ce lâche n'a pas osé. Il était tellement aveuglé par la haine qu'il s'est pris à son propre piège.

Lucy se doutait que sa mère devrait repartir bientôt. Cependant elle espérait follement que celle-ci avait du temps devant elle.

– Tu vas rester un peu avec nous ?

– Je ne repartirai que lorsque tout sera rentré dans l'ordre, promit-elle en allant téléphoner.

Lucy resta près de son père. Quelques instants plus tard, Bobby s'engouffra en trombe dans la crypte. Des voix retentissaient dans l'escalier.

– Tiens bon Lucy, la cavalerie est en marche ! lança l'une d'elles, dominant le brouhaha.

– Tu es en retard, Amelia, murmura Lucy avec un sourire. Comme d'hab.

Épilogue

Lucy, Amelia et Mrs Forbes prenaient le thé, bien au chaud dans le salon de la vieille dame tandis que la neige s'amoncelait sans bruit sur le rebord de la fenêtre.

– Alors ton père est de retour à la maison ? s'enquit la voyante en trempant délicatement ses lèvres dans sa tasse.

– Depuis avant-hier, confirma Lucy sans cacher sa joie. Par chance, il n'a fait qu'un infarctus bénin. Il devra se ménager, c'est clair ; mais, d'après les médecins, il ne devrait pas être long à récupérer.

Et pourtant… Il n'y avait pas une nuit où elle ne rêvait pas des griffes de MacKenzie fouaillant dans la poitrine de son père, et elle se réveillait chaque matin avec des sueurs froides en se demandant par quel prodige ce cauchemar avait pu avoir un dénouement heureux.

– Si on ne nous avait pas retenues aussi longtemps au poste de Glasgow, Gina et moi, rien de tout cela ne serait arrivé, répéta Mrs Forbes pour la énième fois.

– Tout est bien qui finit bien, heureusement, observa Amelia avec une grimace de dégoût en ôtant du bout des doigts un poil de chat égaré sur son biscuit. Si j'ai bien compris, la mère de Lucy a été fantastique. J'aurais tant voulu la voir carboniser le vexator !

Lucy avait été épatée, elle aussi : avec de tels pouvoirs, il n'y avait rien d'étonnant à ce qu'Anne MacKay compte parmi les meilleures Lumènes de l'Ordre. En son for intérieur, elle avait espéré que sa mère serait autorisée à séjourner quelque temps chez elle, mais celle-ci avait été obligée de repartir au bout de deux jours à peine. Cependant, Lucy n'avait pas cherché à la retenir. Elle n'avait pas besoin d'être une médium très expérimentée pour sentir enfler la menace qui se rapprochait inexorablement, tels des nuages d'orage s'amoncelant à l'horizon. Le temps était à la désolation, à la mort et à la destruction.

– Tu ne peux pas empêcher ce carnage ? avait-elle interrogé sa mère sur le seuil de la porte au moment de se séparer.

– Encore faudrait-il que je sache comment ! avait répondu Anne en promenant le regard sur les tombes de Greyfriars Graveyard d'un air songeur. Pendant quelques années, j'ai réussi à égarer les entités démoniaques et à les tenir à distance en brouillant les pistes. Mais, maintenant, elles sont tout le temps à mes trousses. Sachant que je n'ai que ce que je mérite. Quand je t'ai vue à l'article de la mort, je savais, bien sûr, quelle punition j'encourais. Mais la peur de te perdre a été la plus forte.

– Ces esprits, qui sont-ils ? avait voulu savoir Lucy, pour qui rien ni personne ne pouvait égaler le vexator en termes de violence et de cruauté.

Sa mère avait hésité. Cependant après avoir pesé le pour et le contre, elle avait fini par lâcher :

– Certains les appellent les « Gardiens » ; d'autres, les « Anges des Ténèbres ». Ils veillent au respect des lois et demandent des comptes à ceux qui les enfreignent – moi, par exemple.

Caressant la joue de sa fille avec une tendresse infinie, elle avait ajouté avec un sourire triste :

– Promets-moi de faire attention à toi et de prendre soin de ton père. À l'avenir, essaie d'être un peu plus gentille avec lui.

Non seulement Lucy lui avait donné sa parole, mais il lui avait été facile de la tenir. Au fond, si éprouvantes et douloureuses qu'eussent été les dernières semaines, elle ne regrettait rien.

Les évènements avaient au moins eu le mérite de clarifier et apaiser sa relation avec son père, de la réconcilier avec son don, et de lui ramener sa mère, tout au moins pour quelques heures. Et la donne avait changé : à présent, Tom MacKay savait que sa femme était une médium, il admettait l'existence des esprits, et s'inclinait devant le don de sa fille. Rien ne s'opposait plus à ce que tous trois correspondent par e-mail.

– Dans un premier temps, Stevie continuera à vivre avec nous, apprit Lucy à Mrs Forbes. Mon père n'est pas un malade facile à gérer, et il faut le surveiller comme le lait sur le feu.

– J'imagine ! s'esclaffa la vieille dame.

Se tournant vers Amelia, elle ajouta :

– Et toi ? Toujours intéressée par la chasse aux fantômes et les enquêtes PES ?

L'adolescente secoua la tête.

– Les esprits, j'en ai ma dose. Je continuerai à assister Lucy de mon mieux, cela va de soi, mais j'arrête les investigations PES. Je préfère me consacrer à mon nouveau hobby.

Un nouveau hobby ? Première nouvelle. Lucy lui coula un regard en biais.

– On peut savoir de quoi il s'agit ?

– La mode, évidemment ! Avec mon sens des couleurs, des matières et des formes, je suis née pour être styliste. Je ne comprends pas comment je ne m'en suis pas aperçue plus tôt.

Faisant la moue, elle toisa Lucy de haut en bas et ajouta :

– Et tu seras la première à bénéficier de mes lumières ! Demain, je m'attaque à ton relooking.

Lucy se mordit les lèvres. Elles en reparleraient plus tard. Pour l'instant, elle avait d'autres préoccupations.

Elle respira un grand coup, et se jeta à l'eau.

– En fait, je voulais vous demander si vous accepteriez de me former, Mrs Forbes. Je veux dire... de façon tout à fait officielle.

Le visage de la vieille dame s'illumina.

– Quelle merveilleuse idée, Lucy ! Tu as constaté à tes dépens combien il est important que la sécurité de tous ne repose pas sur les épaules d'un seul. S'il m'arrivait quoi que ce soit, tu pourrais me succéder.

– Ce n'est pas ce que j'avais en tête, balbutia Lucy. Je vous seconderais bien volontiers dans votre travail à Greyfriars Graveyard ; mais, ce que je voudrais, c'est apprendre tout ce dont j'ai besoin pour devenir une experte, comme ma mère.

Posant sa tasse, Mrs Forbes la considéra avec gravité.

– Contrairement à Anne, je ne suis pas une Lumène. Cependant, en théorie, je dois pouvoir t'enseigner les rudiments nécessaires. Tu devras travailler dur, ne t'y trompe pas. Quant à savoir si, et quand tu auras à mettre en œuvre tes capacités, ça ne dépend pas de moi.

– Génial ! s'exclama Lucy. On commence quand ?

Dossier M1 / W1 / T6 : Gare à vous, stupides Gardiens, ici Lucy MacKay !

Mrs Forbes a accepté de me former comme médium, ce qui est un grand pas en avant, même si je ne sais pas encore par quels moyens je me dresserai contre les Anges des Ténèbres ni comment j'en viendrai à bout. Il y a des chances que ce ne soit pas de tout repos, pour ne pas dire carrément dangereux. J'en fais mon affaire ! Après tout, j'ai grandi dans un cimetière, suis fille de Lumène, coursier du ciel, et il me reste encore quatre vies – que j'ai l'intention d'employer à sauver ma Mom.

P.-S. : Tout à l'heure, ai allumé le four pour me réchauffer une pizza. Ne me demandez pas pourquoi j'y avais caché mon accordéon, toujours est-il qu'il a pris feu. Dad *est fou furieux. D'autant plus que j'avais prétendu me l'être fait piquer dans le bus. Il aurait pourtant dû se douter que ça ne tenait pas debout : sérieusement ! Qui serait assez débile pour voler un accordéon ?*

Extrait du rapport d'investigation PES
Lucy MacKay. Nouvelle directrice en chef de
la brigade PES de Greyfriars Graveyard

Greyfriars Graveyard

Ce livre est une fiction, et tous les personnages sont nés de l'imagination de l'autrice. Néanmoins, certains aspects de ce roman reposent sur des faits avérés.

Le cimetière de Greyfriars Graveyard, situé au centre de la cité médiévale d'Édimbourg, existe bel et bien, et son nom est attaché à de nombreux mythes et légendes, à commencer par l'histoire du fantôme de Bloody MacKenzie.

En 1679, lord George MacKenzie, avocat du roi, a fait emprisonner 1 200 rebelles dits « Covenantaires » dans l'enceinte du cimetière. Tous sont morts après avoir été torturés et affamés. Dans la « prison des Covenantaires », qui apparaît aussi dans ce roman sous le nom de « prison des Rebelles », et aux abords du Mausolée noir, où est enterré George MacKenzie, ont été dénombrées pas moins de quatre-cents attaques de touristes ou de visiteurs, attestées par des photographies de leurs blessures et égratignures. Le secteur où se sont concentrées ces agressions a été interdit au public pour des questions de sécurité.

Une tentative d'exorciser le poltergeist a réellement eu lieu. Elle s'est soldée par un échec. L'exorciste est décédé deux semaines plus tard d'un infarctus.

L'autrice de ce roman s'est rendue à Édimbourg dans l'espoir de faire la lumière sur cette histoire de revenants. Hélas, même au cœur de la nuit la plus noire et au milieu de la prison des Rebelles, le fantôme de MacKenzie n'a pas daigné lui apparaître.